神林長平
Chōhei Kambayashi

インサイト
INSIGHT
戦闘妖精・雪風

早川書房

インサイト　戦闘妖精・雪風

世界は言葉の外にある

目次

装画　長谷川正治
装幀　岩郷重力＋Y.S

霧の中

ジャムが地球への侵攻を成功させたことは、ほぼ間違いない。

地球人がそれに気がつかないというのもおかしな話だが、それこそジャムという敵が異星体であることの証だと深井零は思った。対ジャム戦は、地球上での人類同士の戦争とは違う。人間の常識は通用しない。

フェアリイ星からジャムが消えたとなったら、地球人はフェアリイ空軍＝ＦＡＦの責任追及と、その存続意義を問うことになる。それが人間の常識であって、いま現在、ＦＡＦの上層部はその圧力に対抗すべく全精力を傾けているところだ。

それが難しい仕事だというのは、零にも理解できる。

ＦＡＦは、ジャムがこの世から完全に消えたのではない、ということを証明しなくてはならない。ジャムの存在確率がもっとも高い場が地球だとするなら、ＦＡＦは、ジャムはすでに地球に侵入していると主張することになる。

そして、もしその主張が証明される事態になったときは、それは、戦場が地球に移るということを意味する。その場合、ＦＡＦは、自らの主張が正しかったという事実を根拠に対ジャム戦の継続を、すなわち組織の存続を、計るだろう。

だが、ＦＡＦが地球という戦場であらたな戦いを開始するのは難しい。地球上の各国家の意思や国境線というものを無視して行動しないかぎり、ジャムとは戦えないからだ。それを地球人が承認するとはＦＡＦは思っていない。まず無理だろうと零も思う。

したがって、なんとしてでもジャムをフェアリイ星に引き戻さなくてはならない。

それがＦＡＦの目下の対ジャム戦略だった。狙いはジャム戦を継続させることにあるわけだが、その動機は、自らの組織を存続させたいがため、だ。

既得権益を失いたくないということだなと、零は思う。

ＦＡＦは、ジャム戦という戦争を終結させることには興味がないのだ。ようするに、ジャムに勝利してはならないと、ＦＡＦを支配する高官たちは思っているように見える。

既得権益を守るために戦いを故意に終わらせないというのは、なんとも人間らしい。だが、勝利を目指すことなく戦いを長引かせるというのは、おなじ人間相手ならば通用するにしても、共有する利益がなさそうな異星体ジャムに対しては、どうなのか。

勝たなくてもいいというのは負けを許すことなのだから、負け続けているうちに、いずれ地球はジャムのものになる。それでもかまわないと言えるのは、ジャムと通じている人間だけだ。かれらはもはや地球人ではいられない。それでも生きていたければジャムになるしかない。

ジャムに勝とうとしないＦＡＦは、ジャムになろうとしていると、そう言ってもいい。

ＦＡＦがジャムなら、雪風はそれを攻撃する。雪風はジャムを見逃すことは絶対にしない。雪風は、ＦＡＦ全体を敵にすることに怯《ひる》んだりはしない。自らを守りつつ敵を殲滅する最適戦略を選んで行動する。

ジャム化しつつあるＦＡＦに対抗する、もっとも効果的な手段は、と零は、背筋が冷えていく感覚でもって、それを心で言葉にする。

――ＦＡＦ上層部の人間を、殺害することだ。

ジャムがフェアリイ星から消えている現況は、なかなかに深刻な事態だと、あらためて深井零は思う。雪風を御するのが、かつてないほどに大変になっている。雪風の思いはわからないが、ＦＡＦの人間を敵だと認識するというのは、十分あり得るのだ。

この危険を回避する方法は、二つある。

一つは、ジャムに消えてもらっては困るというＦＡＦ上層部の思惑に対して、おまえたちはジャムになりたいのかと批判すること。だが、自分が雪風とともに飛べるのはジャムがいればこそなのだから、その批判は、そっくりわが身に返ってくることになる。雪風のパイロットである自分は、雪風と一緒でいたいがために、雪風から敵視されるのだ。これは矛盾だ。

二つ目の方法なら、そのような矛盾は生じない。雪風でもって地球に侵攻すればいいのだ。ジャムがそこにいるのだから。

特殊戦の司令官、クーリィ准将は、まさにそれを狙っている。

「そうか、そういうことか」と零はつぶやく。「准将は、ようするに、雪風やＦＡＦのコンピュータが人間を敵視するのを避けるために、地球へと戦場を拡大することを考えているんだ」

クーリィ准将の考えは、そうなのだ。ＦＡＦ上層部の思惑と異なる。

「なにを考えているんだ、深井大尉」

「雪風のために、ジャム戦を続けるにはどうすればいいのか、だ」

そう言って、零は我に返る。

作戦ブリーフィングの最中だ。

　これまでに知られているジャムの基地を、順に、徹底的に叩く作戦をFAF全軍で実行中だった。特殊戦はその監視と情報収集任務にあたっている。

　ブッカー少佐から雪風を出撃させる作戦の概要を説明されているのだが、零は身が入らない。ジャムが消えた現状では、FAFのその攻撃は、ジャムがいた痕跡を爆弾で消し去るような行為でしかない。掃除をしているようなものだ。

　それより、雪風の思惑のほうが気になる。

「わたしの話を聞いていなかったのか、深井大尉」

「いまさら、敵基地の攻撃なんて」と零に代わって、桂城少尉が言った。「もぬけの殻ですよ。空《から》の巣を叩いてどうするんです。ナンセンスだ」

「無意味ではない」と、ブッカー少佐は言う。「ジャムの巣には違いない」

「雪風は、ナンセンスだと言うだろう」と零。「FAF本部の連中は、その攻撃によってジャムが巣を守るために戻ってくると、本気で思っているのか。少佐、あなたの個人的な考えはどうなんだ。クーリィ准将の見解も、ぜひ知りたいところだ」

　ブッカー少佐は大きな深呼吸をひとつして、正面のモニタスクリーンを離れ、脇にあるコーヒーサーバーから自分用にカップに注ぎ、おまえたちも飲むか、と言う。

「ビールがいい」と零は応える。もちろん、本気ではない。なにも飲む気がしない、という意味だ。

「私室にあるのを持ってきてもいいか」

「ぼくも、飲めるならビールで」と桂城少尉。

　こいつ、調子に乗るんじゃないぞ、と零はその態度に呆れるよりも、苛立つ。

わたしはいただきます、という声が後方から聞こえてきて、零は、ここに部外者が二人いることを思い出した。

丸子中尉と、リン・ジャクスンだ。いまコーヒーを注文したのは、日本海軍情報部の人間、丸子璃梨華《マリコリリカ》だった。リン・ジャクスンは丸子中尉に付き添われてFAFの取材にきている。

この特殊戦の整備階にあるブリーフィングルームに外部の人間が入るのは、これが初めてだ。その気配を違和感とともに意識していてもいいはずなのに、まったく忘れていた。この場に自分がいることの意味を見いだせないからだ。こんなことをしている時間があったら、雪風の思惑を少しでも探りたい。

雪風の気持ちを知らずに搭乗するのは危険なのだ。その危険性が、具体的に、じんわりと、わかってきた。

「丸子中尉も」と桂城少尉が部外者の二人を振り向いて、言う。「ビールですか」

零はもう、桂城少尉の存在はつとめて意識から消すことにする。

「少尉」とブッカー少佐。

「イエッサー」と桂城少尉。

「お二人に、コーヒーを差し上げろ」

「了解です」

「おまえも飲んでいい」

「ありがとうございます、サー」

「コーヒーだぞ」

そう、ブッカー少佐は付け加えた。それは正しい指摘だ、と零は思う。そのように念を押さないと少尉はビールを取りに部屋から出ていきかねない。

「わかってます」と少尉は席を立ち、付け加えた。「ぼくは深井大尉の冗談に付き合っただけです」

もう、我慢できない。零はコーヒーを用意するために立った少尉に続き、そのままブリーフィングルームから出ようとする。

「待て、大尉、退室を許可した覚えはない」とブッカー少佐。「だが、ビールなら、許可する」

「私室に配給になったビールがまだ何カートンか残っているが、ここから出るな、だがビールは許可する、とはな。あなたらしい命令のしかただよ、少佐」

零はビールが飲みたいのではない。この不毛な場から去りたいだけだ。

「おまえの気持ちはわかる」とブッカー少佐は、ため息をついて、言った。「ビールなら、ここにある」

少佐は、黙黙とコーヒーを二つのカップに注いでいる桂城少尉に、すこし脇に寄れと指示し、サーバーのある棚の下の小型冷蔵庫の扉を開ける。そして、ビール缶を二つ取り出すと、一本を零に手渡し、席に戻るよう、促す。

零は指示に従って戻る。

桂城少尉はうらやましいという表情をしたが、さすがになにも言わない。

一番後ろの席に着いている二人に目をやると、ジャクスンは興味深そうにこちらを観察していて、丸子中尉のほうは、あきらかに、驚いていた。当然だろうと零は思う。こんなやり取りは、軍隊でなくても、ふつうの組織ではあり得ない。

特殊戦とて、ブリーフィング中の飲酒が許されているわけではない。今回のFAFの作戦については、ブッカー少佐も素面《しらふ》ではやっていられないナンセンスなものだと感じているのだろうと、零は思う。

「だれが冷蔵庫にこれを入れたんだ、少佐？」

「わたしじゃない」と、少佐はビールの飲み口を開けて、言う。「いや、入れたのはわたしだが、クーリィ准将に命じられた。准将が自分で飲むのだろうと思ったが、そうではなさそうだ。准将がこの部屋にくる理由はないしな。われわれが欲しがるだろう、という親心に違いない」

「さすが准将」と零。「慧眼だ」

零が一口飲むのを待って、ブッカー少佐が言う。

「ちなみに准将からは、ブリーフィング中の飲酒の許可は出ていない」

「あなたが責任を持つんだろうな、少佐」

「そうなる」とブッカー少佐。「おまえたちのせいで、わたしはいつも苦労させられている」

「あの」と丸子中尉が、遠慮がちな声で質問してきた。「このような軍規違反は、特殊戦では日常的に行われているのでしょうか？」

「ここでは飲酒するな、とは命じられていません」そう言ったのは桂城少尉だ。「だから軍規違反というのは大げさかと思います、メム」

桂城少尉は両手にコーヒーカップを持ち、客人の二人に持っていく。

丸子中尉は海軍の制服、ジャクスンはチャコールグレイのかっちりしたスーツ姿だ。対する零たち三人は、Tシャツに前を開けたフライトジャケットという、いつものラフな格好。

コーヒーを置いた桂城少尉は自分の分をサーバーのところに取りに戻りがてら、ジャケットの前を閉じ、ファスナーを上げる。丸子中尉の存在を意識したのだと零にはわかる。いまさら行儀よく見せたところで、もう遅いだろうに。

「これはひとつの例として、言うのですが」と丸子中尉は、カップを手にして、言う。「みなさんは、わたしの前で演技をしているのでしょうか。つまり、わたしに誤った情報を持ち帰らせるために、一種の攪乱操作をしているのだという考えについて、どう思われますか」

「さすが情報部の人間だ」と桂城少尉。「そこまで考えるんだな。驚きました、メム」

「なんとでも思うがいいさ」と零。「あなたがどう解釈しようと、おれにはどうでもいいことだ、丸子中尉」

「答える必要はないとわたし自身は思うのだが」とブッカー少佐が言う。「クーリィ准将からは、あなたの質問にはすべて、機密情報に関しても正直に答えるようにと命じられている。これが、わたしの答えだ。わかったか？」

「了解です、少佐。理解しました。お答えいただき、感謝します」

「クーリィ准将からも説明があったかと思うが」とブッカー少佐は続けた。「わたしからも言っておく。あなたをこの場に同席させるのは、特別にそうしているのだ、丸子中尉。われわれが今回得た情報をすべて地球側に公開することを目的にしている」

「今回、わが海軍機を特殊戦機が撃墜した事実について、ですね」

「それを含めて、われわれが収集記録した情報のすべて、だ。あなたから海軍情報部へ、日本海軍から全世界へ、人類すべてに、われわれが持っているジャム戦の情報を、伝えたい。あなたは地球人の代表として、そこにいる。ジャクスンさん、あなたにも、その役目を負ってもらいたい」

「もちろん」とリン・ジャクスン。「それは承知しています、少佐」

「デジタルデータで渡してもらえれば」と丸子中尉が言う。「客観的かつ簡単でいいと思うのですが、それはジャムにより改竄される恐れがあるということなのですね」

「そのとおりだ。ジャムはデジタルデータに潜り込むことができると思われる。だが人間の記憶操作はできない。いまのところは、だが」

「そのような説明は、クーリィ准将をはじめ、特殊戦のみなさんから何度もされましたが、それを理解した上で、それでも元データをそっくり渡してほしいというのが、わたしの願いです。デジタルデータなしでは、具体的なジャム対策や戦略を立てることができない」

「どのみち、データがあっても」と桂城少尉は言った。「地球の戦闘機や人工知性体ではジャムに勝てない」

「それは」と零も言う。「おれも、そう思う。だいたい、FAFの人工知性体たちが独自に進化させたデジタルデータ形式は、地球上のものとはまったく異なる。その翻訳だけでも大変だろう。あなた方地球人にとっては宇宙語を解読するようなものだ」

「だから無駄だと？」と、わずかにむっとした表情を見せて、丸子中尉が言う。「われわれ日本海軍には、宝の持ち腐れになるだけだというわけですか」

「いや、そうじゃない」とブッカー少佐が言う。「われわれは、いずれFAF全軍のデータを地球に移送しなければならないと考えている。われわれとは、特殊戦のことだ。そして、そう言い出したのは、特殊戦のコンピュータたちだ。とくに特殊戦の作戦計画に深く関わっている二大対ジャム人工知性体、戦略コンピュータと戦術コンピュータは、なんとしてでも地球とFAFを直接繋ぐデジタル回線を構築せよ、と言っている」

「わが軍の統合システムを乗っ取るための、その基盤を作れと、いうのか」

丸子中尉は独り言のようにそう言った。

さすがだなと、零は内心、舌を巻く。特殊戦の戦闘用人工知性体の狙いはまさにそれなのだろう。

地球に広がる情報網に向けての、攻撃の準備をしろと言っているのだ。

「あなたの危惧はもっともだが」と少佐は言った。「いまのところ〈通路〉に回線を敷設するのは物理的に不可能だし、もとよりクーリィ准将はそのようなことは考えていない」

「では、どう、お考えなんですか」

「地球に渡すデータで、人類すべての英知を傾けて、ジャムの正体を明らかにしたい。それが准将の狙いであり、願いだ。ジャムとはいったいなんなのかという問題に関しては、特殊戦の手に余る。これは、全人類の、問題だ。コンピュータたちとは関係ないし、かれら人工知性体の問題でもない」

ブッカー少佐の言葉に耳を傾けながら丸子中尉は黙ってコーヒーを飲む。

零は遠慮も背徳感もなく、ビールの苦みを喉に流し込む。

クーリィ准将は、特殊戦のコンピュータたちと、そして雪風の危険性に、気がついている。かれらが人間を敵視する可能性に、だ。地球に向けて雪風を飛ばし、なんらかの手法でデジタル回線を地球に繋げば、かれらのそうした危険性は回避できるだろう。かれらの要求を叶えることによって。

だが、そうなると、地球人側の反発は必至だ。丸子中尉ひとりの反感でもこの圧力なのだ、ブッカー少佐も慎重に言葉を選んで答えている。

クーリィ准将は、実際に雪風を地球へと飛ばすことはできないだろう。

零にも、特殊戦機が編隊を組んで〈通路〉から地球に飛び出すときの地球人たちの負の感情や反感は想像できる。

地球に向けて侵攻する戦闘機群は、まさに、ジャムだ。そう思われるに違いない。本来は、いま、本物のジャム機に対して、そのような反感を地球人たちに覚えてほしいのに、まったく皮肉なことだ。

地球人は救いがたいと零は思う。

いずれにしてもクーリィ准将は、雪風や特殊戦のコンピュータたちと地球人の各思惑に留意しつつ、対ジャム戦略を考えなくてはならないわけだ。

それは大変な仕事だと零は思う。だが、尊敬こそすれ、その苦労に同情はしない。その苦労を負うことが准将の仕事だ。難しい仕事をこれまでもこなしてきたからこそ、リディア・クーリィはあの地位にいる。今回も、こちらには予想も付かない手段でもって困難を乗り越えるだろう。そう信じるに値する実績があの司令官にはある。

酔っ払うほどのアルコールではないが、気分がほぐれているのを零は自覚する。

クーリィ准将が雪風を出すというのなら、それは、意味のある作戦なのだろう、自分が理解できないだけで。そう思えてくる。

室内の五人が思い思いに飲み物を飲んでいる、その沈黙を破って、ジャクスンが言った。

「でも、人工知性体たちにとっても、ジャムの正体に関しては重大な問題ではないかと、わたしは思いますが、少佐」

「そう、そのはずなんですが」とブッカー少佐は答える。「だがFAF本部の中枢コンピュータたちは、ジャムから〈われは、去る〉というメッセージを受けた後、自分の存在意義を見失って仮死状態に陥った。ようするに、かれらは、ジャムの正体には関心を持っていない、ということだ。いなくなればそれでいい、のですからね」

「雪風もそう言っているのですか」とジャクスンが訊く。「ブッカー少佐？」

「それは」と、ブッカー少佐は戸惑ったように、言い淀み、そして、答えた。「正直なところ、わかりません」

「クーリィ准将は」とジャクスンは言う。「先の戦略的な休暇で、特殊戦の人工知性体たちに深く休むように命じて、あえて仮死状態に陥らせたわけですが、雪風だけは、そのような状態に陥ることはなかった」

「そうです、ジャクスンさん。そのとおりです」と少佐はうなずく。「雪風は、FAF本部の中枢コンピュータが〈哲学的な死〉の状態にあるのを、経験している。ジャムがいなくなると自分もあのようになるということを、雪風はそこで学んだのだとわたしは推測しています。今回クーリィ准将は、その状態を擬似的に再現して、雪風の行動の確認と、それから特殊戦の人工知性体たちにも〈哲学的な死〉状態を体験させ、そのような状態でジャムから攻撃されるとどうなるかを、試してみた。雪風をジャム役にして高度な模擬戦を行ったのだ、という見方もできますが、それは結果論であって、准将自身にも雪風の出方は予想できなかった」

「その結果、それでも、人工知性体たちはジャムの正体には関心を持つことはないのだ、ということがわかったわけですね?」

「わたしが先ほど言ったのは」と少佐は、ビール缶を置き、飲み物をコーヒーに替えて、答える。「人間と人工知性体たちのジャムに関する問題意識は異なるのであり、人類にとってもっとも重要なのがその正体だ、ということです。率直に言って、人工知性体たちの問題意識については、いまのところ、わからないとしか言いようがない」

「わたしの考えを言ってもいいでしょうか、少佐」

「もちろんです」

「ジャムの正体と同様に、わたしたち人間にとって、雪風やコンピュータたちがなにを考えているのかは、ないがしろにできない、重要な問題だと思います」

「それは、承知しています——」

「なぜなら、いま現在、特殊戦やFAFにとってもっとも脅威になっているのは、ジャムよりも、FAFの機械知性だからです」

零は思わず、深くうなずいている。

まったくもって、そのとおりだ。FAFの人間がだれも口にしなかったことだが、それは、事実だ。ジャムからの直接的な攻撃は、いまは受けていない。

いまのジャクスンの発言は私的な感想ではなく、取材をした結果の公表であって、その指摘はブッカー少佐にとっては鋭い剣のようだ。逃げようもなく、容赦がない。

これは、ブッカー少佐の思い込み、〈偏執〉と、ジャクスンが取材した〈事実〉との闘いだと、零は思った。ジャーナリストが強いのは事実を突きつけるからであり、それは具体的にはこういうことなのだと、それが、わかった気がした。

FAFはジャムの総攻撃のあとジャーナリストの受け入れを制限していたが、リン・ジャクスンは日本海軍大臣の力を借りてここにやってきた。肩書きは記者ではなく日本海軍の軍属だ。記者としてならば生命と財産の保護をFAFに頼れるのだが、そうした特権を度外視してやってきた。

その目的は、ジャムに取材することだという。零はブッカー少佐からそのように聞かされて、リン・ジャクスンは覚悟を決めてやって来たのだと思った。

彼女は、本気だ。できることなら文字どおり、ジャムにインタビューしたいのだ。あいにくジャムはフェアリイ星から消えたようだが、雪風の考えからジャムの正体に迫ることができるだろう。ジャクスンは、そう思っている。

ブッカー少佐はしばらく考えていた。その重い沈黙にそろそろ桂城少尉が耐えられなくなりそうだった。少佐もその少尉の気配を察したようで、先に口を開いた。

「人間にとっていちばんの脅威は、同じ人間だ。しかも、それが身近にいるほど危険度が高い」

「わたしが脅威だということかしら？」

「少なくとも、わたしにとっては、そうです、ジャクスンさん。人間が人間にとって脅威なのは、その言葉が力を持っているときだ」

「だから、わたしに口を閉ざせというの？」

「雪風の考えを探る方法について、あなたから、雪風から敵視されないように気をつけろと言われた。模擬戦の前に、です」

「ええ、たしかに、そう言った覚えがあります。それで？」

「雪風への、直接の取材を許可します」

「はい？」

「雪風にとって、あなたは脅威ではない。そのような接し方が、あなたにはできるでしょう」

ブッカー少佐がなにを考えているのか、その言葉だけでは零にはわからなかった。だが、ジャクスンは、納得した。

「わかりました」と言う。少佐の意図を理解したようだった。「雪風は人間にとって脅威などではないということを、わたしに確かめさせたいのですね、少佐」

「それと同時に、あなたなら、人間は雪風にとって脅威ではないことを、雪風に伝えられる」

「雪風には、わたしの言葉は通じないのでは？」

「ですから、直接の取材です。雪風に乗ってください。あなたの言葉は、パイロットの深井大尉が雪風に翻訳する。雪風を機動することによって、です。雪風は、身体の動きであなたの言葉を理解する」

なにがどうなってこういう話になるのだと、零は、自分の理解が追いつかないのをもどかしく感じる。

「ちょっと待ってくれ、ジャック、いや、少佐。後部席にジャクスンさんを乗せて出撃しろと言っているんじゃないよな」

「ぼくは置いてけぼりですか？」と桂城少尉。「いや、それは、ないのでは」

「わたしにこんなことを考えさせる、あなたの言葉は脅威だ、ジャクスンさん。クーリィ准将をどう説得すればいいのか、いまから頭が痛い。だが、准将は、わかってくれるだろう」

「本気か、少佐」

「おまえは、ランダーというジャーナリストを乗せた経験がある」

「あいつは、がたいのいい大男だった」

それでも、片手を失っている。遊覧飛行のような任務だと思っていたが、ジャムに誘い込まれたのだった。

「フォス大尉も乗せただろう」

「エディスは担当医だ。おれの回復具合を実際に診てもらうために必要だった」

高機動を体験させたため、フォス軍医を吐瀉物で危うく窒息させるところだった。

「雪風に乗るのは命がけだ。なにが起きるか、予想がつかない」

「だからこそ、やる意味があるんだ」と少佐。「准将はきっと許可する」

「いや、ないな」と零。「それはない」

「賭けるか」

「不謹慎だ。酔っているのか、少佐」

「クーリィ准将は、ジャクスンさんを〈戦友〉と呼んで、雪風への直接取材を許可している。ジャーナリストではなく、軍人扱いしているんだ。これは戦闘行為だ」

「滅茶苦茶です」丸子中尉が我慢できないという態度で、口を挟んできた。「とうてい、まともな部隊とは思えない」

「ぼくも、最初はそう思いました」と桂城少尉が嬉しそうに言う。「特殊戦にきた当初は。でも、まともでないのは、この戦争のほうなんだ。人間の理解できる範囲から、ずれている。それが雪風と飛んでいるとわかる。地球の軍人で、しかもパイロットではない丸子中尉には、理解できないかと思います、メム」

「よくわかった」と零は言う。「ブッカー少佐、あなたも、空の巣をいくら攻撃したところでなんの意味もないと、そう思っているんだ。それが、わかった。このブリーフィングに乗り気でなかったことも――」

「今回は、これで散会とする」とブッカー少佐は零の言葉を遮り、「桂城少尉、飲酒を許可する」と言う。

「ありがたき幸せ」と少尉。「でも、ここではやめておきます。雰囲気が、怖い」

「このミッションは、プランを早急に練り直し、あらためてブリーフィングを行う。以上だ」

「どうして」と丸子中尉が立ち上がって言った。「こんな無茶ができるのか、説明していただけませんか、ブッカー少佐」

「なにを、どう説明すれば」と零は言う。「納得できるんだ？　なにを期待しているんだ、丸子中尉」

「わたしを」と丸子中尉は日本語で、零に言った。「煙に巻いているつもりですか、深井大尉」

「まともな話をしている」と零も日本語で応える。「いまやジャム戦は、確固たる指針がだれにも得られない状況だ。きみが見ている、この状態、これが、そうなんだ。煙に巻かれているのは、われわれも同じだ。ジャムが消えてしまったために、五里霧中だ」

「五里霧中、か」と丸子中尉は零から視線をそらし、室内を見回す。「ジャムは、五里霧を発生させたわけだ」

「ゴリムって？」と桂城少尉。「なんですか」

「そんなことより」零はビールを空にしてから、ジャクスンに向き直って、言う。「ジャクスンさんの意思の確認が先だ」

するとリン・ジャクスンは、自分のほうこそあなたの意思の確認をしたい、と言った。

「わたしを乗せることに異存はない、そうですね、深井大尉」

「いや、おれは反対だ。危険すぎる」

「だれが危険だと？」

「だれって、あなたに決まってます、ジャクスンさん」

「じゃあ、だいじょうぶ」

「どういう意味です」

「わたしが乗ることで雪風が危険になるというのなら辞退するけれど、そうではない。なんの危険もない。違いますか、深井大尉」

「体力的に、無理です」

「トレーニング期間を考えよう」とブッカー少佐が言った。「わたしが責任を持つ」

「実戦はだめだ」

「フライトプランはわたしが立てる」

「早いほうがいい」とリン・ジャクスンは言った。「鉄は熱いうちに打て、よ」

善は急げだ、さっそく准将の許可をもらいに行こうとリン・ジャクスンに促されて、ブッカー少佐はブリーフィングルームの電話でクーリィ准将に連絡を入れる。


そうして全員で向かった特殊戦司令官室での、クーリィ准将の返答は、ノーだった。

当然だろうと深井零は思いつつ、ほっとしてもいる。リン・ジャクスンを乗せて飛ぶのは簡単だが、その身の安全を守りきる自信はない。

「雪風は、ジャクスンさん」

と准将はブリーフィングルームから来た人間を前にして、デスクに着いたまま、言う。

雁首をそろえてなにを言いにきたのかと思えば、こんな駄目に決まっている提案を持ち込んで仕事の邪魔をするんじゃない、という苛立ちを隠さずに――そういう表情に零には見える。この苛立ちは、准将のではなく自分が抱いているものかもしれないと思いつつ。

「あなたが危険だと感じている以上に、危険な存在になっている。率直に言って、あなたの経験や能力では、飛行中の雪風の危険性に対応することはできない」

「ジャクスンさんの取材に対応する余裕はない、ということですか」とブッカー少佐。

「そうじゃない」と零は言う。「ジャクスンさんを乗せるというのは実戦任務だ。たんなる取材じゃない。戦闘行為だ」

クーリィ准将はうなずいて、ジャクスンに言う。

「深井大尉の言うとおりだ。わたしはジャムに隙を見せるような人員配置はしないし、あなたは、ジャムや雪風に対して中立な立場に立つことはできない。この戦争は、人類間の闘争ではないからだ。あなたが人間であるかぎり、どちら側でもないと主張することは、だれに対しても、できない」

「ジャムにはジャーナリズムは通用しないというわけですね」とリン・ジャクスンが准将に確認を求めるように言う。「雪風にも」

「そのとおりだ、ジャクスンさん」

「雪風に乗るのは、取材ではなく戦うためだと、わたしは承知しています」

「それはけっこう」と准将。「戦士としてのあなたには、より有効な戦力分野があると考えている」

「わたしの取材能力を生かして雪風の思惑を探ることは、十分に有効なわたしの能力の使い方だと思います」

「繰り返しになるが、ジャクスンさん、雪風は、とても危険だ。あなたは雪風を知らない」

「下手に雪風の心に探りを入れると、その人工知性を暴走させる危険があるということでしょうか」

「その怖れはもちろんある」と准将は粘り強くジャクスンに応える。「だが雪風は、人工知性体であるまえに、その本質は高性能な戦闘機なのだ、ジャクスンさん。雪風を知るには戦闘機を御する能力を持っていなくてはならない。雪風は深井大尉に対して心を開いているように見えるが、それは、大尉の操縦技量に雪風が敬意を払っているからだとわたしは考えている。ゆえに、あなたは適任ではない。おわかりか？」

零は、心の内で准将の言葉にうなずいている。自分がなぜリン・ジャクスンを乗せることに反対だったのかを、准将が言葉にしてくれた、と。

ジャクスンの身体を心配したのはたしかだが、部外者の人間には雪風を理解することはできないと、無意識に思っていたのだろう。ようするに、たとえリン・ジャクスンを雪風に乗せても得られるものはなにもない、ということだ。が、その理由が自分でもよくわからないので、もやもやしていたのだ。クーリィ准将は言葉でもって、そのもやもやを綺麗に払ってくれた。

「はい准将」とリン・ジャクスンは、納得したという態度で、言った。「とても、よくわかりました。わが〈戦友〉」

クーリィ准将は表情を和らげた。

対ジャム戦の最前線で命と人生と実存を賭けて戦っているクーリィ准将にリン・ジャクスンは気圧されたのかと零は思ったが、准将を〈戦友〉と呼ぶのは、相手を対等に見ているという、ジャクスンの准将に対する宣言だ。准将の表情がそれで柔和になったのは、宣言を受け入れたということだろう。自分流に解釈するなら、つまりジャクスンのほうも命と人生と実存をかけて仕事をしているのであって、雪風に乗りたいというのは単なる思いつきなどではなかったということだ。それがいまの二人のやり取りで、わかった。ジャクスンは准将に〈言い負かされた〉のではない。

ブッカー少佐はどうなんだろうと、そちらに目をやると、少佐は天井に顔を向けて神妙な顔つきをしている。

准将の深謀遠慮に無頓着のまま、いいことを思いついたと乗り込んだ結果がこれだから当然だろう、反省してしかるべきだと零は思う。

全員が沈黙する。

――これはだれもなにも言えないだろう、さすがの桂城少尉でも。

そんな零の思いを覆し、まるで他の人間が黙るのを待っていたかのように、口を開いた者がいる。丸子中尉だった。

「准将」と中尉は思い詰めたような声で言う。「日本海軍の情報部の人間として、わたしからひとつ質問してもよろしいでしょうか」

「もちろんだ、丸子中尉」

「特殊戦は戦術偵察任務が主だったそうですが、今回、わが海軍機を先制攻撃にて撃墜しています。アグレッサー機である雪風が交戦宣言し、攻撃を主導した結果です。そうですね」

「あれは海軍機にジャムが隠れていたからだ――」

そう言うブッカー少佐を、准将は手を上げて制止する。口を出すな、と。

「そのとおりだ、丸子中尉」と准将。「海軍機を撃墜したのはレイフであり、先制攻撃を仕掛けたのは間違いない。雪風とレイフ、そして深井大尉の判断によるものだ。それで？」

「特殊戦は積極的には交戦しない部隊だと聞きました。それが今回、変化している。そもそも新規にアグレッサー部隊を発足させた意図を伺いたい。今回の〈事件〉を考えれば、まるで地球連合軍をフェアリイ星に呼び寄せて撃墜することを目的にしているように見えますが」

「フムン」と准将。

しばらく丸子中尉から視線を外さず考えていたクーリィ准将だったが、やがて手元のコンピュータキーボードのキーを一つ叩き、それからデスク脇の電話をインターホンモードにして秘書を呼び出し、茶の用意をするように命じる。

「六人分だ。紅茶を頼む。アールグレイで。お茶請けにスコーンを。そう、クロテッドクリームとジャムをつける。英国式で。用意でき次第、すぐにもってくるように。以上」

それから、デスクの前に立っている面面に向かって、言った。

「きみたちがここに押しかけてきたのは、わたしの考えが知りたいということだろう。ちょうどいい機会だ。丸子中尉だけでなく、みなの疑問に答えよう。そちらに座って」

背後にあるソファを勧めると、准将自身もデスクを離れて、だれよりも先に三人掛けソファに落ち着く。いつもの左端だ。対面の一人がけのソファに丸子中尉を、その隣の席をリン・ジャクスンに勧める。

零はソファには近づかず、入り口付近に下がって立つ。ブッカー少佐は丸子中尉とジャクスンの後ろに回り、そのソファの背から少し離れて、准将の斜め正面に立つ。桂城少尉は、みんなの動きに押されるように入り口へと後ずさっている。零は、その少尉がこちらにぶつかりそうなので、肩を叩いて、気づかせる。

「わ、深井大尉、そこにいたんですか」

「いるよ」と応える。この少尉の反応にいちいち呆れてはいられない。「後ろに目があったとしても、きみにはおれが見えないだろうな」

「すみません、気配がまったくわかりませんでした」

「注意散漫だと言われるのと、関心がない対象はたとえ目を向けていても見えないものだ、というのと、どちらがいい。おれの存在はきみの意識から消えていたのか、どうなんだ？」

するると桂城少尉は、まったく予想外の言葉を発した。

「そうか、ジャムもそうなのかもしれないですね」

「なに？」

「ジャムが見えないのは、人間の意識、関心から消えたからかもしれない」

「なにを、馬鹿なこと」と言ったのは丸子中尉だった。「では、あなたはなにと戦っているというのか、桂城少尉。それとも、あなたがた特殊戦の敵は、いまやジャムではなく、やはり地球連合軍なのか」

おおげさな咳払いをしてから、ブッカー少佐がこちらを見て言う。

「おまえたちがいると話がややこしくなる。いっしょに連れてきたのが間違いだった。退室しろ、二人とも」

「イエッサー」と少尉は嬉しそうに言って、敬礼する。「桂城少尉、退室します」

連帯責任というやつだなと、零はため息をついて、少尉に倣おうとする。だが。

「許可しない」とクーリィ准将が少佐命令を取り消した。「二人とも残るように」

「イエスメム」と、残念そうに少尉。「前言を取り消し、残ります」

零自身は准将の思惑についてもっと知りたかったので、追い出されなくてよかったと思う。

「いまの桂城少尉の発言内容は、一理あるのだ、丸子中尉」と准将は言う。「ジャムは消えたわけではない。まさに見えなくなっているだけだ」

「あなたがたの関心がなくなったから、ですか」と中尉。

「人類の関心が、だ。特殊戦のわれわれには見えている。今回撃墜した海軍機は、ジャムでもあった。それがわれわれには〈見えて〉いた。その事実を日本海軍側が認めないのは、あなたがたの、ジャムへの関心が足りないからだ」

「それは、責任転嫁でしょう――」

「わたしは自分の責任問題について話しているわけではないし、あなたや日本海軍を批難しているわけでもない。地球人は元よりジャムへの関心は薄い、だから見えないのも不思議ではない、ということを言っている」

「ジャムの戦略や性質も変化している」と零はつぶやく。「ジャムへの関心は以前のままだとしても、関心を抱くべき要素が変化していて、だから見失っているのかもしれない」

「雪風には」と桂城少尉が、きょう初めてまともなことを言った。「正しく見えているんだ。ジャムが。雪風のジャムへの関心は揺らいでいないということです、丸子中尉」

丸子中尉は黙る。場の沈黙をブッカー少佐が破る。

「我思う、ゆえにジャムあり。そういう存在である可能性が、ジャムという敵にはある。わかるかな、丸子中尉」

「気持ちの問題だというのですか」

丸子中尉は背後の少佐に向けて身体をひねり、視線を向けて、言った。

「いないと思えば、いなくなるとでも？　本気ですか」

「見えなくなり、感じられなくなったとしても」とクーリィ准将が応えた。「ジャムの脅威が薄れることはない。ジャムは地球侵略を実行中の異星体だ。対人戦闘に勝利し、もはや人間を相手にしていないと思われる」

「ではジャムはいまなにをやっていると？」

丸子中尉は准将に向き直り、姿勢を正す。

「本来の敵、地球側の抵抗勢力と戦っている」と准将。「そのように推測される」

「地球側の抵抗勢力とは、なんですか」

「はっきりとはわからないが」とブッカー少佐が応じる。「われら特殊戦は、地球上のコンピュータ群をジャムは狙っていると考えている。准将が言うように、ジャムは地球人という人間を相手にはしていない」

「わたしがアグレッサー部隊を創ったのは」とクーリィ准将が言う。「地球連合軍に、ジャムとの戦い方を教導するためだ」

「教導、ファイターウエポンか」と丸子中尉は独り言のように、言う。「ジャムは地球でも戦闘機による攻撃を仕掛けてくるというのですか。対人戦闘に勝利したというのに？」

「まだジャムは対人戦闘には完全勝利していない」とブッカー少佐。「われわれ特殊戦をはじめ、FAFの人間がいる。フェアリイ星で戦っている人間だ。いま現在、あなたも、リン・ジャクスンさんも、同様だ」

「ジャム人間かもしれないけどな」と零は、自分の発言が少佐の気持ちに水を差すことを意識しつつ、それでも言わずにはいられない。「おれはジャム人間に捕まった経験がある。外見も、なにもかも、人間と見分けがつけられなかった。あなたがたがジャムに作られたコピー人間ではない、という保証はどこにもない」

「……なんですか、それ」と丸子中尉が気味悪そうに零を見る。「意味がわからない」

「戦わずして勝つ、ジャムの対人戦略だ」とブッカー少佐。「正常な人間を、それとそっくりなコピー人間に置き換えていく。FAFの、ジャム機に撃墜されて救助された乗員たちは、ジャム人間である可能性が高い。今回撃墜された日本海軍機の乗員たちも例外ではない」

「まさか」と丸子中尉。「そんなこと、信じられない。初めて聞きました」

「この方法をジャムが地球で使わない手はない」と零。「おそらくジャム人間には、生殖能力がない」

それでジャムは戦わずして人類を絶滅させることができる。一つの生物種を絶滅させる方法としては最適だろうと零は思う。

「実際人類も」とブッカー少佐が補足する。「害虫を根絶する手法として使っている。生殖能力を人為的に奪ったオスの個体を大量生産して野に放つんだ。粘り強く続けることで目的は達成される。ジャムも同じことをやっていると考えられる。そのような人間を作る工場をジャムは持っているんだ。地球上にもジャム人間製造工場を作るはずだ。すでに存在しているかもしれない。それを叩く必要がある。航空戦力でだ。地上から近づくのは危険だからな」

「いま現在」とクーリィ准将が少佐の説明を引き継いで、言った。「フェアリイ星に残っているジャムの基地を徹底的に空爆して破壊しているのは、そのためだ」

そういうことか、と零は思った。いまやジャムが放棄したように見えるそれらの基地に、コピー人間、ジャム人間を製造する能力があるかもしれないなどとは、零はまったく思ってもみなかった。

「ジャムが人間を相手にしなくなったのは、有効な対策が成されたためだと考えられる」とブッカー少佐。「つまり、ジャム人間を自動的に製造するシステムが稼働している可能性は高い」

「空爆だけではそのような目標に対する戦果評価ができない」と丸子中尉が言う。「地上部隊を投入し、工場とやらを発見したならば、そこで確実に破壊すべきでしょう。なぜ、そうしないのです」

「知らない間に」と少佐。「自分のコピーが作られ、オリジナルのほうは廃棄処分される危険があるからだ。地上部隊ごと、そっくり、帰隊したときは全員ジャム人間になっている。ジャム工場が存在するという予想が正しければ、確実に、そうなる。だから、地上部隊は出せない」

「ただの推測ではないですか」と丸子中尉。「あなたがたは、間違っている」

いや、間違っているのは地球人の感覚のほうだと零は思う。

「FAFは地上部隊も持っているが」とクーリィ准将が言う。「それは基本、基地防衛のための対人部隊だ。ジャムを想定したものではない。もとより対ジャム軍はFAFという空軍だけで、地上軍、対ジャム陸軍は存在しない。この戦争に地上軍を投入しないのはフェアリイ星の自然環境のせいもあるが、ジャムが地上軍を持たなかったことが大きい。だが、三十年を経たいま、それが、変化した。

ジャムはジャム人間製造機を使って地上軍部隊を作り、この戦争に投入してきたのだ、という見方ができる。その戦力に対抗する目的で人間側が地上軍を出せば、少佐の言うとおりの事態になりかねない。地球でも同様だ。ジャム人間の工場には近づくことができない。

「どういう工場なのか具体像がわからないまま、近づくのは危険だ、近づけばジャム人間にされてしまうと、断言するわけですか」

「そうだ」とクーリィ准将。「想定するその〈工場〉は規模も形も原理も不明だが、近づけば致命的な結果になるという意味では、強い放射線源に例えられるだろう」

「妄想かもしれないとは思わないのですね」

「現実だ」とブッカー少佐。「われわれは実際にジャム戦を戦っている」

「地球人にとっては妄想だろう」と零は言った。「あなたが、その見本だ、丸子中尉。自分がジャム人間かもしれないと言われても、信じられない。それは、ジャムそのものが、あなたの意識に存在しないからだ。関心がないからジャムが見えない。桂城少尉の言うとおりだ」

零がジャム人間のことを思い出したのは桂城少尉の言動からだった。

思えば歴代の雪風のフライトオフィサは短命だった。いままで何人もが戦死していったが、その一人はジャム人間に料理され、自分はそれを口にしたのだった。

だが、この少尉は長生きだ。それは、この傍若無人な性格と、妙なところで核心を突いてくる独特な知性のおかげかもしれない。

「見分ける方法はないのですか」と丸子中尉。「その、ジャム人間ですか」

「分子レベルで鏡面反転した肉体を持っていたが、それはジャムの間違い、設計ミス、エラーだろう」と少佐。「エラーはすぐに修正されたはずだ。でなければ、ジャム人間はわれわれと同じ物を食えないので、人間社会では生きていけない」

「ロンバート大佐は」と桂城少尉。「そういうジャム人間を集めて、叛乱部隊を編成したんです。そうしたエラーを抱えた欠陥ジャム人間は栄養補給ができないので、いずれ衰弱死だ。ジャム人間だと自覚した者もいたでしょうが、長くは生きられないことを知って自暴自棄になり、結果、凶悪な叛乱兵になった」

「いずれにしてもいま現在は」と少佐。「初期のそうしたジャム人間はいない。戦死をまぬがれても餓死している」

「欠陥ジャム人間の腹では腸内細菌も生きられそうにないしな」と桂城少尉。「だいたい、なにを食っても、不味いだろうな。不幸だ。ジャム人間でなくてよかった。――マフィン、まだかな」

「スコーンだ」と零。「注意散漫だぞ、少尉。マフィンとは随分ちがう。それとも、食べられればなんでもいいのか」

「美味いものが食べたい、それだけです」

注意が散漫なのではなくて、注意の対象が違うということかと、零はそっとため息をつく。こいつは長生きをするわけだと思う。

まるで桂城少尉の声が届いたかのように、スコーンがきた。

ドアがノックされ、クーリィ准将に促された桂城少尉が開けにいく。大きなティーポットが二つ、それから大皿にスコーンが山盛りになっているルームサービスワゴンを押して、准将の秘書官が入ってきた。

「ぼくがやります」

そう桂城少尉が言うと、青年秘書官はカップやクリーム、ジャムはここ、とワゴンの棚を示して説明し、クーリィ准将の、視線による『それでいい、退室してよし』の指示を確認して、司令官室を出ていった。

「サーブはわたしがやる」とブッカー少佐が言って、少尉と代わる。「准将は英国式のクリームティーをお望みだ」

「あなたの気分に合わせたのだ、少佐」とクーリィ准将が言って、明るく笑った。「やりたいだろうってね。気分転換になるし、いいだろう」

「お気遣い感謝します、准将」

サービスワゴンをソファの近くまで移動させて、少佐はスコーンを小皿に取り分ける。

「わたしのスコーンは、クロテッドクリームの上にジャムを、お願い」

「承知しています、准将」

「わたしは」と、リン・ジャクスンが落ち着いた声で注文した。「反対に、クリームを上に、たっぷりと。香りを楽しみたいので」

「承知しました。丸子中尉は？」

「お任せします」

「了解」

「ぼくらは」と小声で、桂城少尉。「注文を訊かれないんですね」

「こだわりがあるなら、頼めばいいだろう」

「スコーンの食べ方にこだわりなんかありませんよ。面倒な食べ物なんだなと、初めて知りました」

「おれにとっては」と零は言った。「食べ物すべてが、面倒だ。食べること自体が、と言うべきか」

「ああ、わかります。大尉はそうでしょうね。ジェット燃料を直接血管に給油して生きられるならそのほうがいい、そんな感じ」

「おまえたちは好きなように」と少佐がひそひそ話をしている二人の部下に向かって言った。「自分でやること」

「イエッサー」と少尉。「立食で、いただきます」

「少佐は、わたしの隣に」

「はい准将」

ブッカー少佐は准将と二人の客人に紅茶セットをサーブし、自分の分を手にして、三人がけのソファの、クーリィ准将の反対側の端に、腰かけた。

桂城少尉がワゴンを入り口まで引いてきて、「マーマレードジャムだ」と言った。「大尉はどうします。先にジャム、それともクリームが先？　うまく塗り分けるとか？」

「塗ってくれるのか？」

「訊いてみただけですが、大尉の分も塗りましょうか」

これだもんな、と零はため息をつく。面倒くさいのは、こいつだ。が、自分も似たようなものだと思う。

他人に関心がなく、人間より機械に近いと揶揄されるタイプの人間を集めた部隊だ。比較的人間味のあるブッカー少佐にしても、料理や食べ物が好きと言えば聞こえはいいが、美味いかどうかより見た目や食べ方にこだわるという、偏執的なところがある。もっとも、最近は仕事が忙しくて、こだわりを発揮する暇もないようだが。

こうした癖の強い集団をまとめて指揮するクーリィ准将が、いちばん〈ふつう〉に見えるのは面白い、と零は思った。准将は少佐の心を汲み、このようなティータイムを用意し、茶の様式をも楽しむという趣味人の面も見せる。そうなのだ、このような人間でなくては特殊戦を率いていくことができないのだと、零は、初めて准将の人間性が理解できた、と思った。考えてみれば、他人のことなど知ったことかという感性では、どのようなチームのリーダーにもなれないだろう。

「紅茶が先だ」

「じゃあ、ジャムとクリームは大尉が塗りますか」

「手分けしてやろう。おれは茶を注ぐ、きみは、そっち。塗り方はお任せということで」

二人で、それぞれの作業に取りかかる。

「ままごとみたいだ」と桂城少尉。

「いやなら――」

「いえ、面白い、という意味です。自分で自分の分をやるほうが効率がいい気がしますが、なんていうのか、気分の問題です」

「個別にやるより気分はいい、か」

「大尉」

「なんだ」

「もしかして、雪風もこういう感じに目覚めたんじゃないですかね」

また妙なことを、と笑おうとして、言われてみればそうかもしれないと、零は思い直した。

「こういう感じ、か」

「良いことをしている、という満足感というのか。雪風に感情があるとは思えないんですが、たぶん、機械知性にも、こういう感じはわかるんじゃないかな」

「感情ではないな」と零。「これは、感情という刹那的な情動というより、幸福感だ」

「相手へのサービスを提供すると同時に、共通の仕事をシェアしている、とも言えるわけで、仕事の効率はほとんど下がることはない。――スコーン、できました」

白いクロテッドクリームを塗った上に、マーマレードジャム。ジャムが上だ。渡されたそれを零は、アイスクリームを食べるようにジャムから口にする。ほろ苦い。

「紅茶が先じゃないんですか」と言い、少尉のほうは零が注いだ紅茶を口にする。「わっち、まだ熱い」

ふと気づくと、ソファに着いている四人が無言でこちらを見ている。

四人は互いになにか話していたのだが、とくに気になる単語は耳に入ってこなかったので零は気にとめていなかった。

あちらは高名な国際ジャーナリストと日本海軍という正規軍の中尉にFAFの准将と少佐、対してこちらは、言ってみれば兵隊だ。見えない壁がある。階級の上下関係なんぞ無視してかまわないという不文律がFAFにはあるが、それは兵隊クラスでの話だ。とくに将官クラスは事情が異なる。基本的にかれらは政治家であって、地球で犯罪を犯してFAF送りになった〈兵隊〉とは筋が異なる。

その壁の向こうから、クーリィ准将の声が届いた。

「二人に、わたしから話がある」

「イエスメム」と桂城少尉は紅茶カップをワゴンのトップに置く。「なんでしょうか」

「お茶はそのまま」と准将は言った。「楽にしたままでいい」

「自分から先に質問していいでしょうか」と零は紙ナプキンで口元を拭いて、言う。「今回の任務の件です。ブリーフィングが途中で散会になった件です」

わずかな間をおいて、いいだろうとクーリィ准将はうなずいた。

「続けなさい」

准将の表情は硬かった。零はそれを見て、警戒した。いまクーリィ准将がしようとしている話の内容は、こちらにとってあまりよいことではないという予感がする。牽制する感覚で、先になにか言いたかったのだ。

「今回のミッション、空爆を敢行する部隊についていって情報を収集するという任務は、ナンセンスだと思いました。空《から》の巣を爆撃すること自体が、無駄だ。しかし、ジャム人間の〈工場〉を潰すという目的だというのなら、わからないでもない。それにしても、情報収集なら、これまでのブーメラン戦隊を出せばすむことです。第五飛行戦隊を。雪風とレイフ、アグレッサー部隊がなぜ必要か、准将の考えを聞きたいです」

「それは、ブッカー少佐、あなたから説明しなさい」

「雪風の、ジャム戦に関する、言語化されない思惑を探るため、です」

「そう。わかったか、深井大尉」

「空の巣を爆撃する様子を雪風が観察して、なにを思うか。それを知るために、爆撃部隊に随行させるというのか」

「ジャム人間の工場にヒットすれば、ジャムの側で、なんらかの反応を示す」とブッカー少佐。「それを期待してのことだ」

「雪風は、人間がどうなろうと、関心はない。〈工場〉にも関心を抱かない。それはジャムではないからな」

「じつは」と少佐は言った。「わたしも、そう思って、この任務は無駄だと感じていた」

「やっぱりな」

「しかし、ジャムの側では、対人戦略のための施設を破壊されれば、黙ってはいないだろう。なんらかの反応を示す。それを、捉える」

「雪風でなくても、それは捉えられる」

「それも、ここに来るまで、わたしはそう思っていた。ジャムが対人施設を破壊されたことで示す反応といえば、FAFに対する再攻撃だろう。爆撃部隊に対する直接的な反撃が予想される。それを、ブーメラン戦隊でもって、闘いには参加せずに観察して、戻ればいい。そう思っていた」

「いまはちがうのか」

「雪風は、対人兵器である〈工場〉を破壊されるときの、ジャムの〈苛立ち〉を感じ取ることができるかもしれない。わたしはそう気づいたんだ」

「苛立ちって」零は少し考え、言う。「物理的な反撃行動ではなく、ジャムの情動を雪風は察知することができる、というのか」

「可能性はある。それはつまり、雪風にも、そういうレベルの心がある、ということに繋がる考えだ」

「いま、桂城少尉と話をしていただろう」とクーリィ准将が言った。「幸福感の話だ。雪風にもあるかもしれない、それに目覚めたのかもしれない、と」

「いや、准将」と桂城少尉。「さきほどのは、スコーンに塗るクリームというレベルの話で、真剣に考えたことではないです」

「わたしは、真剣に話している、少尉」

「イエスメム」

「深井大尉も、わたしの話を聞くか？」

「はい、准将」

「二人に相談だ。ここに残ってもらったのは、そのためなのだ。とくに、深井大尉の考えを聞きたい」

「わかりました」

「これは、あくまでも、まだ公言していない、わたしだけの検討事項だが、いいか」

「イエスメム。どうぞ」

「田村伊歩大尉を、雪風に乗せる」

――なんだって？

零は息をのむ。声にならない。心身ともに凍りつく感覚。ブッカー少佐も、桂城少尉の反応も、同様だった。

「どう思う」

零は、返事をすることができない。准将が持ち出してきた話は、想像を絶していた。クーリィ准将は、前席に田村伊歩大尉を乗せて雪風を飛ばす、と言っているのだ。おそらく後部席には桂城少尉を。少尉を外しての話なら、かれに相談するもなにもないのだから。

内省と探心

結局のところ、ＦＡＦも軍隊だ。

自分はいったいＦＡＦに何を期待していたのだと、田村伊歩は自嘲気味に内省する。ＦＡＦの戦闘機パイロットになれば自由にジャムを叩きに行けるとでも思っていたのか、自分は。

そもそも、日本空軍からＦＡＦに移籍するというのは、自分が空軍パイロットを目指してそれを実現させたことよりも、ずっと難しいことなのだ。なにしろ、頑張って努力すればなんとかなるという問題ではない。これは自分を巡る高度な政治問題であり、軍同士の駆け引きであって、個人の意思は無視されている。徴兵された新兵が自分の意思で所属部隊を選べないというのと同じだ。

伊歩がジャムと交戦したあの模擬戦から、すでに十一日経っている。その間、飛燕《ヒエン》で飛ぶことはもちろん、三日前からは居室の区画から出ることができない。日本空軍との交渉結果が出るまで、行動を無期限に制限されていた。正式にＦＡＦの隊員として迎えられたわけではなく、日本空軍に強制送還されるわけでもない。実に中途半端な立場に伊歩はおかれている。地球からやってきた日本海軍の人間と連絡を取り合うことも禁止されたが、伊歩はかれらと話したいとは思わないので、それは気にならない。行動の自由を奪われていることが伊歩を苛立たせている。

所属軍隊などどうでもいい。とにかくこのフェアリイ星の空へ飛び立ち、ジャムを見つけて叩き落としたい。それなのに、人間が作った組織というものが足枷になっている。

——この状態はまさしく自由刑ではないか。刑務所に入っているのと同じだ。

まさか自分の人生で刑務所に入れられることになろうとは、想像したこともなかった。両親にしてみればなおさらだろう。われらが愛娘が犯罪者になるかもしれないなどとは夢にも思っていない。そんな両親が、娘はいま刑務所にいるのも同然な扱いをされていると知ったら、さぞや嘆くことだろうと伊歩は自分の親不孝を自覚して、心が痛んだ。両親はただひたすら娘の身を案じているに違いないのだ。世間体や家柄に傷がつくといった心配ではない。娘への純粋な愛情だと、伊歩にはわかっている。

裕福な田村家で一人娘の伊歩は何一つ不自由なく育ったが、いわゆる旧家の令嬢などという身分ではない。父も母も自力で人生を切り拓いてきた人間だった。そんな二人が結婚して伊歩が生まれると、娘の存在がかれら夫婦の人生の先導役になった。伊歩は、いわば田村家の豊かさの象徴であり、決して傷つけてはならないものとして大事にされ、愛情を注がれてきた。伊歩はその気持ちを子どものころから感じ取っていたし、長じては、そんな両親を尊敬した。だから自分の中の暴力性については、ずっと隠してきたのだ。戦闘機乗りになると宣言したときも、二人の期待を裏切っているという罪悪感を感じたが、結局は、娘の覚悟を知った両親は心配しつつも進路を妨害したりはしなかった。まるで親という〈母機〉からリリースされたミサイルのようだと、若き空軍少尉になった伊歩は思ったものだ。

娘の人生に干渉しない親だとしても、ＦＡＦというのは一般的な人間の認識からすると犯罪者が送られる辺境地なわけだから、いまの両親の思いは、娘は〈ＦＡＦ送りになった〉というものだろうと伊歩は思う。

日本空軍側が両親になんらかの事情説明をしているはずだったが、不始末をしでかしたのでFAFに送ったなどという説明を空軍がするはずがない。空軍の面子《メンツ》にも関わることなのだから、田村伊歩大尉を悪者扱いするはずがないのだ。したがって両親は、田村大尉は特殊任務でFAFに向かったのであり、その内容は軍機密なので言えない、という説明を受けたはずだ。はっきりとした任務内容が明かされないとなると、親としては、自分の娘はFAFなどという場に行かされるような人間ではないのにと反感を覚えるに違いなかった。

両親にとってFAFという組織は、ジャムという異星の毒を地球上の毒でもって制するためのもの、つまりFAFに行かされるのは地球上では害毒になる人間だという認識なのだから、娘が実際にFAFに行かされたとなれば、任務や目的がなんであれ〈FAF送りになるなんて〉と嘆くに違いない。自分の口から、そうではないと言ってやりたいと、伊歩は心から、思った。あなたがたの娘はだれに恥じることのない真のエリートなのだ、と。

なにしろ、あなたがたの娘は地球に侵攻中のジャムと戦うために戦闘機乗りになったのであり、おそらく自分にはジャムを見る視覚が備わっている。ジャムから人類を守るために生まれてきたような人間なのだ。

――FAF送りになったのではなく、人類の総意がわたしをフェアリイ星に導いたのであって、人類はみずからの命運を田村伊歩という人間に託したと言ってもいい。

両親はごくふつうの人間なので、そんなことを言い出す娘の精神状態を心配するだろうと伊歩にはわかる。だから言うだけではだめで、行動で示し、実際に〈戦果〉をあげなくてはならない。こんなところに閉じ込められている場合ではないのだ。

せめて地上に出て、離着陸するＦＡＦ機の様子を見学したいが、許されていない。居室の外の廊下にＭＰがいて、監視されている。監視していることをこちらにわからせるため、それだけのために立っている。この区画の隔壁扉は通常は開いているが、伊歩が近づくと自動閉鎖する。確認済だ。

結局、室内で過ごすしかない。ＦＡＦに来て最初に与えられた居室は兵舎によくある二人部屋を一人で使ったのだが、模擬戦のあと、ゲスト用といういまの部屋に移された。空間は広くなり名実ともに個室だが、簡素だ。エコノミーホテル並みで、応接間はもちろん応接セットもない。クイーンサイズのシングルベッドと書き物机があるだけだ。政府高官といったゲスト向けではないのは明らかだが、二人部屋のときより天井が高めなのがいい。圧迫感がない。ここが地下だというのを思い出すと、すこし不安な気分になるので、伊歩は、自分は閉所恐怖とまではいかなくても狭いところが苦手なのだと、初めて知った。

壁に大きなテレビモニタがあり、ＦＡＦ内にいくつもある放送局の番組を視聴できた。エンターテイメントからニュース、戦闘状況を知らせる局などなど。特定の民族や出身国の視聴者向けに限定された番組はない。アナウンサーやＤＪが使う言語もすべてＦＡＦ訛りとも言える英語で統一されている。地球の出来事を知らせる番組はあるが、地球で放映されているニュース番組を流しているチャンネルはない。地球の放送をそのまま中継するのは物理的に不可能だ。地球のインターネットを始めとしたコンピュータネットワークもここには引くことができない。地球上の情報をリアルタイムで入手する手段はない。

まさしく島流し状態だ。身柄をＦＡＦに送られるというのはそれまで生きてきた日常から切り離されることなのだと実感できる。これはある意味、死後の世界ではないかと伊歩は思う。いまの自分はＦＡＦに完全に属することができていないので、中有《ちゅうう》にいるようなものだ。そう思えば、親の心配は、自分が想像するより深いだろうと伊歩は悟る。心配というより、嘆きに近い。娘は自分らの手の届かない〈あちら側〉へ行ってしまった、という。

親の心子知らずと言うが、ほんとうにそうだ、これはなんとかしなくてはならないと伊歩は思う。自分はまだ死んでいないし、死ぬつもりもないが、いつ死んでもおかしくない。それを、両親は怖れている。

手紙を書くことを伊歩は思いつく。出征兵士ではないが両親宛の手紙は書くべきだ。娘の無事を知りたがっているだろうし、二人を慰撫するためにも手紙を書こう。

両親への感謝と、自分がいまやろうとしていることを、伝えよう。わたしは、二人を、家族を、ジャムから守るために、ここに来たのだと。自分はまさに軍人の鑑《かがみ》ではないか。

しかし軍隊という硬直した組織の中にいては、ジャムとは戦えない。いま飛びたいのに飛べないのが、なにより、それを物語っている。現在の軍隊という組織は、ジャムという異星からの侵略者を相手にするには有効ではない。そう思うと、また腹が立つ。

一度は書き物机について、その上に用意されているレターセットを引き寄せたものの、現状に憤っているこの精神状態ではペンを取る気にはなれない。

——わたしは、わたしだけの、私的な軍隊が欲しい。最新鋭の戦闘機が常に用意され、整備する時間が惜しいので乗機は使い捨てでもいい、当然、弾薬は決して尽きることなく供給される。わたしだけのために。それはもはや軍隊ではなく、わたし個人の暴力装置だ。

自分は、人間という軛《くびき》から解き放されて、一個の対ジャム戦闘装置になりたい。

それがいまの正直な気持ちだ。が、親には書けない。二人の心が安らぐどころか不安がさらに増すだけだ。

しかし、いつ死ぬかわからない状況にいるのは確かなので、ほんとうの自分を親に向けて書いておくならいましかない。

覚悟を決めて便箋を引き寄せ、ペンを手に取る。しかし、どう書き出していいのか、わからない。手紙などというものを書いたのはいつのことだったろう。電子メールやグリーティングカードは別にして、両親宛の手紙というのは生まれてこの方、書いた覚えがない。書く機会はあったのだが。伊歩は思い出す。

小学校の授業で「わたしの大切な人に手紙を書こう」というのがあって、あれが実は自分の親宛に感謝の気持ちを伝えようという意図によるものだったのだ。子どもの中には親がいなかったり問題のある親から離れていたりする者もいるので「大切な人」宛という表現になっていたのだが、伊歩は文字どおりに、自分が大切に思っている人として『世界の偉人たち』という本の中から、日本で初めて女性宰相になった須田亜沙希《すだあさき》を選んで、「将来、わたしもあなたのようになりたいです」と書いて、教師からやんわりと対象の選び方の間違いを指摘され、傷ついたのだった。須田亜沙希を選べば間違いないし、両親も喜ぶだろうと思っていたというのに。ほんとうは、カーリー・マー宛に書きたかったのだが、それは人ではないし、本心を書くのは親を心配させるだけだと考えた末の、間違いだった。そういうことがあったため、いまだに覚えている。

当時の自分にとって親は、とりわけ母親に対しては、「大切な人」というよりも心配をかけてはいけない人だったので、まさか親宛に手紙を書くという学習なのだとは、思いつきもしなかったのだ。あれは、はっきりと、「親またはそれに準じる人への手紙を書こう」と教師は言うべきだったと思いつつ、書けない言い訳をしてどうすると伊歩は思う。自分はいまだに、あの小学生の時のままだ。

決心して、「拝啓」と書く。いや、拝啓ではないだろうと、手を止める。こんな書き出しでは、

「父上、母上」と続けることになる。ここは、「おかあさん、おとうさん、お元気ですか」だ。そういう言い方でしか書けない。

新しい便箋の頁をめくり、一枚目を破棄しようとして、これは下書きが必要だと悟る。コンピュータ端末で文を書くのとは勝手が違う。失敗した一枚目は下書き用にしよう。

ペンを握り直したところで、入り口のドアがノックされた。外のMPではない。自分の世話係、アテンダントスタッフのフェイス中尉だと、音の調子でわかる。

「入れ」と大きな声をかける。

無理難題から解放された気分で、ドアのほうを見やる。ゲストルームというこの部屋のドアにはロックもチェーンも付いているが、使っていない。士官の居室だと伊歩は思っているし、MPによる〈警護〉もあるのだ。万一、忍び込んできたり襲ってくる者がいれば、それはほとんど飛んで火に入る夏の虫状態であって、半殺しの目に遭わせるだけのことだ。運動不足の解消と実戦勘の維持に役立つ。

そういう伊歩の〈危険性〉を感じ取っているアーモン・フェイスの顔がドアの隙間からちらりとのぞく。

なんて綺麗な黒い肌の色だろうと伊歩は思う。そういえば、カーリー・マーは〈黒い母〉という意味だ。その肌は青黒く描かれることが多い――などと、手紙を書こうとしていた気分を引きずっている。

だが、ドアの向こうのフェイス中尉の表情を見た伊歩はペンをペン立てに戻してレターセットを素早く片付け、椅子を立つ。

「田村伊歩大尉、呼び出しです」と中尉は姿勢を正して、言う。「軍装に着替えたほうがよろしいかと。外でお待ちします」

「わかった」私服姿でいた伊歩はスカジャンを脱いで、ベッドに放る。「わたしの正式な処遇が決まったんだな」

するとフェイス中尉は「いいえ」と言った。伊歩はがっかりしかけたが、続く言葉の意外さに気分の落ち込みは阻止された。

「特殊戦司令、クーリィ准将があなたをお呼びです。ライトゥーム中将の許可も下りています。すぐに支度を。わたしが案内します。わたしが同行すれば行動制限は一時解除、フリーパスですので」

「わたしはまだ正式なFAFの人間ではない、か」

「イエッサー」

「クーリィ准将は、命令一つでわたしを動かせると思っているようだな。あなたは、どうなんだ。あなたのあとをのこのことついていくとでも、思っているのか」

「これはあなたにとってチャンスです、伊歩さん」とアーモン・フェイスは言った。「特殊戦はFAFでも特異な、特殊な部隊です。FAFの一部隊でありながら、独立した対ジャム軍隊のようだ——」

「知っている」と伊歩。「先日見学してきた」

「それなら話は早い。ライトゥーム中将もあなたの行動に目をつぶると言っているわけです。しぶる中将を、わたしが説き伏せました。特殊戦なら、所属にこだわることなく伊歩さんの力を発揮することができる。日本空軍側との問題は中将が引き受けるということですから、伊歩さんはジャム戦だけに集中することができる。これを断る理由はない」

いつまでこの部屋に閉じ込めておくのだと八つ当たりしていたから、フェイス中尉もなんとかしたいと思っていたのだろう。

「わかった」と伊歩。「あなたに感謝する、フェイス中尉」

「どういたしまして、大尉。特殊戦へは気を引き締めて向かってください。クーリィ准将の話の内容はわかりませんが、あなたの意向に沿うものとはかぎらない。極端な想像をするなら、クーリィ准将はFAFに対するクーデターにあなたを引き込みたいと考えているのかもしれない。特殊戦はそういう部隊だ」

「助言ありがとう。着替えるので待っていてくれ」

「イエッサー」と言ってから、一瞬の間をおいて、中尉は言い直した。「サー、イエスメム」

「なぜ言い換える？」

「FAFでは男女の区別なく〈サー〉を使う、というのは、実はあなたを陥れるための嘘です。クーリィ准将に対して、サーと呼んではいけません。おそらく、准将は気分を損ねると思います。あるいは、あなたのことを非常識な人間だと思うか、喧嘩を売っているのかと誤解されるおそれがある。わたしは准将の人柄をよく知らないので、なんとも言えないのですが、違和感を抱くだろうとは思います」

「わかった」と冷静に伊歩は応答する。「あなたは、ずっと、わたしを馬鹿にしていたわけだな」

「申し訳ありません」

「べつだん、あなたに馬鹿にされようが、わたしは気にしない」

「あなたは強い人だ、伊歩さん」

「わたしは准将に無礼を働く前に打ち明けてもらってよかったと思っているが、気になるのは、どうしてあなたの気が変わったのか、だ。わたしがクーリィ准将を怒らせて、その原因が自分にあることが知られるのはまずい、とでも思ったのか」

「それもありますが、あなたをサーと呼んで気分を良くしていた自分が、いやになった」

「あなたは人が良すぎる、アーモン・フェイス。戦いには向いていない」

「そのとおりです、伊歩さん。わたしはここでの昇進より、地球へ戻るほうが幸せだと気づきました。あなたに言われたとおりです。あれから自分で考えてみたのです。そのとおりだと、わかりました。あなたのおかげです」

「それはよかった」と伊歩。「了解したので、外で待て」

「イエスメム」

ドアが閉じる。

性別に関係なく上官にはすべて「サー」と応じるのは面倒がなくていい。FAFは対ジャム戦を戦ううちに、不合理な慣習は切り捨てて効率を上げているのだろう、いいことだと伊歩は思っていたが、どうやら人間の性別意識というのは異星人相手に最前線で戦っていてもそうは変化しないものらしいと、すこしがっかりした。むしろ相手が異星人であればこそ、人間の本質が現れ出るのかもしれない。

FAFでは航空単位を人工的なメートル法に変更してしまったが、それにならって強制的に〈サー〉で統一すればいいかといえば、単位の変更には順応できても、たぶん、これはだめだ——着替えるためにTシャツを脱ぎ、自分の身体の存在を意識して、伊歩はそう思った。

敬称の使い分けといった単純な問題も、突き詰めれば、自分が他人をどのように〈視ている〉か、他人からどのように〈視られている〉かを常に意識していないと異星人とも戦えない、という〈人間の本性〉に行き着く。人間にとって一番の関心事は、他人との関係だ。良好な関係を築いて維持していくことは生きていく上で重要だ。人は単独では生きられない。仲間から疎外されれば生存が難しくなる。そんな人間にとって敬称は、いわば人間関係を円滑にするための潤滑油であって、なくてもいいという些末なものではない。必要不可欠なのだ。

――人間は面倒な生き物だ。

伊歩は思う。

自分もそうした人間だと、クーリィ准将の部屋で、ここに呼ばれた理由を准将の口から聞きながら、自分は空軍の同僚から、人間より機械に近い、などと言われてきたが、ぜんぜん違う。そうではない。

サーでもメムでも、呼ばれ方などどうでもいいが、アーモン・フェイスがどういう思いを込めてその言葉を使っているのかを汲み取る力は、たぶん、当のアーモンよりも自分のほうが優れていると伊歩は思う。俗っぽく表現するなら、〈人を見る目〉は、かれよりもある。

空軍では他人に嫌われることが多かったが、それは当人が自覚していないその者の本音を読み取ることができたからだ。それを指摘された当人は、いやでも伊歩の指摘が正しいと認めざるを得ない。だから腹が立つ。それでも、のべつまくなし〈嫌われて〉いたわけではない。なかには素直に伊歩の言葉を受け入れて感謝する者もいた。今回のアーモン・フェイスのように。

自分は人の思いを汲み取る能力が常人よりも高い。だが、機械知性は、人間ではない。

「わたしに雪風の気持ちを読み取れと、そういうことですね」

無礼を承知で、伊歩は准将の言葉を遮る。

「わたしは人間です。機械じゃない。機械の気持ちなど、わかるはずがない」

デスクに着いているクーリィ准将はかすかに首を傾げて、立っている伊歩を見つめる。

こちらの表情を観察しているのだと伊歩にはわかる。リディア・クーリィは驚いたわけでも不快に感じたのでもない。特殊戦のこの司令官は、話をしていた相手が突然こういう態度に出たのはどうしてなのか、その理由を探っているのだ。黙ったまま、伊歩が口を開くのを待っている。

いままで出会ったことのない〈人間力〉の持ち主だと伊歩は感じた。そして、これは自分の〈負け〉だと思った。

特殊戦という部隊は戦闘用コンピュータが動かしているような非人間的な戦闘組織だとアーモン・フェイスから聞かされていたが、戦闘のやり方は非人間的であっても、この司令官は違う。先の〈休暇〉の様子からしても、とても人間くさい。見方によっては、特殊戦はほかのどのFAFの部隊よりも〈人間的〉だ。

特殊戦への先入観は捨てなくてはならない。

「申し訳ありません、准将」伊歩は率直に謝る。「わたしは、人間ではないと言われているような気がしてきて、取り乱しました」

「なるほど」とクーリィ准将は表情を動かすことなく、言う。「あなたは自分が人間だということに、FAFに来て初めて気がついたのだ。自分がヒトだということを、発見した」

「いいえ、そういうことでは……」と反論しかけて、そういう面もたしかにあると思い、さらに、言われてみればそのとおりだと思い直す。「はい、そうです、准将。おっしゃるとおり、わたしは生まれて初めて、自分がヒトであることを自覚しました」

「ジャムという異星体を相手にしていると、自分は人間であることを意識させられる。良くも悪くもだ。あなたは貴重な発見をしたのだ、田村大尉」

「はい、クーリィ准将」

「ジャム戦の最前線にようこそ。よくきてくれた。まずわたしから礼を言うべきだった。わたしのほうは、長いジャム戦で自分が人間だということを忘れかけていたようだ。ありがとう、田村大尉」

戦争というのはヒトという動物の残忍性、暴力性、利己的な縄張り意識などを顕わにするものだが、と伊歩は思う、それは同時に、人間が人間らしくあろうとして苦労して身につけてきたマナーやエチケット、ルールにモラルといったものの価値を再認識させてくれる。とりわけジャムに対しては、われわれはおまえたちとは違うということを示すためにも、人間だけに通用するマナーやモラルを捨てるわけにはいかないということなのだろう。

「どういたしまして」と応える。そして、確認のために訊いた。「准将から礼を言われるというのは、わたしは正式に特殊戦に迎え入れられたわけではない、ということでもあるでしょう。雪風の思惑を探れというのは、命令ではないと解釈して差し支えないでしょうか」

「そのとおり」と准将は即答した。「これは、あくまでも、あなた個人に向けた、お願いだ。強制ではないし、命令でもない」

「正式にＦＡＦへの移籍が決まってから、お話を聞くというのでは駄目なのでしょうか。そのほうが、むしろ准将としては、わたしに命令できるわけですから、都合がいいのでは」

「特殊戦からも日本空軍側へ、あなたが欲しいと働きかけてくれ、という思いがあるようだな」

「はい」と正直に、伊歩。「あまり進展がないようなので、正直なところ焦っています。わたしは、はやくジャムを叩くために飛びたい」

「正式な籍にこだわるというのなら、いちばんの早道は、あなたが日本空軍を辞めて、ＦＡＦに志願することだ」

考えたこともなかったが、自分の立場と戦闘機パイロットとしての技量を思えばそう簡単にはいかないだろうと思う。クーリィ准将も承知の上で言っているのだ。つまり、それができるのならだれも苦労しない、そんな難しい問題に首を突っ込むつもりはない、そのように准将は言っている、そう伊歩は解釈した。

「だが、事はそう簡単ではない」と、予想どおり准将は続けた。「あなたはあの模擬戦で、ジャムのタイプ7を撃墜している。あれは同時にオーストラリア空軍機でもある。あなたは友軍機を撃墜したと見られていて、一面ではそれはまったく正しい。ロンバート大佐が乗って逃げたほうの大型機は、いまなお、タイプ7でもあり、オーストラリア空軍の空中指揮機でもある状態だろう。地球人たちはそんな説明では納得しない。オーストラリア空軍と政府は、あなたの身柄の引き渡しを日本政府に要求している。解決には長い時間がかかるだろう。どう決着するのか、わたしには予想もつかない。FAFやライトゥーム中将は、日本とオーストラリアの間に立って、仲介役をやる形で、最終的にあなたを手に入れることを画策しているようだ。そんな面倒な場にこちらから参入するつもりは、わたしにはない」

「わかりました」と伊歩。「わずらわしい思いをさせて、申し訳ありません。ジャムを叩けるなら籍にはこだわりません。特殊戦もそうなのですね。もはやFAFの一部隊ではないような准将の考え方かと。そう見えます」

「ちょっと違う」とクーリィ准将。「FAFの規範から逸脱する作戦行動をとるつもりはないが、FAF自体がいまや巨大組織であるゆえに、小回りが利かない。いま起きている変化に対応できていない。いますぐにでもロンバート大佐を叩くべきなのだが、上層部には反対する者も多い。ジャムと通じているなら、ダブルスパイとして使えるというわけだ。ジャムの考えを知る手がかりになると。だが、大佐もジャムの正体については、わかっていない。ジャムに利用されているだけだし、かれもおそらく、それは承知だ」

「ロンバート大佐の狙いは、世界征服だそうです」

「そのとおり。人間の支配だ。ジャムとはもはや関係ない」

「ジャムの狙いも人類の支配でしょう」

「それは、わからない」

「わからない？」

「わからない。おそらく人間はジャムの眼中にない。しかしジャムは地球上のなにかを得るために侵攻してきた。それを奪われることで人類の生存も危うくなる」

「ロンバート大佐がいれば、それを阻止できるのでは？　人類が滅びるのは大佐にとっても不利益になることでしょう。征服する対象が滅びては、ジャム側に寝返った意味がない」

「大佐の目的は不老不死ではない。死なないことよりも生きている実感のほうを重視している。危ないことに挑戦して、そのスリルを味わうのだ。世界征服もその手段にすぎない。征服して、その世界が安定したら、自ら壊す」

「維持し続けることには興味はない？」

「かれは、壊し屋だ。大佐のそうした感性は、人類を滅ぼすのに役に立つ。ジャムが大佐に取り入った狙いはそれだろう。ジャムは、人類を滅ぼすほうは大佐に任せている節がある。本当の狙いは、謎だ」

「ジャムは、情報を食う。そう思います」

「そうかもしれない。戦争や騒動という混乱そのものを餌にしているとも考えられる」

「だとすると、ジャムにとっての大佐の利点は、壊し屋というより、騒動屋ですね」

「いずれにしても、大佐がいるせいで、ジャムの本質が見えにくくなっている。とても邪魔だ。ロンバート大佐を確実に葬ることを、わたしは計画している」

「雪風を使って、ですね」

「そのとおりだ」とクーリィ准将はうなずいた。「そして、あなたのジャムを見る目が使える」

――ロンバート大佐という一個人を殺害するために、わたしの力を貸せと、そういうことか。

伊歩はクーリィ准将のデスクの前に立ったまま、考え込む。

自分は軍人だ。軍人の本分は敵を討つことにある。敵将を討ち取るのは名誉なことであって、ためらう理由はない。ロンバート大佐はまごう事なき敵将であり、殺害すべき敵の玉《ぎょく》だ。

それなのに、大佐を葬るために力を貸してほしいというクーリィ准将の申し出に違和感を感じるのはなぜなのか。

「わたしは」と伊歩は考えた末に言う。「狙撃兵ではない。戦闘機のパイロットです」

すると准将は表情を変えずにうなずき、そうして、言った。

「気持ちは理解できる。あなたは誇り高き戦闘機乗りだし、乗機のパワーは人間一人を目標にするには過剰で、対人戦闘にはふさわしくない。プライドの面でも、実効性においても、大佐殺害作戦に協力する気にはなれない。あなたはそう思っている」

それだけ言って口を閉ざした准将に、「そのとおりです」と伊歩は応じる。それ以外になにも言うことはない。というよりも、なにも言えない。言えないように誘導されたのだと伊歩は思う。

「ジャム戦においては、あなたのプライドは通用しない」と、クーリィ准将はきっぱりと言った。

「それから、ロンバート大佐を殺害するには戦闘機どころか全軍を集めた戦力でも足りないくらいだ。しかもジャムの戦力としては大佐の存在はほんの付け足しであって、無視できるほどのものでしかない。それにも手を焼いている現状なのだ、田村大尉。あなたがここ、フェアリイ星でジャムと戦いたいのならば、気持ちを切り替えることが必要になる。わかるか？」

「イエスメム」

そう即答している自分に、内心驚いている。クーリィ准将に自分の気持ちや考えを完璧にコントロールされているのを自覚したからだ。

「茶でもどう」

クーリィ准将が言う。こちらの緊張をほぐそうという心遣いだと伊歩は思う。

「ありがとうございます、メム」

そう応えると、准将は初めて和やかな表情を見せて、言った。

「あなたが望むなら、茶の湯でも」

「茶の湯、ですか。流派は？」

「ブッカー流だ。ジェイムズ・ブッカー。かれが点《た》てる」

「ブッカー少佐が、茶を点てる？」

「そう」

クーリィ准将は微笑んでいる。これは本気ではないとわかる。だがブッカー少佐が日本の茶道に通じているというのは本当だろう。

「ぜひお手前を頂きたいところですが」と伊歩は真面目に応える。「作法を復習してからにしたいと思います。なにしろ不調法なもので」

「そう？　あなたは所属基地の空軍祭では野点《のだて》の主人役を務めたこともあるとか。丸子中尉から聞いている」

——たしかにそのとおりだ。あの日本海軍情報部の女はいつのまに特殊戦とこんなに近づきになっているのか。わたしに関する情報をクーリィ准将に売って、自分のほしい情報を准将や特殊戦から得ているに違いない。さすが情報屋、やることがえげつない。

田村伊歩は苦苦しく思う。眉をひそめるとその表情を読み取ったかのように准将は席を立ち、すまない、と言った。

「無駄話がすぎた。わたしが茶を入れるので、雪風の話をもう少し詳しく聞いてほしい。そちらに落ち着いてくれないか、大尉」

「わかりました」

言われたとおりにする。准将が目で指した一人がけのソファへと進む。

上官に自ら茶を入れさせるのはどこの軍隊でも非常識だろうが、クーリィ准将は上官ではない。いまのところは。准将もそのつもりだろう。こちらを客人として扱っているのだ。

クーリィ准将はどんな茶を振る舞ってくれるのだろうと、ソファに落ち着く前にうかがうと、ティーバッグをカップに放り込んでいる。紅茶のようだ。

「お気に入りの茶はなんですか」と訊いてみる。「茶の湯の苦い茶はお好みではなさそうですが」

「そうなの」と、くだけた調子で准将が応える。「少佐には言わないでほしいのだが、わたしは、茶などの飲み物にはとくにこだわりはない。正直なところなんでもよくて、薄いコーヒーで十分だと思っている。少佐に付き合うのはちょっと大変」

「ブッカー少佐は趣味人なんですね」

「ここだけの話だ、田村大尉」

「わかりました、メム」

准将が振る舞ってくれた紅茶は意外にも香り高く、なかなかのものだった。これぞ紅茶という、どこか懐かしさを感じさせる香り。

「この紅茶はなんですか？」

「アールグレイ」と准将が即答する。「基になっている茶葉がなんなのかはわからない」

「どういうことですか？」

「アールグレイというのは、ベルガモットをつかって香りを付けたフレーバーティーのことだ。さまざまな茶葉をつかって人工的に香りをつけている」

「知りませんでした。ではダージリンベースのアールグレイもあるわけですね」

「あるだろう」と准将。「ダージリン本来の香りは楽しめないだろうが。でも、ミルクにこの香りが合うといってブッカー少佐が好むので、わたしもこれが紅茶なのだと思うようになった」

「わかります」と伊歩。「これぞ紅茶らしい香りだと、わたしも思います。ベルガモットですか。紅茶によく合ったフレーバーなんですね。アールグレイという名前は知っていましたが、人工的に香りを付けたものだとは思いませんでした」

「名の由来は諸説あるようだが、一八〇〇年代に英国首相を務めたチャールズ・グレイ伯爵からきているというのが、いかにも、もっともらしい。グレイ伯爵はラプサンスーチョンが気に入っていたのだが手に入りにくく高価だったこともあって、手軽に味わえるフレーバーティーの開発を紅茶メーカーに依頼したところ、これが出来上がってきた、という。こういう話は、もちろんブッカー少佐の蘊《うん》蓄《ちく》による」

「紅茶に詳しいのはともかく、日本の茶の湯も嗜《たしな》むとは、少佐は単なる物知りの域を超えていますね」

「少佐は知識よりも実践の人だ」と准将は、まるで自慢するかのような調子で言う。「特殊戦はかれの実務能力に支えられているといってもいい。少佐自身、優秀な戦闘機パイロットでもある。その気になれば、あなたの飛燕も飛ばせるだろう」

「それはすごい」

「うまく飛ばせるかどうかは、また別の話になる」

「なるほど」

「わたしが言わんとしていることが、わかるのか？」

「ブッカー少佐は、自分に興味のあることしか実践しようとしない」

「そのとおり。あなたの理解は正しい。こんな短い会話でよく少佐の本質を捉えたものだと、賞賛したい。あなたの会話力は素晴らしい、田村大尉」

「ありがとうございます、メム」

「そのメム、だが、ブッカー少佐は長らくわたしに対して、メムとは、絶対に言わなかった。『イエス准将』、または『イエス閣下』とだけ。あまりにも不自然なのである日尋ねたところ、わたしに対してだけでなく、どうしても言えない、という」

「なぜです」

「さあ」と准将。「地球時代に、なにか女性上官相手にトラウマになるような経験をしたのだろうと想像するしかない。とにかく、絶対に、口にしなかった」

「いまは？」

「いちおう、言えている」

「言えるようになったのですね」

「かれの発音は、微妙になまっている。そうすることで、かれなりに、この問題を乗り越えたようだ。わが特殊戦では彼流の発音の『メム』のほうが主流になっている」

伊歩には発音の違いがよくわからないのだが。

「少佐がかれなりの『メム』を使い始めたのはもうずいぶん前のことで、いまやわたしもすっかり慣れてしまったのだが、思い返せば、少佐はどうやらわたしや女性に対しての尊称ではなく、自分自身に確認する意味で言っていると感じた。あるいは、わたしを含めた全員が仲間、同じメンバーだという意識で言っているようだと」

「メンバーズの、メムですか」

「かれがどういう思惑だったのか、確認してはいないし、必要もない。どのみち意味は関係ない。メムを付ければ、単なるイエスではないというのがわかる。重要なのはそれだけだ。あなたもそのつもりで。深掘りは無用だ」

「イエスメム」

意味を問えば少佐の古傷をえぐることになる、絶対に触れるなと准将は釘を刺しているのだ。

「その少佐が」と准将は、すばらしくなめらかに本題に入っていく。「雪風の思惑を知る必要があると主張している」

「はい。概要は聞いています」

「雪風がなにを考えているのかといえば、ジャムを探して叩く、それだけだ。単純にして明快。それ以上のなにを知る必要があるのか。あなたは、どう思う」

「それは」と田村伊歩は、問いの内容を素早く思考野で再確認し、答える。「雪風の行動が単純でも明快でもなくなった場合、その思惑を探る必要が出てくる。いまの雪風はそういう状態にあるということでしょう」

「まさしく、そのとおり」満足げに准将はうなずいた。「実際にどのような行動を雪風がとっているのか、それを説明したい。あなたにも関係することであり、あなた自身、雪風の現状を無視してFAFでの戦闘行動はとれない。わかるか、大尉」

「イエスメム」

有無を言わせない話の流れだが、伊歩は准将のその言い方に威圧感は覚えなかった。感情面でも嫌な気持ちにはならない。准将の話し方はとても理知的で、むしろ気持ちがいい。

「雪風の行動変化でもっとも重大なのは、雪風が人間に関心を抱き始めたように見えることだ。わかりやすいその例は模擬戦に参加したあなたに雪風がとった行動だ。発進前の飛燕の画像処理システムに向けて雪風が自分の画像を消すというジャミング行動をとったのは、ブッカー少佐が分析しているとおりだとわたしも考えている。雪風は、あなたに、『デジタル画像ではなく目視像を信じろ、肉眼を使ってジャムを見よ』と伝えたのだと特殊戦では解釈しているが、その解釈の是非はともかく、雪風は飛燕ではなく、人間であるあなたの存在を重視した行動をとったのは間違いないと考えている。雪風は、あなたを対象にしたのだ」

クーリィ准将は、雪風の思惑を無視してはこちらの身が危険になる状況について説明しようとしている。雪風とはそういう存在なのだということが、伊歩にもわかってきた。これは現実的な、身体的な脅威なのだ、と。

「あのときは」と伊歩は思い出しながら言う。「わたしのほうから、雪風に対して先にアクションを起こしたと思っていました。具体的には、わたしは模擬戦の相手である雪風の機影を確認する操作をした。あのときの雪風の反応は、わたしのその操作に対するカウンター、対抗措置だと考えていました。でも雪風の行動はそうではなく、最初からわたしを目標にしたものなのだ、ということですね」

「そう。雪風は発進準備段階から、滑走路の向こう側で飛燕機上のあなたとというのはそれまでの雪風に注目していたことがわかっている。人間の会話に注意関心を向けるなどということはなかった行為だ。その原因こそ雪風本人に訊きたいところなのだが、ようは、人間の中にも敵がいるということを、雪風は知ったのだ。それが雪風の行動の変化にはっきりと表れている。雪風は人間であるはずのロンバート大佐を敵として認識した。これは重大な事実だ」

「ロンバート大佐はジャムです」

「われわれからは人間にしか見えない。それに大佐が完全にジャムになったとするなら、人間とコミュニケーションを取ろうとはしなくなるだろう」

「それはそうかもしれない」

「いま特殊戦が重大視しているのは、雪風は人間も敵として攻撃することができるようになったのではないかという、疑念が生じたことだ。雪風は人間である大佐を目標に攻撃した。ジャムそのものでなくても、ジャムに荷担する者は容赦しない、雪風はそのように変化しているのではないか」

「たしかに、それは重大な変化ですね」

「これまでの雪風は大佐どころか人間というものに関心を寄せることはなかった。それが、大佐のクーデターが勃発すると同時に雪風は人間を積極的に利用し始めた。雪風は、われわれ特殊戦の人間が対ジャム戦力として使える兵器であることを発見した。雪風の意識と人間の意識を融合するような手段でもって、雪風は、深井大尉と桂城少尉を使ってロンバート大佐を追跡した。雪風に操られる人間は、まるで幻覚世界に迷い込んだような体験をする。深井大尉と桂城少尉の二人は、〈自分たちは雪風に操られている〉ことを自覚し、雪風の思惑どおりに行動したので、うまく現実世界に戻れた」

「信じがたい話ですが」と伊歩。「わたしも似た体験をしたので、わかります」

ロンバート大佐との接触は、まさしく幻覚世界の出来事のようだった。

「雪風にとって、いまやわれわれは対ジャム戦に使える兵装の一つなのだ。雪風はジャムを狙ううちに、ジャムのやり方を身につけたのだと思われる」

ただの戦闘機のAIなのに、どうしてそんな超常的な戦闘行為が可能になったのかという具体的な理屈はともかく、ジャムのせいだと言われれば、納得できる伊歩だった。無言でうなずく伊歩に准将は続けた。

「ジャムの感覚を雪風は、その一部にせよ、共有している。その感覚を使って雪風は、あなたの能力が使えることを知った。間違いなく、そうだ」

「ジャム索敵装置としてのわたし、ですね」

「そう。あなたはそのつもりでフェアリィ星の空を飛ばなければならない。いつ雪風に利用されてもいいという心構えが必要だ」

「雪風のその操作を拒むことはできない、とお考えですか」

「それが、わからない。雪風の思惑が不明なのだから、拒んだらどうなるのかも予想できない。雪風は、あなたをジャムだと認識している可能性も否定できない」

「それならわたしはいまごろ飛燕ごと雪風にやられているでしょう」

「雪風は、利用できるものはなんでも利用する。あなたがジャムだとしてもあなたの脅威は低いと雪風が判定し、利用しているのかもしれないのだ」

「雪風はあの模擬戦で、ロンバート大佐の居場所をわたしを利用して見つけた。雪風の目標はロンバート大佐ですね」

クーリィ准将はうなずいて、言う。

「わたしの考えと同じだろう。わたしも雪風も、ジャムの本体を叩くためにはロンバート大佐を排除しなくては始まらないと思っている」

「雪風もそう思っているというのは、たんなる想像、仮定でしょう」

「仮定の上で雪風を運用する危うさは、あなたにも理解できることと思う」

伊歩が返事をする間もなく、准将は言う。

「だから、あなたの力を貸してほしい。ここにあなたを呼んだのは、そうお願いするためだ、田村大尉。ぜひ、引き受けてほしい」

言い終えたクーリィ准将は紅茶カップを傾ける。つられて伊歩も飲みかけの紅茶カップを手にする。まだ冷めていない。

「……ロンバート大佐殺害作戦ですか」

おそるおそるそう言っている。伊歩はその口調を自分で意識している。ここまで説明されても、自分が叩きたいのはジャム機であって、ロンバート大佐という〈人間〉ではない。

すると准将は、それは二の次、ついでに出た話題にすぎないと言う。なんだ、そうなのかと、伊歩が肩すかしを食らった気分に浸る間もなく、准将は畳みかけるように続けた。

「雪風の思惑を探ることが先決だ。それがあなたにとってもいかに重要かというのは、わかってもらえたことと思う。さきほどのあなたは、雪風の気持ちを探ることなど人間である自分にできるはずがないと言ったが、わたしは、あなたに期待している」

「具体的に、どうすれば力になれるのでしょう？」

「雪風のパイロットとして実戦に参加してほしい。ただし、恒久的に雪風のパイロットになれ、ということではない。一時的に深井大尉の代わりとして、ということだ」

雪風に乗れと言われるだろう、という予想はしていた。フライトオフィサ役なら試しに乗ってもいいと思っていた。安全な空域なら問題ない。深井大尉の腕も実際に搭乗して確かめたいとも思った。

だが、准将の依頼は予想を超えていた。雪風を操縦しろという。しかも実戦で。

雪風の後席には操縦装置はないのは確認済だった。乗員のサポートは期待できない。

「飛行習熟訓練が必要です」

「あなたなら、いきなり実戦飛行でも問題ない」

「わたしを買いかぶりすぎです」

「あなたが下手な飛ばし方をすれば、雪風のほうから操縦権を渡せ、と言ってくる。それより問題なのは、そもそも雪風があなたをパイロットとして受け入れるかどうか、それがわからない。雪風が拒否するなら、あなたは限界を超える大G機動により身体的なダメージを被《こうむ》るか座席ごと機外に放り出される。それがどういうタイミングでなされるか、まったく不明だ。地上でタキシングしている時に射出されるかもしれないし、ジャムを発見したとたん失神させられるかもしれない。あなたの命に関わる懸念材料だが、そうなった場合でも、雪風の思惑の一端がわかる。あなたを拒んだという事実がデータとして得られるわけだ」

「そうですね」と伊歩は他人事のように応える。「それはいいとして、深井大尉はどう考えているのですか。雪風の思惑を探るのに、かれ以上の適任者はいないし、大尉自身もそう自負しているはずです。一時的とはいってもわたしが雪風を飛ばすことを快く思っていないのでは？」

「深井大尉がどう思うかは関係ない。かれはわたしの命令に従うだけだ。が、そう、あなたの深井大尉に対する思い、懸念はわかる。実はわたしも同じことを考えた。かれの思いを無視して雪風を運用するのは危険なので、大尉の考えを聞いたところ、とても意外だったのだが、かれは、あなたが雪風を操縦することに反対はせず、すんなりと受け入れた」

「命令には逆らえないということではなく、素直に、ですか」

「そう。時間をとってかれと二人だけで話したところ、あなたなら雪風を任せられるという思いと、それから、自分と雪風の絆のような信頼関係はだれにも邪魔されることはないという絶対的な自信が感じられた。だから深井大尉の気持ちをあなたが心配する必要はない。深井零は、あなたに雪風が飛ばせるものなら飛ばしてみろと思っているのかもしれない。正直なところ、かれの心の内は、いまだによくわからない」

「なにも考えてない、ということでは？」

「いや、こと雪風に関しては、それはない。かれにとって、雪風こそすべてだ」

「ちょっと引っかかりますが、大尉を別にして、わたしが雪風に乗ることに反対する者はいますか」

「ブッカー少佐と桂城少尉は強硬に反対した」

「それは問題でしょう」

「すでに解決済みだ」

「問題ない？」

「ない」

「桂城少尉は面倒な気がしますが」

「かれは、あなたと一緒には飛びたくないと言ったのだ。わたしは最初からかれをあなたのフライトオフィサ役にするつもりはなかったので、問題にはならなかった」

「あの少尉らしいです。で、ブッカー少佐はなぜ反対するのでしょう。雪風の思惑を探りたいという思いは、少佐がいちばん強いでしょうに」

「少佐は、あなたの安全を考えて強く反対したのだ。あなたに万一のことがあったら責任がとれるのかと、わたしに迫ったくらいだ。言うまでもないが、わたしは責任は取らない。あなたはわたしの部下ではないから、なにがあろうと、わたしの責任問題にはならない。あなたもそのつもりで、受けるかどうかを判断してほしい」

「わかりました」

「ほんとうに？」

「ここは戦場で、わたしは軍人です。覚悟はできているつもりです。少佐の心配は人としてありがたいですが、軍人のわたしには無用です。ブッカー少佐には、わたしを甘く見ないでほしい、とお伝えください」

「生え抜きの軍人らしいわね」とクーリィ准将は、およそ軍人らしくない口調に変えて、そう言った。

「アドレナリンが出まくる環境で、いつも喧嘩を売るように生きてきたことがよくわかる態度だ」

「おっしゃっている意味が、よくわかりません」

「ジェイムズ・ブッカーという人の、人としての優しさを、そのままありがたく受け取っておけばいいのにとわたしは思ったのだが、あなたは立派な軍人だ。さすがエースパイロットだけのことはある。揶揄しているわけではない。心から、そう思う。そうでなければ、あなたをここに呼んだりはしない。いいでしょう、少佐には、そのとおりに伝えておく」

　伊歩は戸惑った。軍人以外の何者でもないクーリィ准将という人間から、なぜそんなことを言われなくてはならないのか、まったく理解できない。どういうつもりで言っているのか准将の内面がよく読めない。

たぶん、と伊歩は自分なりに考えた末に思う、准将は、ブッカー少佐という人を軍人としてだけでなく人として信頼しているのだろう。

「それで」と伊歩は言う。「少佐のほうの、その問題は、どのように解決済みなんでしょう」

「ブッカー少佐はどこまでもあなたを心配するので、かれを乗せることにした」

「はい？」

「フライトオフィサとしてブッカー少佐を雪風に乗せる。それならばと、かれも妥協した」

「なんと」と伊歩。すこし考え、間をおいて、続ける。「では、深井大尉は後ろにも乗らず、愛機の雪風から完全に離れるというわけですか」

深井大尉は後部席に着くものと無意識のうちに決めつけていたので、また伊歩は驚く。

「それが狙いの一つでもある」

「そんなことをして」と、思わず考えなしの言葉が口から出てしまう。「雪風のなにがわかるというのです」

それがわからないから、やっているのだ。伊歩にもそれはわかる。しかし准将の計画は後先を考えていない無謀なものに思えた。

雪風が深井大尉以外の乗員を何人殺そうとも、それでも雪風の内面を探らなくてはならない。准将はそう考えている。だが、なぜそれほどまでに〈そこ〉にこだわるのかが、わからない。

わからないといえば、さきほどの准将の言葉も腑に落ちたとは言えない。まるで軍人とは思えないリディア・クーリィのこちらへの態度。それを敷衍《ふえん》するなら、特殊戦は軍隊ではないとも受け取れる准将の発言だった。

いま発したこちらの感情的な言葉にはどう応答するのだろう？

准将はすぐには応えない。ゆっくりとカップを傾けて紅茶を飲み、それを静かにソーサーに置いてから、口を開いた。

「雪風は雪風だ、ということがわかる。雪風は、あなたと少佐を機外に放り出すかもしれないし、あなたを通じてジャム中枢へのコンタクトを図るかもしれない。その場合、ジャムの正体への直接攻撃になるだろう」

「それは、つまり、どういうことでしょう？　もうすこし具体的に説明していただかないことには理解できません」

「雪風はジャムを殲滅するためなら手段を選ばない、ということが、わかる。それを確認したいというのがわたしの思惑だ。なぜそんなことを考えているのかというと、雪風はジャムに取り込まれ、ジャムの側につく行動をとるのではないかという疑念を消すことができないからだ」

ここは、『まさか』と言うべきところのようだが、伊歩には、ありそうなことに思えた。雪風は、ジャムだ。模擬戦のあのとき、そう感じた自分にとって、准将の〈疑念〉とやらは、気づくのが遅いと思う。

「なぜ雪風がジャム側へ寝返るかもしれない、などと疑うのです」と訊く。「ジャムに洗脳されているとでも？」

「まさに、それをわれわれは怖れている。雪風はわれわれには察知できないなんらかの方法で、ジャムとコミュニケーションを取っている。それは、雪風が模擬戦の発進前からあなたに注目していたことからしても、間違いない。雪風単独では、あなたにジャムを〈見る〉能力があるなどとは、わからない。そもそも人間が作ったＡＩには、人間の意識や潜在能力などを察知する機能は備わっていない。組み込もうとしても人間の技術力では不可能だ。それは〈意識〉や〈潜在能力〉といったものが物理的にも概念としても曖昧なゆえ当然なのだが、ＦＡＦのコンピュータ群、人工知性体たちは、ジャムと戦ううちに、人間が当初期待した機能や能力とは異なる独自な進化を始めていて、雪風はその先鋒だとわれわれは考えている」

それは伊歩にも理解できる。

「准将のここまでのお言葉をまとめると、つまり、雪風がジャムかどうか、それを確かめるためにわたしに乗れと、そういうことですね」

「それは、あなた自身が確かめたいことだろう。あなたが確認したいそれを実行するためにこそ、雪風の考えを読む必要があるのだ。わかるか、田村大尉」

「では特殊戦は、雪風のなにを確かめたいのですか」

「雪風は雪風だ、ということを確認したい。それには雪風の考えを読む必要がある。雪風は人間の言葉では考えてはいない。だから、その行動や意識から、なにを考えているのかを探るしかない。言葉が使えない以上、こちらの思惑も、行動で伝えるしかない」

「それが、このわたしに操縦させてみるということか――」伊歩は、思わずそう口に出している。

「やっと、わかった気がします」

「それはよかった」

その口調は、『やっとわかったか』といった嫌味なものでなく、理解してもらえたことを素直に喜んでいる風で、ほっとした気分すら感じ取ることができた。

「では、どうわかったのか、教えてほしい」

「つまり雪風にわたしが乗るというのは、〈深井大尉だけでなく、かれ以外の人ともコミュニケーションをとれ〉と雪風に伝えるためだ」

「そう、それが、最初の一歩になる」と准将は満足そうに言った。「あなたは深井大尉以外の人の、最初の一人になれると期待している。適任だ。雪風に乗ってもらえるか、田村大尉」

「すこし時間を頂きたいのですが」

「もちろんだ。しかし、長くは待てない」

「わたしが准将の直属の部下なら、命令一つで済むことでしょうに」

「雪風に関する問題については、命令一つでは解決できない」

それができれば苦労はしないというわけだ。

「引き受けるにあたっては、条件があります。お願い、というべきでしょうか。二つです」

「聞こう」

「引き受けるからには、見返りがほしいです。わたしにもメリットがなくては受けることはできません」

「当然だ」

「わたしを正式なFAF軍人にしてください。特殊戦からの推薦ではなく、准将自ら動いて、わたしにそれを確約してほしい」

伊歩の予想は、ここでも外れた。返答を躊躇するだろうと思われたクーリィ准将は、即答する。

「あなたをいつまでもフリーな立場にしておくつもりはない。あなたを特殊戦に迎え入れるため、あらゆる手段を講じているので、実現の可能性は高いと思ってもらってかまわない」

「面倒な政治問題に首を突っ込むつもりはない、と先ほど明言されていましたが？」

「根回しに票集め、といった政治手法はわずらわしくてしかたがない。論より証拠、あなたが使えることを証明して、その事実でもってFAFの上層部のみならず地球人の政治屋たちをも、ねじ伏せる。

あなたを雪風に乗せるのは、その、手始めだ。あなたに、ただで危険を背負わせるつもりはない」

「最初から、そのように言って頂ければ、簡単でしたのに」

「それは違うだろう」と准将は、穏やかな表情で言う。「雪風に乗ってもいいと納得できたいまだから、言えることだ」

完璧にこちらの心を見透かされている。そっとため息をつくばかりだ。なにも言えない。

「もう一つの条件を聞こう」

「はい」気を取り直して、伊歩は言う。「深井大尉を後席に乗せること、です」

「その意図は？　サポートだけではあるまい」

「准将は、どう思われますか」

「雪風の暴走に対する安全策として、か。大尉を乗せた雪風は、無茶な飛び方はできない」

「それはいまのところ、確認すべき事項のひとつでしょう。雪風が深井大尉をどのくらい信頼しているのか、守るべき対象として見ているのかどうか、その雪風の思いの一端が、わかる。でもわたしはそこまでは考えていませんでした。准将のその考えは、大尉を人質にとって雪風を手なずけるという発想でしょう」

「あなたの思惑は？」

「大尉を人質としてでなく、雪風とわたしの仲立ちをしてくれる者として、乗せたい」

「仲介役か、なるほど」

「教導者、教官でもいいです。雪風をうまく飛ばすための助言をしてくれる人間がわたしには必要です」

「雪風から深井大尉を遠ざけて、その反応を見たい。そのわたしの思惑、効果が、それでは無になる」

「まったく無になるとは思いません。薄くはなるでしょうが」

「その条件をわたしが飲まなければ、この話はなしか？」

「雪風が暴走すれば、わたしはどうなるかわからない。そうなんでしょう。自分の身は自分で守ります。わたしにはそれができる。いま現在はあなたの部下ではないので断ることに問題はないし、依頼を受けない理由を告げる必要もない」

「あなたは、兵隊ではなく士官だ」

「イエスメム」

「そう思っていたが、勘違いだった。——あなたは優秀な戦士だ。軍隊でなくても戦える」

「わたしは軍人ではない、とおっしゃっているのですか？」

褒められているのか、なんなのか、よくわからない。

「言葉どおりだ」と准将は応える。「ブッカー少佐には、さきほどのあなたの伝言をわたしの意見として伝えておく」

「伝言？」

「あなたを甘く見るな、あなたの安全を気にする必要はまったくない、と伝える」

「ああ」と伊歩。「生意気なことを言いました。でも、わたしの本音です」

「あなたの提示条件について検討する時間がほしい」

「はい、閣下」とあらたまって、伊歩。クーリィ准将は将官だ。自分とはクラスがかけ離れている。

「もちろんです」

「時間はかからない。ブッカー少佐に、あなたを獲得する作戦の進捗具合を訊くだけだから」

「わたしの獲得作戦、ですか」

「あなたはただのＦＡＦ軍人よりも、わが特殊戦の戦士に向いている。ジャム向けファイターだ」

――ファイター、か。

戦闘機みたいだなと伊歩は、さきほどの准将の言葉の意味を悟った。特殊戦はまさしく対ジャム戦に特化した特殊な戦闘集団なのだ、ということがよくわかる。軍隊での常識はここでは通用しない。たとえ一人と一機になっても戦い抜け、それがジャム戦に必要な条件だ。特殊戦では、だれもがそれが常識だと思っている。

「よろしくお願いします、准将」

「あなたを確実に獲得できそうだとなれば、すぐにでもあなたを飛ばせる。お互い、少佐から良い報告があるのを祈ろう」

そう言って、准将は紅茶を飲み干す。ソファから腰を上げようとするのを察した伊歩は、もうひとつ願いがあるのだが、と言う。

「いまさら条件の追加とは、あなたらしくないが」と准将は言う。「聞くだけ、聞こう」

「さきほどの条件とは関係なく、深井大尉と話してみたいです。あらたまった席ではなく、ざっくばらんに雑談でもしてみたい」

「かれは雑談は苦手だ。あなたとの会話は盛り上がらないだろう」

「雪風と飛燕の話題なら、いくらでも話せると思います」

准将は、そういうことならと、うなずいた。

「あなたなりに深井零、その人の本音を探ってみればいい。かれはいま現在唯一の、雪風ドライバーだ。かれと雑談したその感想を、あとで聞かせてもらえると嬉しい」

「わかりました」

「秘書官に深井大尉のところへ案内させる。ブリーフィングルームか、格納庫の雪風の機上にいるはずだ。秘書官室は隣、いま連絡を入れるから、行きなさい。カップはそのままでいい」

「了解しました」

伊歩はソファから離れると、クーリィ准将に軽く一礼する。それから回れ右をして出口に向かうとき、軍の正装、制服を着てきてよかったと、フェイス中尉の助言に感謝した。私服のスカジャンの、あの中指を立てたジャッカロープの刺繍は、さすがにこの場にはふさわしくない。


十六機収容できるという特殊戦の格納庫は、飛燕を駐めたライトゥーム中将部隊のそこより天井は低く、各機との間隔も狭くて余裕は少ない。

いまは特殊戦の全機がここで翼を休めているとのことだった。案内してきた准将の秘書官は格納庫の奥を指さすと、あちらですと言い、伊歩にきちんと敬礼をして戻っていった。

空母の格納庫みたいだと伊歩は思った。現実の海軍空母のそこには行ったことがないのだが。なぜ空母を連想したのかは、奥へ歩き始めて、わかった。駐機している特殊戦機の、大型の戦術偵察機、スーパーシルフの特徴である背の高い双垂直尾翼がきれいに畳まれているからだ。照明も必要最小限でしかなく、もしポケットからキーなどを落としたら探すのに苦労しそうなほどだった。

自分の足音が反響するなか、先へと向かう。迷うことはなかった。雪風がどれなのか、遠くからでもわかった。機影を捉えることはできないが、伊歩の鋭い視力はそのコクピットから漏れている光を捉えることができた。

一機長ほど、二十メートルほどまで近づくと、雪風の機体の各部の、夜間視認用だろう、細いラインがほんのりと緑色に発光した。それで、だいたいの大きさがわかった。だが相変わらず、形がよくとらえられない。すぐそこなのに。

「田村大尉」

と、いきなりの大声に伊歩は、まるで銃撃されたかのように驚く。まさか先に声をかけられるとは思ってもいなかったこともあるが、それよりも、その声が非常事態を告げる、緊迫したものだったからだ。

「田村伊歩、なにをした。田村大尉だろう」

「はい、深井大尉。田村です」

格納庫内に、ダンという大きなリレースイッチの音が響いて、雪風付近の天井の照明が明るさを増す。伊歩は急いで雪風に近づき、コクピットから身を乗り出している深井零を見上げる。

「わたしはなにもしていません。ただ、歩いてきただけです。クーリィ准将に許可をもらい、あなたに会いにきました」

「聞いて知っている」

零はヘルメットは被っていないが、頭にヘッドセットを付けていて、その耳部分、ヘッドホンを軽く叩いてみせた。

「いま雪風が編隊灯を発光したのを見たか、大尉」

「見ました」

「意味はわかったか」

「はい？」

問われている意味が、わからない。

「あれは、きみへのメッセージだ。それ以外に考えられない。きみならわかるはずだ」

「そんなことを言われても」

困る。だが、深井零が言うことだ。おそらくそれは正しい。雪風は、なにを告げようとしたのか。

「雪風は編隊灯を使って、『我は雪風』とモールス信号で伝えてきたことがある。いまのはモールス信号ではないな。きみには、どう見えた」

「一回だけ、ほんのりと発光しました」

「きみを歓迎する、というサインかもしれない」

そう言われて、伊歩は思いつく。

「雪風はわたしが近づくのを察知して、自分は敵ではない、ということを知らせてきたのだと思います。自分はジャムではない、と」

「雪風はきみを怖がっているのか」

「わかりません。感情面はともかく、友好関係を築きたいという意思は感じます」

「おれもそう感じた。乗ってみるか、田村大尉」

「え？」

「いま准将から話は聞いた。雪風がきみを拒否するかどうか、手っ取り早く確認してみようじゃないか。操縦席に乗って射出されなければ大丈夫だ」

ここで射出シートが作動したら、低い天井に激突して即死だ。跳ね返ってきたそれで雪風自体も傷つく。そういう手は雪風は使わないだろう。

「どうだ、田村伊歩、大尉」

「雪風を取られるのが怖いですか、深井零」

「そういう心配はしていない」

「そうですか。いいですよ、乗ります。降りてきてください」

「了解だ」

「あなたは後ろへ」

「わかった」

搭乗用の移動ラダーを使って深井零が降りてくる。入れ違いに伊歩は雪風の前席、操縦席に収まった。

飛燕よりタイトで、機体そのものもコンパクトだと錯覚させるが、実際は一回り以上大きいはずだ。右に操縦スティック、左にスロットルレバー。いまはどちらにも触れない。正面、膝元に大きなメインモニタ。見慣れないグラフのような模様が表示されている。呼吸する水母《くらげ》の傘のようだ。

「いま出ているのは、ATDSの表示だ」

後部席に落ち着いた深井大尉が説明してくる。

「雪風が注目しているものをグラフで表している。いまは——電源コントロールだ」

雪風の後部で、なにかの作動音。

「いまのは、なに」

「ジ《J》ェット・フ《F》ュエル・ス《S》タータが始動した——」

そう深井零が言い終える前に、こんどは硬い床になにかが落ちる甲高い音。格納庫内に響き渡る。

「なにが起きているの、深井大尉」

「外部電源供給ケーブルが自動で切り離された。雪風は、飛ぶつもりだ」

伊歩はディスプレイを見る。表示はＡＴＤＳのままだ。雪風は、飛ぶつもりなのではない。

「そうではない」と伊歩は後席の雪風ドライバーに言う。「雪風はいつでも飛べる、と言っている」

「そういうことか」と深井零。

雪風は、田村伊歩と飛ぶ用意ができている。そう言ったのだ。

「きみはだいじょうぶだ。雪風とうまくやっていける」

「いや、対等な関係ではなさそうだ、深井大尉」

「どういう意味だ」

「わたしは、雪風のジャム索敵装置として組み込まれた」

間違いない。雪風は新しい兵装として、このわたしをセッティングした。

対話と想像

雪風が始動させたＪＦＳの排気ガスに反応して駐機場の換気装置が緊急作動する。

深井零は慣れない雪風の後部席の操作パネルを素早く確認して、雪風の中枢コンピュータへの音声指令モードをオンに。

メインディスプレイの表示がＡＴＤＳから中枢コンピュータとのコミュニケーション画面に変わる。

「雪風、深井大尉だ。ＪＦＳを切れ」

すると、画面に『外部電源ケーブルを接続せよ』という文字列が出て、それが点滅し始める。

電源を確保しないかぎりＪＦＳを切るつもりはない。雪風はそう言っている。

その解釈が正しいかどうかは、いますぐ席を立って下に降り、雪風の言うようにしてみればわかることだった。

零はシートから腰を上げようとして、ふと、それでいいのかという疑問がわいた。自分は雪風の言いなりになっているのではないかと。その行為は雪風を満足させるだけで、こちらの意思を伝えることにはならない。

零は意識してシートに深く体重を載せて、自分の考えをまとめる。そうして、それを言葉にして雪風に伝えてみる。

「雪風、もう一度言う。ＪＦＳを切れ。この狭い閉鎖環境でＪＦＳを回し続けるのは、おれにとって危険だ。ＪＦＳが出す排気ガスは人体に有害だから、駐機場の換気システムが緊急作動した。わかるか、雪風。このまま駐機場の換気システムを稼働させ続けると、特殊戦のコンピュータたちにおまえの異常行動を察知される。かれらは、おまえの考えに干渉してくるぞ。特殊戦のボスであるクーリィ准将に、おまえはいま異常状態にあるとかれらは報告するだろう。おまえにとっては、いやな事態だ。それを避けるためにも、ＪＦＳを切れ。いますぐ、直ちにだ。切ったら、おれが外部電源ケーブルを接続してやる。理解できるか、雪風。ＪＦＳを切るのは、おまえのためにも必要な行動なんだ。わかったら、応答しろ」

すると、一瞬の間をおいて文字列が消え、新たなメッセージが出た。

〈I understood... Cap. FUKAI〉

静寂が戻った。

前席の田村伊歩に、操縦席の操作関連機器には手を触れるなとあらためて注意してから、零は床に降りて、太い電源ケーブルを雪風の腹部に再接続する。

駐機場の換気システムはＪＦＳが停止すると同時に切れていた。換気はまだ十分ではなく排ガスの臭いが漂っているので、本来なら作動し続けていてもいい。雪風がそのコントロールシステムに割り込んで強制終了させたのだろうと零は思うが、それを確認する方法を思いつけない。桂城少尉なら、かれの専門分野だからすぐに分析し始めるところだ。

零は再び後部席に着くと、メインディスプレイに目をやる。機内のキャビン環境モニタになっていた。与圧と換気の準備よし、レディの表示。雪風は、有害な排気ガスから機上員を守りたいのだ。

「キャノピを閉める」と前席の田村伊歩に声をかける。「注意しろ」

「コピー」と端的な返答。了解、の意思表示だ。

キャノピ、クローズ。ロック。自動でコクピット内の強制換気が始まる。

「酸素は積んでるのか」と田村大尉が訊いてくる。「キャビン用に用意されているの」

「当然だ」と零。「いつでも、マスクなしでも飛べる状態で駐機している」

「でも、驚いた」

「ここは最前線だ。臨戦態勢で待機するのはあたりまえだろう。教導部隊の飛燕とはわけが違うよ」

「そういう話じゃなくて」と田村伊歩はキャノピに付いている後部席視認用ミラーで零を見て、言う。

「雪風はすごく饒舌なAIだと思って、それが意外だった、ということ」

「饒舌？」

「自分の気持ちを直接的に伝えてくる。JFSを使ったり、切ったりと、忙しい」

「そういう意味か」

「いつもこんなふうに雪風と〈対話〉しているの」

「いや」

こんなのは初めてだと零は思う。たしかに最近の雪風は計器などを使って意思を伝えてくることが多くなった。そういう面では〈多弁〉になった。しかしそれは〈対話〉ではない。

「いまのようにおれの〈話が通じた〉のは、初めてだ」

「いつもは、言っても伝わらないのか」

「そうじゃなくて、いつもこちらが一方的に雪風の思惑を読み取って、行動に移していた。雪風と〈話し合い〉をして、雪風のほうがおれの言うことを受け入れて行動したのは、いまが初めてだ。こういう現象そのものが、初めてなんだ」

田村伊歩に『驚いた』と言われて初めて、これは驚くべき現象なのだと零は気づいた。

「雪風とこんなふうに話が通じるとは、思ってもいなかった」と零は続ける。「いまのは、雪風との〈対話〉なんだな。雪風と対話したのは、初めてだ」

ミラーに映っている田村伊歩の目は、いかにも視力が良さそうだ。澄み切った、目。こちらの心の内まで見通されている気がする。

「雪風の思惑を探るのが重要だと、さんざんクーリィ准将から言われてから、ここに来た」と田村伊歩は視線をそらさずに言った。「なのに、雪風ドライバーであるあなたが、いままで対話もしてこなかったとはね」

「あきれただろう。こんな簡単なことをやっていなかったとは、おれも自分で驚いたよ」

「特殊戦の人間だと思えば、不思議でもなんでもない」と田村伊歩はさらりと言ってのけた。「他人に興味がないというのは、コミュニケーションをとる気がないということだから」

「自分では雪風とコミュニケーションが取れていると思っていた」と零は田村伊歩の言葉を重く受け止めて、応える。「思いが通じているというのは錯覚で、おれが一方的に思い込んでいただけだったんだな。いま、それが、わかった。こんなのは、ほんとに初めてだ。雪風がおれが言ったことに対して、〈納得した〉などと応えたのは、これまでなかったことだ」

「話せば通じるんじゃない」

「簡単にはいかないよ」

「それはわかる」

「わかるのか」

「雪風に関心のある状況に、こちら人間側がうまく合わせないとだめだ。雪風は、あなた以上に、自分とジャムにしか関心を抱いていないだろうから」

「ようするに雪風は、関心のない話題にはのらず、その場合は対話しようにも、できない、か」

「だろうね。いま〈対話〉できたのは、わたしの存在のおかげかもしれない。雪風は、まずわたしとコミュニケーションを取ったんだ。わたしを兵器として自分に組み込むため、わたしを操縦席に誘った。編隊灯を点けて」

「そういうことなんだな」零は納得する。「きみのおかげで、雪風と言葉でコミュニケーションがとれる気がしてきた。問題は言葉を使うこちら側、おれにあるんだ」

「ここは窮屈なので、降りよう、大尉。雪風がわれわれを解放してくれるなら、だけど」

「それは問題ないと思う。たぶん」

「深井大尉、あなたと落ち着いて話がしたい」

「わかった」

雪風は四六時中休むことなく緊張しているわけだなと、零は雪風の戦闘ストレスについて思いをはせた。雪風のストレスについて考えるのも初めてだと思いつつ。

機械は人間のように疲労したりはしない。そう思ってきた。人間ではないのだから人間のような疲れは感じないだろう。それは間違いなくそうだ。が、機体が金属疲労で劣化していくように光電子回路もそれなりのストレスに曝されているのだから疲労する。中枢の知性体もそうだろう。雪風が疲れを感じないとしたら、そうした機能がないからにすぎない。

アビオニクスの専門家に雪風には疲労を感じる機能が備わっているのかどうか聞いてみなくてはと零は思い、いやそうではないと、思い直す。気を遣うべきはそこではない。雪風を労《いたわ》ること、だ。

ディスプレイを広範囲索敵モードにする。

「田村大尉、いま、ジャムは近くにいるか」

「なに？」

「索敵だ。雪風に、敵は近くにはいないことをわからせたい」

ディスプレイ上には当然ながら敵の表示はない。

「キャノピを安全に開くために、やってくれ。きみの目で、ジャムを探すんだ」

「コピー」

田村伊歩は理解した。コクピットから注意深く視線を巡らす。

「クリア」と伊歩。「それらしいものは見えない。近くにジャムはいない」

「聞いたか、雪風。警戒レベルを落としても問題ない。ここは安全だ。警戒と索敵は特殊戦司令部のコンピュータに任せて、おまえは休め」

ディスプレイにATDSを呼び出して、雪風の消費エネルギー分布を見てみる。雪風は言われたことを理解したようだと零は判断した。一部のシステムをのぞいて、待機状態レベルまで落ちている。消費量がほとんど変わっていないのは外部コミュニケーションシステムだ。これを閉じるつもりは雪風にはないのだと零は理解する。

「田村大尉、まず、キャノピを開く。そちらのレバーでやってみてくれ。きみが、やれ」

「了解」

自分がやっても問題ないと零は思うが、田村大尉にやらせる。微かな空気放出音とともに通常どおりキャノピが上がる。

「どうやら、雪風は落ち着いたようね」

「雪風を相手にするのが、こんなに気を遣うことだとはな」と零は心底、そう思う。「人間を相手にするより面倒だ」

「ほんとうにね」と田村伊歩は否定しない。「おそろしく面倒なＡＩだと、わたしも思う。まさに、ジャムを相手にするのと同じだ。相手は人間じゃない。いまので、わたしにも、それがよくわかった」

零は雪風からいったん降りると、田村大尉と入れ替わりにもう一度操縦席に戻って、ディスプレイ回りのシステムを落とす。乗員も機を離れて待機状態になるということがそれで雪風に伝わる。

雪風を降り、キャノピを外部操作で閉じて、機体から離れる。

「ブリーフィングルームへ行こう。あちらに見えている、明るいところだ」

「喉が渇いた。なにか飲み物はある？」

「コーヒーはいつでも飲めるようになっている。おれはビールにする。クーリィ准将からの差し入れがまだあると思った」

「いいわね」と田村伊歩。「わたしもそうする。特殊戦はいいところだ」

「いいところかどうかなんて、考えたこともなかった」

ブリーフィングルームにはだれもいない。どこでも好きな席に着けと田村伊歩に勧めると、「あなたの隣にする」と言う。

零はコーヒーサーバーの載っている棚の下にある小型冷蔵庫の中を調べて、ビールがまだ二カートンほどあるのを確かめ、二本取り出し、正面スクリーンに向かっていちばん前の席に腰を下ろす。

それまで立って待っていた田村伊歩が隣の椅子に腰かけて、零に渡されたビール缶のステイオンタブを開ける。零も開けると、伊歩はそれを合図にしたように、喉を鳴らしてビールを飲み始める。豪快な飲みっぷりだ。思わず見惚れてしまう。

「飲まないのか」

「飲むよ」

伊歩は一気に半分くらいは飲んだだろうなと思いながら、零も缶を傾ける。

「少佐は茶の湯を嗜むそうじゃない」と伊歩が言う。「野点の亭主もやっていそう。あなたは少佐の茶会に参加したことがある？」

なぜ、いま、そんな話題が出るのか。ビールの話ならともかく、理解できない。理解できないので、その問いは無視する。

「雪風の話をしよう」

すると田村伊歩は、さらにわからないことを言う。

「そう言うと思った」

「どういう意味だ」

「あなたとは雑談ができない。思ったとおりだってこと。クーリィ准将も同じようなことを言ってた」

「いま雑談している場合じゃないだろう。きみは雪風から兵器として認識されている。きみ自身がそう言ったんだ。それはどうでもいいのか？」

「あなたと雪風以外の話題で話をするのは、やはり無理か」

「からかってるな？」

伊歩の目は笑っている。気分はよさそうだ。喧嘩を売っている様子はない。

「さすがにわかったか」

「でも、どうして少佐の話なんだ？」

「このビールがクーリィ准将の差し入れだと聞いて、さきほど准将から聞いた話を思い出した。ブッカー少佐は趣味人だけど、かれの趣味に合わせるのはけっこう大変だって。あなたも、ブッカー少佐の趣味に付き合わされているのかなと思って、想像したら、おかしくて」

「ブッカー少佐から日本茶を振る舞われたことはないが、茶道には詳しいと思う」

一口ビールを飲んで、零は続けた。

「でも、きみほどではないだろう」

「どうして、わたしなの」

「きみは基地の空軍祭で野点の主人役をやっているそうじゃないか。お花に日本舞踊もやるのかな。良家の子女だそうだが、実際のきみは、そんなイメージにまるで合ってない」

「わたしは良家の子女なんかじゃないし、子ども時代にお花も日本舞踊も茶道も習ったことはない」

「じゃあ空軍祭の野点の主人役の話は、嘘か」

「やったよ、ちゃんと。あの役をやらされたのは、同僚隊員たちの一種のいじめだ。わたしは優秀すぎて嫌われていたから。でも、おかげで茶の作法も身につけられたし、いじめだとも思ってない。野点のことは、丸子中尉から聞いたんだな？」

「きみは日本海軍大臣にとっても迷惑な存在だと言っていた。丸子中尉は大臣の親戚らしい」

「あいつは、気に入らない」

「まあ、おれには関係ないが、同じ部隊でなくてよかったな」

「ありがとう、共感してくれて。ＦＡＦに来てから、わたしの不愉快な気分に共感してくれたのは、あなたが初めてだ、深井大尉」

「フムン」

「なに、それ」と伊歩は微笑む。「どういたしまして、だろう」

「ありがとうと言われるのに慣れてなくて」

「機械は、言わないものね」

「人間でいるのは面倒だ。そう思ったことはないか」

「そうね。まあ、ときどき」

「丸子中尉のどこが気に入らないんだ」

「人柄については個人的にはどうでもいい。情報部のやり方が面白くない。彼女はその象徴的な存在というわけ。わたしの、ここでの動向も監視している。集めた情報は本国に持って帰るわけだが、いまのところFAFに足止めされている」

「こういうのは雑談だろう」

「あなたは、自分の話はしないじゃない」

「おれの、なにが聞きたい？」

「それでは雑談にならない。質疑応答は雑談とは言わない」

「そうか。そうだな」

「わたしは、あなたのことが知りたい。雑談しているうちに、そこからあなたの考えが見えてくる。そう思った。わたしが雪風に乗るのは命がけだし、あなたのサポートが必要だけど、どこまで信頼できるのかは、話してみないとわからない。質疑応答だけでは、信頼性まではつかめないからな」

「雑談は情報量が多い。そういうことか」

「わかってもらえて、うれしい。雑談ができないと言われて、腹が立った？」

「いや。なにかのテストかと思った。精神科医のフォス大尉の差し金かもしれない、と。そう考えると、クーリィ准将がきみを雪風に乗せると言い出したのも、こちらの反応を見るためのものであって本気ではないのだとも思えてくる」

「准将は本気だ」

「クーリィ准将に、雪風に乗れと正式に命じられたんだな」

「それは違う」

「違うって？」

「わたしは自分の意思で乗ることに決めた。准将からはなにも命じられていない」

「雪風に乗れと命じられただろう」

「いいえ」と伊歩。「命令ではなく、取引を持ちかけられたので、わたしはそれに応じた。雪風のドライバーを引き受ける代わりに、わたしを正式なFAF軍人にしてくれ、と。取引は成立したわけよ。あとは、雪風は危険なAIなので、その動向をよく知っているあなたの普段の考え方を知りたい。それで、あなたと話をするために来た。あなたは、ふつうの人間ではないから、とにかく話をしなくては始まらない。そう思った」

　さきほどとは違って、伊歩の口調には、こちらをからかうような感じはまったくない。誠実な態度だと零は思う。

「わかった」と言う。「おれはきみが言う意味で、ふつうじゃない。さんざんフォス大尉に治療されてきたから、わかるよ。おれは、自分のことにしか関心がない。というか、関心が向かないんだ。他人のことなど、その気持ちも含めて、どうでもいい――」

「じゃあ、雪風の話、話題でいく？」

「どうでもよかったんだが、それだと危ないと、雪風に思い知らされた。対人関係でもそうなのだろうが、意識してこなかった」

「ジャムを相手にしていれば、あなたの心は安全なわけだ」

「そうだな」

「ジャムを相手にするまえは、他人の気持ちがわからず傷つくことばかりだった、か」

「人間を相手にするのがいやになった」

「だから地球から逃げてきたのはわかるよ、大尉。でも同情はしない。あなたに傷つけられて〈撃墜〉された人間はやまほどいるんだから。ちょっとした想像力があればだれにでもわかることだが、でもあなたはわからないだろう。自分が傷ついたことしか意識できない。あなたは特殊戦に来てよかった。ほんとにそう思う」

「たしかにな」と零はうなずく。「この世にこういう場があるというのはおれにとって幸運だった」

「雪風に放り出されて、それがわかったわけだ。ジャクスンさんから、あなたの雪風への思い入れは聞かされている。恋愛感情と、失恋のこと」

「雪風から放り出されて、片思いだったと思い知らされた。相手がだれであれ、雪風であれ人間であれ、問題なのはおれの態度だ。それがようやく実感としてわかってきた。さきほども、そうだ。おれは、雪風と対話することもできなかった」

「フォス大尉という腕のいい担当医のおかげで、あなたは自分になにが欠けているのか自覚できるようになった」

「エディス・フォスの医師としての腕は認めるが、そうじゃない」

「どういうこと」

「ジャムだよ、田村大尉。おれはジャムから、『おまえは人間よりも我に近い』と言われたんだ。人間ではないと言われたようなものだ。自分がジャムに似ているなどというのは、我慢ならない。おれは人間だと、ジャムに示さなくてはならない」

「たんにジャム機を撃墜していればいいというわけにはいかなくなったか」

「そのとおりだ」と零。「そして、それはたぶん、雪風にしても同じだ。雪風も、ジャムとはなにかを知らなくては戦えなくなった」

「面白い話だ」と田村伊歩は明るい声で笑った。「こんな話が聞けるとはね。あなたにとって、ジャムって、なんだったの。なんだと思って出撃してきたわけ？　あなたにとっては、人間対異星人という図式ではないでしょう」

「雪風と同じだと思う」

「雪風はジャムをなんだと思っている？」

「ジャムは敵だ。和解や妥協の余地のない、純粋な、敵。生きて帰るために墜とすべき敵。やらなければ、やられる。ほかになにもない。考えることもなく、やるだけだ」

「人間や生き物同士なら、昨日の敵は今日の友ということも、共生や寄生もあるけど、絶対的な敵というのは、考えてみると、たしかに地球上ではあり得ないかもしれない」

「そう。あるいは、餌だな」

「餌？　ジャムが？」

「おれも雪風も、ジャムという餌をとることで生かされている存在だ。特殊戦という母体というか、巣があって、そこにジャムから得た情報という餌を持って帰ってくる」

「給餌する相手はだれ？　だれがその餌を食べるんだ？」

「もちろん、おれたち自身だ。おれたち特殊戦の人間や雪風、コンピュータにとって、ジャムとは、生きる糧だよ。特殊戦という母体を通じて、持ち帰った餌を加工して取り込み、生かされている」

伊歩はそこで会話を中断して、ひとり考えながらビール缶を傾ける。零もそれにならう。

伊歩が一缶を空にするのにさほど時間はかからない。

「もう一本、いくか」

「いいえ、ありがとう。おかげで、落ち着けたし、リラックスして、とてもいい話が聞けたと思う」

「思う、か。いい話だったろう。なぜ断言しない」

「もしかして、深井大尉、あなたは自分が欠陥人間だと思ってる？」

「ふつうではないと、きみも言っただろう」

「必要だから、ふつうではない人間がいる。あなたと話をして、それがよくわかった」

「なにが言いたい」

「わたしもふつうではないから、あなたの立場や考えがわかる。わたしたちは欠陥人間なんかじゃない」

「きみは、とても人間味がある。だから、おれに欠けているところがよくわかるんだろう。フォス大尉によく似ていると思う」

「ぜんぜんタイプが違うよ、深井大尉。わたしには、フォス大尉のような人間味はない」

「なにを卑下しているんだ？」

「タイプが違う、と言っている。わたしはフォス大尉よりも、あなたに似ている」

「どこが」

「ジャムに似ているという点で、だ。わたしは、暴力の化身に憧れてファイター乗りになった。できることなら自分が核爆弾になってすべてを吹き飛ばしたい。その欲求を堪えるのに苦労しているくらいだ」

「そうなのか」

「驚かない？」

「べつに」

「わたしという他人に興味がないから？」

「当然の話を聞いただけだから、驚かない。良家の子女という話より、きみのその話のほうが、よほどきみらしいと思える」

「どう思う？」

「どうって、その面では、たしかにきみもふつうじゃない。でもおれとは違う」

「それはそうだけど――」

「それで、なにが言いたいんだ、田村伊歩」

「わたしたちは、必要だから、存在している。そう思ったことはない？」

「対ジャム戦にか」

「人間ではない敵に対抗するために、非人間的な人間が生まれてくる」

自分の純粋な暴力性や、他人に無関心な性質は、欠陥ではなく、むしろ備わっている能力なのだと、田村伊歩は言った。

なるほど面白い見方だと零は、うなずいている。

「考えたこともなかったよ」

率直にそう応えると、「どう思う？」と訊かれる。問い返されるとは思わなかったので、なんと言っていいのかわからない。

「考えたこともなかったから、どう思うと訊かれても、答えようがない」

自分がいま思っていることを、そのまま零は言葉にしている。黙っていては、この田村伊歩という人間のことがわからない。零は、伊歩のことを知りたいと思う。雪風に一緒に乗る相手として、そのさまざまな方面での〈性能〉を知っておくのは安全上、かかせない。性能に関する情報は、会話することで得られるだろう。伊歩がいま、こちらに対してやっているとおりだ。この雑談はたんなる暇つぶしではない。会話を打ち切ることなく、続けることに意味がある。いま、田村伊歩から教えられたとおりだ。

「じゃあ」と伊歩はさらりと言う。「いま、考えて」

ああ、こういうふうに応じるものなのだな、と零は感心する。いまのように言われれば、こちらとしては、考えて、応えるしかない。会話の間は空くかもしれないが、打ち切りにはならない。自分にはできない芸当だ。なにしろ、『他人には興味がない』と言って黙っていればそれですむ、そういう生き方をしてきたのだ。

自分は、こうしたコミュニケーションのスキルを磨いてこなかったということだなと零は思う。コミュニケーションとは、戦いだ。いまの自分の技量では、だれにも勝てない。ようするに自分は、人間相手には戦ってこなかったということだ。戦う必要などないと思っていたから。

そこまで考えて、ではジャムと雪風相手に戦ってきたかと問うなら、それもやってこなかったのだと零は気づいた。

ジャムから、『汝は我に似ている』と言われたその意味を、零は初めて、悟った気がした。ジャムは、人間相手にコミュニケーションをとってこなかった、すなわち〈戦っていない〉、ということだ。

それはつまり、ジャムは、人間と戦う必要がないとして、そもそもコミュニケーションをとる気がなかったのだということを意味する。自分の人間に対する態度と同じだ。

そこまで思考が進むと、零の口から、思わず言葉が出ている。ほとんど、無意識のうちに。

「おれは、ジャムだった、ということだな」

すると、伊歩は言う。

「わたしはあなたがジャムだなんて、いまはひとことも言っていない」

そのとおりだ。いまの自分の発言は、会話になっていない。自分の考えに浸っていた末の、単なる独り言だ。

会話を続けるにはどうすればいいか。

自分に関する思いは置いておき、相手の存在を意識するのが重要だ。そうして、相手の心の内を想像する。

田村伊歩はいま、自身の中の強大な暴力性は対ジャムとして発現した特殊な能力なのだということを、こちらに同意してほしいのか。

いや、そんな単純な話ではないだろう。田村伊歩は、雪風を使ったジャム戦における自身の立場に関心を抱きつつ、こちらの〈性能〉に関する情報収集をしている。しかしそれだけではない。この話題を持ち出してきたのは、伊歩自身の立場に関して、こちらに共感してほしいからだ。

同意と共感は違う。伊歩はいま、無条件に自分自身の存在を認めてほしいのだ。そのために、まずは、こちらに対して、『あなた（のような人間）がこの世に存在するのは間違ってはいない』と、こちらの〈非人間性〉に共感を示している。

「おれは」と零は言う。「人間として自分の居場所がないから、ＦＡＦに逃げてきたと、ずっとそう思ってきた。しかし物は考えようだ。きみに言われて、わかったよ。おれは、ジャムに導かれて、特殊戦に来た。ここでおれは、本来の自分を発揮できるはずだ。意識してなかったが」

「わたしは抽象論で言っているわけじゃない。現実的な話をしている」

「現実に則した話をするなら、おれのような人間を集めた特殊戦は対ジャム戦力としてもっとも有効であることが、時間をかけて、わかってきた。でもきみに関しては、対ジャム戦の実績を上げるまでもなく、きみがジャムと闘うのは、必然だとわかる。なにしろ、ジャムが〈見える〉人間なんだからな。おれのように、自分にしか関心を持たない人間はジャム戦に有利だから生まれてきた、というのとは違う。きみとおれの立場を一緒にするのは無理がある」

「そうね。わかる。あなたをわたしの仲間扱いして話したのは、悪かった」

その言葉を聞いて、零は田村伊歩の心の内が想像できた。

「怖いんだな」

「怖くなんかない。わたしは自分の暴力性など、ぜんぜん怖れていない。ジャムと戦って死ぬなら本望だ。ここに来て、わかった。死ぬのは怖くない」

「そんな即物的な話じゃない。おれが想像した、きみの心の中の怖れの話だ。生まれてからずっときみにつきまとってきた恐怖の正体についてだよ」

「わたしが怖がっている？　それがあなたに想像できると？」

「この世にだれ一人として仲間がいないという、絶対的な孤独だ。それが、怖い。おれにはそれがわかる。おれもそうだったからな。自分では気づかなかった。一人でいたほうが気が楽だと信じて生きてきた。だが、心の底では、孤独を怖れていた。感じられないほど小さい、恐怖の種火のようなものだ。それは小さいが、おれの人生そのものを蝕んでいく。生きていくのが、怖い。その正体が〈絶対的な孤独〉なんだと気づいたのは、雪風と出会ったからだ。つまり、恐怖の種が消えたから、いままでの、生きることへの怖れの正体がわかったんだ。きみも、たぶん、そうだ。いまは、消えている。そうだろう」

田村伊歩は少しの沈黙のあと、言った。

「わたしは、生きていくのが怖いとは、一度も思ったことはない」

「そうなのか」すこし気落ちして零。「おれの想像は、やはり自分にしか向かないんだな――」

「でも、あなたの想像は、当たっていると思う」

「どこが」

「わたしは、あなたにそう言われるまで、孤独が怖いだなんて、考えたこともなかった。自分が孤独だというのは自覚していたけど」

「怖くはなかった、か」

「あなたにしても、怖さに気づかず、一人のほうが気楽だと思ってきたわけでしょう」

「きみは、仲間が一人もいない現実にずっと苛立ってきた。空軍にいても、僚機も仲間ではなかった。いつも世界に対して怒りを感じていた」

「わかる？」

「だれがみてもわかる」

「それは違う」と伊歩は真っ直ぐに零を見つめて言う。「それを指摘したのは、いま、あなたが初めてだ。わたしはたしかにいつも苛立っていて、あなたが言うとおり、世界に対して怒っていた。でもわたしは表面上はつねに冷静沈着で、部隊内のだれかに怒りをぶつけたことは一度もない」

「よく、隠してこられたな」

「理性でそれを抑えていた。その不自然さが他人から嫌われる一因だったと思う。わたし自身は、この自分の苛立ちは内なる暴力性からくるものと信じて疑わなかった。でも、そうじゃなかったんだ。そうじゃない、というのが、いま、わかった」

「ほんとうに?」

「いままでずっと感じていた苛立ちが綺麗に消えている。でも、ジャムに対する暴力性は失われていない。そちらのほうはむしろ高まっている」

「FAFに来て、ジャムと実際に出会ったからだ」

「丸子中尉に対しては、つい先ほどまで、以前と変わりない苛立ちを覚えた」

「いまは、もう、そちらはどうでもいいか」

「あなたは、わたしが考えもしなかった、苛立ちの本性を言い当てたんだ。わたしがいつも苛立っていたのは、あなたの言うところの〈絶対的な孤独〉のせいだ。孤独が怖かったからだ」

そう言って、伊歩は黙った。

——おれの想像が当たったということか。

当たったからといって、自慢するようなことではない。ここは喜ぶところだと零は思った。自分が、ではない。ずっと抱えてきた問題の正体が明らかになって、田村伊歩はその軛から解放された、それを喜ぶというものだ。

「よかったな」と零は言う。「これで、安心して死ねるだろう」

「縁起でもないことを」

怒っているのかと思うが、違った。緊張を解いた笑顔だ。

「でも、そのとおりだ、深井大尉」と伊歩は笑顔のまま言った。「ジャムと戦って死ぬのは怖くない。

自分の本心が、おかげでわかった。ありがとう、大尉」

「どういたしまして」

「学習したわね」

「感謝されるのは気分がいいものだな」そう言って、零は続ける。「だが、きみの怖れを解消したのは、雪風だ」

「わたしもそこに気づいて、あなたの言っていることが正しいと納得できた。雪風に必要とされたことで、わたしを苛立たせていた〈絶対的な孤独〉は解消されたんだ」

「まさか人間ではない、雪風という戦闘知性体が〈仲間〉だとは想像もしなかった、そうだろう？」

「まったく、そう。わたしは人間にしか興味がなかったから。ほんとうに想像を絶する真実だ。わたしがＡＩに孤独を癒やされるなんて、絶対に、以前のわたしなら信じなかった」

「孤独は死に至る病だ。いつだったか、ブッカー少佐が言っていた。不治の病ではないから、治せると。雪風はおれにとって、特効薬だった」

「その副作用も強烈だったわけだ。雪風から放り出されたんだから」

「まあ、そうだな」

「死に至る病というのは、たしかキルケゴールが書いた本のタイトルだ。読んだことはないが、孤独ではなく絶望について語られた内容だったと思う――」

そう言っている声を聞きながら、田村伊歩が雪風から被る副作用が怖いと思う。どんな形で出るのか、予想できない。いま現在の雪風は、以前よりも扱いにくくなっている。

最近の雪風は、ジャムの新戦略のせいだろうが、明らかに神経質になっている。そこにもってきて、クーリィ准将やブッカー少佐は雪風の内面を知る必要があるとして雪風にさまざまな負荷をかけている。ATDSという以前にはないシステムの組み込みもその一例だ。それらは雪風にとって余計なストレスになっている。病気になってもおかしくない。

雪風を落ち着かせるためには田村伊歩の能力が有効だと零は思う。ジャムを〈見る〉眼を得ることは、雪風にとっては安心材料だ。伊歩の存在は緊張緩和薬として雪風に作用するだろう。それで、田村伊歩への〈副作用〉の緩和が期待できる。

「雪風の助けになってくれないか」

伊歩の声を遮って、そう零は言っている。

「――どういうこと？」

「雪風はストレスを抱えている。それを和らげてほしい」

「わたしに、AIを助けろというのか」

「きみの安全のためにもなる。雪風という劇薬に対する副作用の緩和だ」

「それはわかるけど、どうやればいいのか見当もつかない。わたしはAIを相手にコミュニケーションを取るという経験をしてこなかった。飛燕のフライトアシストAIはFAF機の能力にはとうていおよばない。わたしには雪風を手なずけるノウハウがない。具体的な指示を出してもらわないと、わたしには難しい」

「それはこちらも同じだ」と零は言う。「雪風の気分を和らげたほうがいいということ自体、いま初めて思いついたんだ。しかし、それは絶対に必要だ。いまのままだと、雪風はなにをしでかすかわからない。それは雪風自身にとっても危険だ。それだけは、わかる」

「雪風の気分を和らげる、か」と伊歩は自分に言い聞かせる口調になって、言う。「AIの精神状態のケアを、わたしにしろと」

「ＦＡＦの戦闘知性体たちは、〈生きて〉いる。意識を持っているんだ。われわれ人間のとは異なるだろうが、〈我は、我である〉という意識は、まちがいなく、ある。雪風は、おれが最初に乗るときからそうだった。雪風は特殊戦司令部にあるコンピュータ群の支配を嫌い、おれとなら飛べるということを、態度で示したんだ」

「まずは、そのあたりからレクチャーしてもらわないと。ＡＩが〈生きて〉いるなんて、わたしにとってはパラダイムシフトだ」

「信じられないか」

「なにかが〈生きて〉いるという状態の定義は、時代とともに変わっていくのだと思う。信じるかどうかではなく、信じるからこそ定義の更新が行われるんだ。ＦＡＦではすでに多くの定義が書き換えられている。わたしはそれに慣れる必要がある」

「すごいな」

「え？」

「驚いたよ」

「なにが」

「きみの、その考え方が、だ。きみ自身は、雪風が生きているなどとは信じられないし、信じていない。それはわかる」

「信じがたいとは思う。でも、先ほどの雪風の態度を思い返せば、〈生きて〉いると考えてもいい。定義の問題だ。そう思えば納得できる」

「柔軟で、合理的な考え方だ。定義のほうが変わっていく、とはな。そう言われればそのとおりで、反論の余地はない。こちらとしては、信じろと説得する必要もない。感心した」

「わたしは雪風に放り出されたくない。だから、雪風がどういう性質をもったＡＩなのか、それをいちばんよく知っているあなたの雪風観を全面的に信じるしかない。感心していないで、こちらの必死な気分を想像してほしい」

「雪風は信じられなくても、おれのことは信じると」

「そう。だから、なに」

「必死な気分というのは、おれには感じられない。きみは余裕を持って対処している、それしかおれにはわからない。おれはほんとうに、感心したんだ。物事の見方にはいろいろあるものだと。きみの余裕は、そうした物の見方をいくつも持っているところから生まれている、そう思ったんだ」

「ああ」と伊歩はうなずいた。「そういうことか」

「わかったか？」

「あなたはたぶん、わたしが知識と教養をいっぱい持っていると思って、そこに感心したんだ」

「きみはエリート教育を受けてきた。正式な軍隊での士官というのは伊達ではないんだなと思った」

「感心するところはそこじゃないだろう、深井大尉。それは違う」

「どう違う」

「それだけではエースになれない。使えない士官などざらだ。わたしは必死だったんだ。それがわたしをエースパイロットにした」

「こだわっているな、〈必死〉さに」

「そうだよ、大尉。状況に応じて、生き延びるための〈考え方〉をひねり出せるかどうかは、必死さに比例する。あなただってそうだ。ジャムという未知の敵と戦ってきた」

「だから？」

「まったく予想もしていなかった事態に対処するには、新しい考え方を自力で創り出すしかない。ここでは地球での知識は役に立たない。過去の知識や教養、パラダイムは、ここでは役に立たないどころか、かえって足枷になる。わたしはそこに気づいたんだ」

「そういうことか」

「わかったか」

「理解した。きみが必死だというのも、やっと、わかった」

「ほんとに？」

こちらを疑っている口調ではない。伊歩の顔がほころんでいる。話が通じて嬉しいという顔だとわかる。

「おれの気持ちをわかったうえで、『ほんとにわかったか』と言う。見かけによらず、なんというか、きみは……そう、意地の悪い女だな」

「あなたはわたしのことを意地の悪い女だなんて思っていない。だいたい、性別は意識していないくせに、言葉の選び方が違う」

「チャーミングだと言おうとして、違うと思った。そうだな、きみは、興味深いという意味での、魅力的なファイターだ」

「ありがとう。あなたらしい言葉だと思う。地球では一度も言われたことがない。嬉しいね。あなたを後部席に乗せるというのは賭だったけど、正解だったな」

「それを言うなら、賭に〈勝った〉だ」

「違いない」

「おれは、一か八かの賭はきらいだ」

「覚えておく」

「雑談が、こうもくたびれるとはな」

「頑張ったと思う」

「わかってもらえて嬉しいよ」

「予想していたよりあなたはチャーミングだ、深井零」

「どう応えていいかわからないな」

「じゃあ、雪風の話をしよう」

「そうしよう」

「雪風の魅力を、雪風自身に理解できるように、雪風とコミュニケーションをとれると思う？」

「言ってみれば、雪風を褒めるとどうなるか、だな」

「そう。雪風は喜ぶかな？　もし喜ぶとしたら、喜んでいることがわたしたちにわからなくては意味がない」

「こちらの想像力が試されることになる」

「わたしには、いまのところ無理だ。あなたの予想は？」

「雪風は言葉で〈ありがとう〉とか、〈嬉しい〉とは言わない。態度で示す。たぶん、そうだろう」

「身体表現、ボディランゲージか」

「そうだ。でも、翼を振るとか、そんな単純な応答ではないな」

「猫なら喉を鳴らす」

「いい線をいっていると思うが、嬉しければ、おれに対する〈信頼〉という形で雪風はそれを表現すると想像できる。どういう表現になるのか、そこまでは予想できない。なにせ雪風と雑談したことは一度もないからな。そもそも、ジャム戦以外の話題で雪風と〈雑談〉できるかどうかもわからない。言葉は役に立たないと考えていい」

「雪風との雑談は、言葉を使わずにやるしかない、か」

「だから、きみが呼ばれたんだ。クーリィ准将はきみの操縦技量に期待している」

「それはわかる。しかし、いきなり実戦で飛べとは、非常識すぎる。そう思わない？」

「だいじょうぶだ」

「どうして」

「実戦なら、戦いに不利になることを雪風はしないよ。きみの操縦に雪風が不安を覚えるなら、操縦を任せることはしない。きみは操縦席で雪風との対話に専念できる。実戦でなければ、そうはいかない」

「雪風は、無人で、単独での戦闘が可能ということか」

「知らなかったのか」

「だれも説明してくれなかった。レイフは無人機で、雪風の子機として飛んでいるとだけ、聞いた」

「レイフは雪風の兄弟機だ。レイフが雪風本来の姿なんだ。雪風は、無人機を有人機に改造した機体に宿っている戦闘知性体だ。基本的に人間を必要としていない」

「だから、あなたを射出した？」

「あれは、おれが旧雪風の機体を自爆させようとしたから、それを阻止するためだ」

「その、旧雪風にあなたが最初に乗ったときからの、すべてのミッション記録を読ませてほしい。できれば、あなたの解説付きで」

「すべての出撃ミッションの報告書を読むつもりか」

「クーリィ准将は許可すると思う」

「そういう話ではなく、相当な量になるが、全部に目を通すと?」

「当然だ。すぐにやろう」

「了解した」

零はビールを飲み干すと、空き缶を伊歩の分も手に取って、席を立つ。

索敵と強襲

ジャムからの攻撃はこの二ヵ月近くまったくないものの、ジャムが戦闘を放棄したという確証が得られない以上、警戒を解くことはできない。FAFはジャムがフェアリイ星から完全に消えたわけではないとして対ジャム戦を継続していたが、ロンバート大佐とジャム機の存在を特殊戦と飛燕のパイロットである日本空軍の田村大尉が捉えたことから、対ジャム戦略の再構築を本格化させた。ジャムとロンバート大佐との関係ははっきりとはわかっていないものの、ジャムが大佐を支援しているのは間違いない。つまり大佐がいるかぎり、ジャムはいるのだ。

このところFAFはジャムの出現を警戒しつつ、ジャムが放棄したすべての基地を念入りに爆撃している。

特殊戦は高高度からその様子を見守るという任務を与えられているのだが、どの基地もすでにジャムの手で破壊されていて廃墟になっている。

自爆した基地を再度破壊することにどんな意味があるのか。無意味な作戦を監視するのは雪風の仕事ではないと一度はつっぱねた零だったが、田村伊歩が雪風を操縦するとなれば話は別だった。

深井零はいつになく緊張して雪風に乗る。後部席に。

いつもとは異なる視界による風景に、まるで初めて乗る機体のように感じられた。だがフライトオフィサとして機器のチェックを始めるとそんな違和感は嘘のように消えている。

一連のチェック項目のデフォルト状態が、記憶にある数値や状態のままだ。後部席の室温やフェイス温風の設定温度などは桂城少尉の好みのとおり高めだろうと予想したのだが、自分向けに自動再設定されている。後部席に乗っているのは深井零だと雪風が認識しているからに違いない。この機は雪風以外の何者でもない。

いっぽう、前席の操縦者である田村伊歩はチェックに時間がかかっている。事前に何度も雪風の操縦席に着き、操縦系統について学んでいるが、飛ぶのは初めてだ。しかも実戦だった。慎重になるのは当然だ。が、緊張しているようには零には見えない。チェック項目は膨大で、それをこなすには緊張している暇はない。チェック手順はメインディスプレイに表示されるし、チェック項目も順次そこに出るので、チェック漏れの心配はない。設定の多くは雪風任せにもできるのだが、伊歩は一つ一つを確認しながら進めている。零はその様子をうかがい、着実に実行しているのを確認する。声はかけない。

エンジン始動前のチェック完了。

「エンジンスタート、準備よし」と伊歩が言う。

機外でサポートしているブッカー少佐から有線ケーブルを通じて、『了解、いつでもいいぞ』の応答。

「エンジンをスタートする。ＪＦＳ、始動」

そう宣言して伊歩がエンジンスタート手順を開始。ＪＦＳの起動音。零は後部席のメインディスプレイに表示させたエンジン回転計を注視する。

エンジン点火。回転が上がる。アナログ表示させているその針がなめらかに上がっていくかどうかに零は注目する。その針の動きが微かにぶれたり振動していないか、いつもはそれを無意識のうちに確認していたのだというのを、零は新鮮な思いで自覚する。

ブッカー少佐の声がまた聞こえる。

『気温は低いのでエンジンサージの心配はないが、田村大尉、コンプレッサー圧力に注意しつつスロットルの動きと出力の関係を確かめるといい』

「こちら田村大尉、了解した。推力をミリタリーまであげて、アイドルに戻す」

『いいだろう。ブレーキはしっかりかかっているのを目視で確認した。いいぞ』

伊歩はラフにスロットルレバーを動かしている。零は排気温度が急上昇するのを確認する。

「サージングの気配に注意だ、田村大尉」

思わず零はそう声をかけているが、承知の上なのだろう、短く、「了解」の応答。

伊歩がスロットルをアイドルへ戻したのがわかる。エンジン出力が安定する。

「再試行する」と伊歩。「左右両エンジンを同時に実行」

再びエンジンが回転を上げていく。こんどはなめらかな上昇だ。スロットルレバーのフリクション設定は自分好みに調整済だろう、その感触を楽しく味わっているかのようだ。

慎重かつ大胆だと、零は伊歩の操作を見てあらためて思う。模擬戦での飛燕の飛び方でそれはわかっていたのだが。豪胆と言ってもいい。自分と機械の限界を摑んでいればこそだ。しかも飛ぶことを楽しんでいる。とりわけ〈楽しい〉のは空中格闘戦だろう。常人の感覚ではない。自分は雪風と飛ぶのは嬉しいが、空中戦はごめんだ。

この人間、田村伊歩は、まさしく戦闘機に乗るために生まれてきたようだ。

そう零は思い、伊歩が言っていたことが腑に落ちた。『自分はジャムと戦うために生まれてきたのだ』ということ。

「オートパイロットの制御を後席に移す」と伊歩が言う。「異常なければ返せ」

「了解」と零。「チェック、クリア」

前席と後席の連携が必要なチェック項目を口頭でやり取りしながら実行する。ふだんは後席の桂城少尉とはあうんの呼吸で黙黙とやっているので静かなのだが。

「タキシング前点検終了、すべて異常なし」と伊歩が宣言する。「ブッカー少佐、いつでもタキシングできます」

『オーケー』ブッカー少佐からの返答。『零、ATDSで雪風の状態を見ろ』

「わかった。見てみる」

ATDSを呼び出す。雪風はいつものようにコミュニケーションシステムに意識を集中しているだろうと予想したが、ちがった。

「雪風は、索敵関連のシステムのセルフチェックに取りかかっている。これまでにない状態だ」

『今回は実戦だ』とブッカー少佐の返答。『雪風は田村大尉の〈ジャムを見る眼〉を実際に使うべく、索敵システムに組み込もうとしているのだろう。深井大尉、事前に検討したとおり、雪風が田村伊歩という人間の能力をどのように使おうとしているのか、われわれには予想できない。雪風が田村大尉と言語でコミュニケーションをとるのかどうかも含めて、その様子を見逃すな』

「了解だ」

ブッカー少佐の指摘どおりだろうと零は納得する。これまで駐機場で伊歩がなんども操縦席に着いても雪風はそれらしい反応を見せなかったが、しかし実戦で出撃となったいま、雪風は索敵の全能力を発揮すべく準備中だ。田村伊歩を使うことを考えているに違いない。ＡＴＤＳに練習時とは異なる雪風の様相が表示されるのは当然だが、雪風はもしかしたら、駐機場では感じられなかったジャムの気配を捉えているのかもしれない。

「田村大尉」と零は前席に呼びかける。

「なんだ」

「ジャムがいま、見えるか」

伊歩は、はっとした様子を見せた。頭を上げて全天を見やる。

「見える範囲には、いない」

「了解」

「いなくてよかった。いても気がつかなかった。この付近にいるはずがないと思い込んでいた」

零には田村伊歩の目にはジャムがどう〈見える〉のか、想像できない。視覚のない生き物に見えるとはどういう感覚かと問われても言葉では説明しにくい、それと同じだ。伊歩自身もあいまいにしか説明できなかった。それでも、伊歩がロンバート大佐の乗機や日本海軍機と重なるジャムを〈見た〉のは間違いない。雪風はそれを疑っていないし、そもそもその事実を予想したのは雪風自身だ。

「雪風に対しても、雪風がきみを利用しようとする力をつねに意識していないと危険だ」

「了解、気をつける」

「いまブッカー少佐が言ったとおり、雪風はいつ、どこで、どんな手段できみを利用しようとするのか、わからない。体調の変化は些細なレベルでもこちらに報告してくれ」

「わかった。いま現在は体調に異常はない」

「よし。通信システムの起動時はとくに注意しろ。こちらも雪風の動きときみの様子に注意を払う」

「了解した」

雪風が言葉を使ってくるのならいいが、伊歩の脳に直接作用する電磁波を使う可能性もある。

雪風に搭載されている大出力のHFやUHFの通信機はまだ起動していない。ブッカー少佐が近くにいるためだ。HF帯域の通信システムの稼働時には半径六〇〇メートル内は危険で、立ち入り禁止とされている。UHFのほうはアンテナから半径一メートルと範囲はずっと狭くなるが威力は強い。

どちらにしても、それらを起動するときが一つの山だ。そこで田村大尉への危険が察知された場合、出撃命令はアボート、取り消される。

『こちらブッカー少佐、ふたりとも聞こえるか』

「聞いている」と零。

「よく聞こえます」と伊歩。

『雪風が索敵に興味を示すのはめずらしい。それを忘れるな』

「そうなんですか」と伊歩。「それは意外です。ジャムをつねに探しているのでは？　深井大尉は雪風にとってジャムは餌だと言っているくらいです」

『これまで雪風を含む特殊戦機は、積極的な索敵行動にはでなかった。あくまでも偵察だ。戦略および戦術偵察に徹していた。ジャム機に襲われるときは、逃げる。交戦は最後の手段だ。そのときでも相手はすぐそこにいるから索敵の必要はない』

「少佐の言うとおりだ」と零が言う。「ジャムという餌はどこにでもいたから、雪風はあえて能動的な索敵手段をとらなくても受動的な偵察のみでジャムを捉えることができていた」

『だがいまは様相が変わっている』とブッカー少佐。『雪風はジャム機が消えてしまってから、ジャムを探すのに索敵レーダーといった能動的な索敵手段は有効ではないと判断したのか、コミュニケーションシステムを使うようになった。消えたジャムはコンピュータネットを使っているか、ネットの中に潜んでいる、あるいはネットを含めた通信網を使っている人間たちに混じっている、そのように考えていると想像できる雪風の態度だったが、どうやら、そうではない。ジャムは目に見えない状態になっただけだと雪風は思っている。全精力を索敵に注ぎ込むつもりだ』

「田村大尉、きみが使えると雪風は思っている、そういうことだ」

『おまえもそのつもりでいけ。わかるか、深井大尉。これまでの特殊戦の任務とは違う』

「わかっている」と零。「このミッションは偵察行動ではない。アクティブなジャム狩りだ。いままでの特殊戦の行動とはまったく違う。積極的な交戦任務だ。雪風は、やる気だ。それがこのATDSでわかる」

「雪風は血眼でジャムを探すということか」と伊歩。「いや、血眼になるのはわたしか。雪風にさせられる？　どうやって」

「だから、それを――」

「わかっている、独り言だ」

「独り言、禁止」

「ああ、腕が鳴る」

「勝手にしゃべるな、命令だ」

「どういう権限で？」

「機長命令」

「そうか。わかった」

「ブッカー少佐、桂城少尉にも独り言禁止と伝えてくれ」

桂城少尉は司令部で雪風のサポート任務に就いている。休みじゃないのかと愚痴を言っていたから、いざ通話する事態になれば、少尉の一言目がそれになりそうな気がする零だった。

『通話ケーブルを外す』とブッカー少佐が桂城少尉の件は無視して、言う。『ジャムを見つけ出せ。たたき落として、必ず帰投しろ。グッドラック』

「サンクス」と伊歩。

「自分の幸運を祈りたい」と零。「いまさらだが、とんでもなく好戦的なパイロットを乗せてしまった。いや、これは愚痴だ、ブッカー少佐。行ってくる」

ブッカー少佐が離れると、雪風の機体が動き出す。

「独り言は禁止、機長はいいのか？」

なめらかに雪風を滑走路へとタキシングさせながら、伊歩が言う。

「あれはブッカー少佐に言ったんだ」と零。「独り言じゃない」

「だれも聞かない愚痴は独り言だよ、大尉。桂城少尉の独り言も聞きたくないだろう」

「そうだな。まあ、そうだ」

「わたしに言えばいい。後悔していると」

「後悔はしていない。ただ、きみがジャムと交戦することに〈熱く〉なると、本来の目的を忘れる恐れがある。雪風がきみを持て余す事態にならなければいいが、そう思った」

「ほら、いい感じの会話になる。わたしにもそういうあなたの考えは役に立つ。わたしを無視しないでくれ、深井零」

「了解だ。つい、いつもの癖が出た」

「これは雑談だ。雑談は疲れるか？」

「おれがいいと言うまで、雑談も禁止」

「了解」

伊歩は針路をいちども修正することなく、発進地点へと雪風を進ませて、停止。

「通信システムのメインパワーを入れる」と伊歩が宣言する。「準備よし」

「了解」

「レディ」と伊歩。「オン」

人間には感じられない電磁波の場が、雪風のアンテナの周囲に発生する。ぱっと広がるその様子が、零は感じられた気がした。

「……異常なし、体調に変化はない」

「よし。予定どおり、出撃する」

通信機に受信コール。零が受ける。

『こちら桂城少尉です。猫の手も借りたいでしょうから、バックアップします。気をつけて行ってきてください。どうぞ』

「こちら、深井大尉だ。感度良好。行ってくる。幸運は祈らなくていい、どうぞ」

『了解です。すでに不幸な気がするし。通信終わり』

「なんだ、いまのは」と伊歩。「もしかして、妬いてるのか、桂城少尉は」

「いや」と零。「あれで、けっこう本気で心配している。心強い」

「そうなのか」

「いつでもいいぞ」と零は発進を促す。「全系統異常なし。自動発進も選択できる」

「わたしの手で、発進します。許可を、機長」

「行け」

エンジン、フルスロットル。身体がどんとシートの背に押しつけられる。後席のGは前席より強いんじゃないかと思う間もなく、雪風は離陸している。

「マックス・アフターバーナ」と伊歩が告げる。

雪風は超高空へ向けて戦闘上昇を開始する。

零には乗り慣れない後部席だったが、飛び立ってしまえば慣れているかどうかなど関係ない。生きて帰るためには、まずは任務に集中する、それしかない。

今回の出撃任務はアクティブな戦闘行為だ。これまでとはまったく違う。自分が操縦桿を握っているとしても、いつもとは異なる着座感覚だろう。そう思いつくと、いま感じている微かな不安や、いつにない緊張感は、後部席に追いやられているからではないのだと零は悟る。

自分は雪風から無視されているわけではないし、切り離されているわけでもない。ここは雪風の機上だ。作戦任務内容はどうであれ、雪風とともに生きて帰るのが最重要事項だ。クーリィ准将の至上命令であり、それを忘れるなと零は自分に言い聞かせる。

雪風の機体はなおも上昇中だが、アフターバーナは切られている。Gはしだいに低下していき、速度が一定になったと思われたが、錯覚だ。推力が絞られ減速している。ふっと無重力になり、このまま自由落下かと身体が緊張した瞬間、機体の姿勢が変わった。急上昇姿勢から水平になって、それから機首をわずかに下に向けたかと思うと再加速だ。

水面からジャンプしたイルカが空中で頭を下に向けると水に向けて突っ込んでいく、そんな動きだった。

自分の飛ばし方とはあきらかに違う。これはエレガントなやり方と言うべきなのか、それともショーのような派手な飛ばし方なのか、判断に迷うところだと零は思う。しかし確かなのは、たとえこれが時間や燃費といった面で有利なのだとしても、実戦向きではない。

田村伊歩は雪風の上昇限界値や超高空での機体の動きを確かめているのかもしれない。

「予定どおり、高度二万六千、水平姿勢で超音速巡航に入った」と伊歩が告げる。「自律航行、目標ポイントまで七分」

「了解」と零。「針路はそのままでいい」

「コピー」と返事をして、それから、「コモンレイヴンにリンケージ」と伊歩は言う。

それを受けて、零は「必要ない」と応える。

「きみにコモンレイヴンの情報が必要ならば、画面に呼び出すだけでいい」

「意味がよくわからないが、回線に接続しなくてもコモンレイヴンを使用した戦況情報は得られるということか」

「そうだ。雪風は自分の位置情報などは他機には知らせず、コモンレイヴンの情報は特殊戦司令部から得ている」

「いつもそうなのか」

「アグレッサー任務に就いてからだ。クーリィ准将がそうした。FAF上層部からは批難されているが准将は無視している」

「特殊戦はFAFから独立しようとしていると思われても仕方がないな」

「クーリィ准将は、ジャムからそう思われるのを狙っている。特殊戦はFAFとは別行動を取っているとジャムに思わせて、消えてしまったジャムを呼び戻すのが准将の目的だ」

「ジャムは消えてはいない」

「わかっている。任務に戻れ。全方位警戒だ。こちらは電子索敵を開始する」

「了解」

「ジャムはまだいるよ」と零は、電子戦手順を開始しながら伊歩に言う。「フェアリイ星と地球を繋ぐ〈通路〉がまだある。ジャムがそれを必要としているからだ」

なるほど、という返答がくるかと思いきや、伊歩はなにかを考えている。

「あの超空間通路とジャムは無関係かもしれない」と伊歩は頭を後方に向けて言う。「そう疑ったことはないか」

「あり得ない」と零は即答している。

わざわざ顔を向けて言うようなことかと零は思ったが、伊歩の頭の動きは止まることなく、顔が天空に向き、そして反対側へ。

伊歩は話し相手の顔を見ようとしたのではなく、ジャムを肉眼で〈索敵〉しているのだとそれでわかった。

「きみは疑っているのか?」

「可能性は低いと思う。でも、フェアリイ星上にたまたま生じた〈通路〉を利用してジャムが地球に飛び込んでいった、という考えを否定する材料がない以上、〈通路〉があるからジャムは消えていないと断定するのはいかがなものか、そう思っただけだ」

そう言われればそうかもしれないと零は思う。ジャムと〈通路〉とは独立した事象かもしれないなどとは、これまで思いつきもしなかったのだが。

「〈通路〉がジャムとは無関係に発生した自然現象とはな。そんなこと、正直、考えもしなかった。驚いたな。きみはいつもおれを驚かせる」

「わたしも驚いた」

「なにに？」

「あなたが〈通路〉の存在とジャムを一体化して考えていると知って、反射的に、もしかしたらそうではないかもしれないと思った、その頭の働きに自分でもびっくりした。〈通路〉がフェアリイ星に生じた自然現象かもしれないだなんて、わたしもいままで考えたこともない。あなたが言わせたんだ、深井大尉。驚かせたのはあなたのほうだ」

「通路が天然の自然現象なのかジャムに作られたものなのかに関係なく、どちらかが消えたらもう一方も同時に消えるとはかぎらない。言われてみればそのとおりだ。きみの指摘は正しい。だが、それでも、おれには、〈通路〉があるかぎりジャムはいるし、どちらかが消えれば同時に他方も消えると、そう思える。理屈には合わないが、そうなんだ」

「あなたにそう言わせる根拠があるはず――」

「理屈じゃない」

「――それがなんなのか、わたしにはわかる気がする」

「なんだ」

「雪風だ、もちろん。雪風が、そうだと言っている」

零は虚を突かれた思いで、黙る。伊歩もなにも言わない。そのまま、目視でのジャム索敵に集中する。

零はほとんど無意識のうちにＡＴＤＳを呼び出している。電子索敵状況を表示していたメインディスプレイに、ＡＴＤＳのコントロール画面が出る。画面にタッチして、いま雪風がなにに集中しているかをグラフで表示させる。

コミュニケーションシステムのエネルギー消費量の割合が高い。だが外部コミュニケーション機器の消費レベルは平常時のままだ。雪風の頭脳の〈血流〉が集中しているのは、機内コミュニケーションシステムだった。

零はさらに細かくその内部の状況を調べる。ATDSの解像度を限界まで上げると、人語解析用知能回路がフル稼働しているのがわかる。

「雪風はいま、われわれの会話に耳をそばだてて、会話内容を理解しようとしている」

「だろうね」と伊歩は平然と、返す。「あらためて驚くようなことではない」

「ATDSで確認できた。こうもはっきりとわかるのは初めてだ」

「深井大尉、あなたは自分で意識しないうちに、雪風の考えに同調しているんだ。悪く言えば、雪風に思考をコントロールされている。ジャムと〈通路〉を一体化して考えているのもそのせいだ。あなたは雪風の声を聞き続けているうちに、雪風の考えが自分のだと錯覚するようになった」

「雪風の声を聞き続けている、か」

「雪風は人語ではなく、態度で考えを伝えている。わたしにも、たぶん、そうだ」

「きみには雪風に思考をコントロールされているという自覚はまだないようだな」

「雪風の操縦桿を握っているからね。機体をまだこちらの手で制御できているうちは、だいじょうぶだ」

「それでは雪風の声は聞こえないだろう」

「雪風に支配されたほうがいいというのか」

「雪風とおれは、支配と被支配の関係ではない。互いに協調することで、人間や戦闘機以上の存在になろうとしている」

「あなたにとっての雪風は」と伊歩はくだけた口調で言う。「もはやジャクスンさんが言っていたような恋人じゃないわね」

「やめてくれ。そもそも雪風を擬人化して〈恋人〉に例えるのは間違っている」

「あなたはいまや雪風と結婚して新しい家族共同体を作り始めたのだ、と言いたかったんだが、こういう擬人化はアウトか。だけど、擬人化しないで考えるのは難しいな。人間とＡＩが協調して進化する関係なんて、だれも考えたことがない」

「フォス大尉は、人間と人工知性体のハイブリッド、『新種の生命体だ』と言っていた」

「新種の生き物か」

「雪風の本質は戦闘機だ。搭載されているＡＩはその一部に過ぎない。おれも、そう。雪風はおれの知能と身体を、雪風というシステムに組み込んで進化している。おれもそれにあわせて変わっていく。ジャムに対抗するために、そうならざるを得ないんだ」

「怖くない？」

「なにが怖いと？」

「自分が自分でなくなることが。変わっていくのは怖くない？」

「どのように変わろうと、自分は自分だ。変わらない自己などというのは幻想だ」

零は伊歩の視線を感じて、操縦席についているバックミラーを見る。伊歩の目はサンバイザで覆われているので目線はわからない。だが間違いなく、こちらを注視している。その視線をまっすぐに見返しつつ、零は付け加える。

「どう自分が変わっていこうと、変わらずに絶対的な孤独におかれているよりは、ずっといい」

「あなたは雪風のおかげで、たしかに変わったわけだ。新種の生命体とはね」そう言って、伊歩は零から視線を外して索敵に戻る。「この世界は、地球では考えたこともなかった新しいアイデアやアイテムに満ちている。わくわくする」

「きみこそ怖くないのか」

「どうして」

「きみも雪風にいま現在組み込まれ、雪風に利用されている状態だ。きみ自身も変わりつつある。自分であることには変わりなくても、人間ではなくなっていく、そういう状況におかれている。怖いとは感じないのか」

「わたしは雪風共同体の一員にはなれないと思う」

「なぜだ」

「あなたと雪風の関係には割り込めない気がする」

「根拠は？」

「たぶん、雪風がそう言っている。声はよく聞こえないけれど。聞こえないから、かな。わたしはあなたにはなれない」

「雪風がきみを乗せて操縦を任せているのは、きみはおれではないことを雪風が承知しているからだ。きみはもう、おれと雪風の関係に割り込んでいるし、きみがおれになる必要はどこにもない」

「なにが言いたいんだ？」

「きみは、自分が自分でなくなっていくことが怖いと思っている。きみ自身がそれを怖れているから、おれに怖くないかと訊いたんだ」

「だから？」

「話をそらさずに、『怖い』とはっきり言葉にしたほうがいい」

「どうして」

「雪風が、われわれの会話に耳を傾け、とりわけ新入りのきみの発言に注目しているのはＡＴＤＳでも明らかだ。雪風は、きみの〈性能〉を探っているんだ。きみが本心を隠したり偽ったりする言葉を使えば、雪風に誤解される恐れがある。雪風には本音を言葉にして伝えるべきだ。おれも、はっきり言う。雪風に誤解されれば、きみが危ない。おれは、きみが心配だ」

「わかった。あなたの言っていることは理解した。わたしは雪風に誤解されるのは怖い。雪風のせいで自分が変化していくことも、正直なところ、怖い。それとは別に、わたしはあなたと雪風の関係がうらやましくて、その仲間に入れないのを寂しいと感じたんだが、いま現在雪風機上で作戦行動中という事実により、すでにわたしも雪風共同体の一員なのだと納得できた。だから寂しくないし、あなたがうらやましいとも思わない。あなたがわたしを心配し、気遣ってくれたおかげだ、深井大尉。感謝する。——これでいいかな」

立て板に水のような伊歩の説明だ。

「いいと思う。田村大尉。わかってもらえてよかった」

「いまのは、雪風にとっての〈雑談〉になるだろう」

「雑談？」

「この話題は直接戦闘に関係することではないし、雪風を参加させる内容にもなっている」

言われてみればそうだと零は思う。

「雪風の反応はどうだ、深井大尉。雪風の声は聞き取れそうか」

さきほどこちらが言ったこと（雪風には本音を云云）に対して伊歩が素直に従ってみせたのは、このためか。雪風と雑談すること。

田村伊歩、恐るべし、と零は舌を巻く。

「どうだ、深井大尉」

零はATDSの表示を見ながら、応える。

「きみの説明に反応しているようだ。意味内容を吟味しているのかもしれない。きみ自身で、直接雪風に語りかけてみてくれないか。雑談だよ」

「作戦空域に入るまで、あと三分だが」

「かまわない。われわれはすでに作戦行動中だ。雪風との〈雑談〉を許可する」

「了解、機長」と伊歩は零の意図を正しくくみとって、雪風に呼びかける。「雪風、こちら田村大尉、田村伊歩だ。あなたは、これまでわたしが操縦してきた戦闘機の中で最高だ。素晴らしい。わたしはあなたが好きだ。あなたはわたしが好きか、雪風。言葉で応えてくれ」

たしかにこれは〈雑談〉だ、任務とはまったく関係ない話だ。が、これほど率直な物言いで雑談になるのかと零は思いつつ、雪風の応答を固唾を呑んで待つ――待つ必要はなかった。雪風はじっくりと考えたのかもしれないが、応答までの時間は零の感覚では瞬時だった。

メインディスプレイに雪風からのメッセージが出ている。

〈I don't know yet...Cap.TAMURA〉

伊歩の呼吸音が聞こえる。感嘆しているようにも、含み笑いのようにも思えたが、零は伊歩の反応よりも、雪風が率直に返答してきたという事実のほうに関心が向いている。しかもこのメッセージは、いつもの雪風の言葉遣いとは違う。これは口語だろう。

「驚くことばかりだな」と零。「雪風は、きみが自分の期待どおりの働きをすれば好きになるかもね、と言っている」

「いまのところわからない、だ。そう、たしかにあなたの解釈のとおりなんだろう」そう伊歩は言うと、重ねて雪風に問う。「雪風、こちら田村伊歩だ。わたしがなにをすればあなたはわたしを好きになるのか、言葉で答えてほしい」

こんども雪風は即答した。

〈kill JAM...IFU〉——ジャムを殺せ、伊歩。

一瞬間をおいて、伊歩は言った。

「愛しているわ、雪風」——I love you, YUKIKAZE.

とても楽しい、という声で。

「いまのは」と零は伊歩に言っている。「雪風への語りかけにはなっていない。形式から外れている」

〈kill JAM...IFU〉

「でも雪風には聞こえるし、雪風には理解でき——」

上機嫌な声のまま伊歩はそう言ったが、途中で言葉が切れる。息を飲む気配。

雪風が言葉を返してきたのだ。短く。

〈me too〉

それだけ。返答相手がだれなのか、それは、ない。

これは冗談だと零は即座に雪風の思惑に気づく。

伊歩は戸惑う。

「これはなんだ、深井大尉。どう解釈すればいい。わかるか?」

「ジャムを殺す者を雪風は愛する」と零。「自分はきみと同じだ、と雪風は言っている」

「もしかして、わたしはからかわれている? 雪風に」

「さきにからかったのは、きみだよ、田村伊歩」と零は言う。「きみが『愛してるぜ、雪風』と軽口を叩いたので、『おれもさ』と雪風は答えたんだ。きみに調子を合わせたんだよ。低級なＡＩにもできる人間相手のパフォーマンスだ」

「低級なＡＩの真似か。わたしは低級な人間に見られたのかな」

「それはないと思う。いまのきみとのやり取りは雪風にとって深い意味はないんだ。雑談だよ。雪風はきみの望みどおり、〈雑談〉をしてみせたんだ。見事な雑談だったとおれは思うね」

「ほんとうの意味での雑談じゃないか。雪風がわたしをどう感じているかは、これでは、わからない」

「ＡＴＤＳのデータとあわせて、あとで時間をかけて分析してみよう。雪風、こちら深井大尉だ。雑談は終了する」

返事のかわりに警告音。

「作戦空域に入ったというアラームだ」と零。「まもなく戦略爆撃隊が第二波の空爆を開始する。ジャムの反撃に備えろ。爆撃隊の護衛戦闘機群などの位置はコモンレイヴンを呼び出せばわかる。警戒態勢」

「了解、作戦第二段階に移行、高度と速度を落として警戒態勢に入る」と伊歩は応えて、さきほどの続きを口にした。「しかし雪風の能力は底知れないな。わたしの想像範囲を超えているのが、いまのでわかった。ブッカー少佐やあなたの苦労が、やっと実感できた」

「それはよかった」

「雪風の怖さも、具体的にわかってきたと思う」

「怖さが実感できれば慎重になれる。いいことだ」

怖さがわかっていれば、雪風に向かって『愛しているよ』などと軽軽しく言えるわけがない。

「爆撃チームを視認した」と伊歩が告げる。「三機編隊、前方同高度、目測で距離一五海里《マイル》。メートル換算でおよそ二万八千だ」

零は後部席から目をこらすが、わからない。空は黒に近い濃い青だ。天然の雲も飛行機雲もない。地表は黄金のような砂漠地帯。

「見つからない。視認できない」

「わたしには見える。目標が戦闘機なら距離はもう少し近くて一一マイル、二〇キロほどだろうが、並び方からして爆撃機だ」

「こちらでもコモンレイヴンの情報で確認した。そのとおりだ」

「接近する」

「了解」

しばらくすると零の目にも見えてきた。大型の爆撃機が三機。ジャムの迎撃にそなえて護衛戦闘機が随行している。

零は特殊戦ならではの高精度な戦況情報収集と記録を開始。

爆撃目標のジャム基地はコードネーム、クッキー。ジャムはそこを自爆、放棄しているように見える。見た目はすでに廃墟だ。そこを、爆撃する。

第一次爆撃隊はクッキー基地の滑走路や地上施設を徹底的に吹き飛ばして帰路に就いている。まるで実弾を使った演習だと零は思う。

雪風が情報収集するのは、第二次爆撃隊の行動と戦果だ。

いま先をゆく爆撃機の三機は、その腹に大型のバンカーバスターを抱えている。強力な地中貫通爆弾だった。

その爆弾はジャム戦では一度も有効な戦果を上げていない。爆撃目標地まで無事に爆撃機が飛べなかったためだ。みなジャムの迎撃により墜とされている。

ジャムの兵器生産工場などの重要な施設は地中にあるはずだったが、滑走路のある基地の地下にそのような施設が存在するのかどうかは、正確にはわかっていない。確証が得られないのにこれ以上の犠牲を払う意味はない、危険すぎるとして、その爆弾を使った作戦は忘れられた。

今回は、いままでできなかったことを安心してやれるということだろう、そう零は思う。FAFの自己満足だ。その様子を記録する係なのだと考えると腹が立つ。

しかも、爆撃機のほうは大型の爆弾を射出したら一目散に退避すればいいだけなのに、こちらは、爆撃の規模や破壊状況などを捉えるために近づかなくてはならない。

割に合わない任務だ。ただ記録するだけ、なら。

「アクティブな索敵を開始する」と零は伊歩に伝える。「雪風はここにいると、ジャムにわかるようにだ。覚悟はできているな」

暗闇の中に灯る強力な光のようなものだ。そこをめがけてジャムの対レーダーミサイルが無数に飛んでくることを、クーリィ准将は期待している。ジャムをおびき出すために雪風を出した。おそろしく危険な任務だ。ジャムがまだいるとすれば、だが。

「いつでもいい。始めてください、機長」

「開始」

一瞬、雪風の機体が振動したように零は感じた。伊歩の操縦桿を握る手の緊張がフライトコントローラに伝わったのか、あるいは予期せぬ高空乱気流のせいか。雪風自身の武者震いかもしれない。

しかし、なにも起きない。索敵レーダーが発振しているのが音波ならば耳を塞がずにはいられない大音響なのだが。身体ではなにも感じられない。静かだ。

メインディスプレイには先をゆく爆撃機と戦闘機の位置がはっきりと表示されている。

「コモンレイヴン情報により」と零。「爆撃開始まで三〇秒だ。それから三秒間隔で合計三発が射出される。初弾のリリースまで、あと二五秒。周囲に敵影なし。二二秒、二一秒、二〇、一九——」

「機長。深井大尉」

緊迫した声に、零はディスプレイから目を上げる。

「なんだ」

「ジャムです」

「どこだ」

零も緊張する。

伊歩の視線は、前方だ。頭の位置からして、そうだ。しかし零には、見えない。メインディスプレイの索敵レーダーを見る。敵影なし。警告システムも沈黙している。

ふたたび目を機外に向ける。

「マスターアーム、オン」と伊歩。「短距離超高速ミサイル、HAM-4を選択」

「どこにいる、ジャムは。おれには見えない」

「三機だ。前方、三機」

「まさか、あれがジャムだって？」

「間違いない」

「あれは、FAFの爆撃機だ。きみにはジャムに見えるのか」

「ジャムはあの中だ、機長」

「爆撃機と重ね合わされているのか」

「ちがう。中にいる。わたしには、透けて見える。爆弾だ」

「バンカーバスターが、ジャム？」

反射的に零はメインディスプレイを見やる。爆撃機の三機が敵性マークになっている。雪風もそれをジャムと認識したのだ。

「なんだ、これは」

「一基目が、出る」

「撃て」と零。「爆撃機ごと撃墜しろ」

「出てからでも間に合う。ＦＡＦ機を撃てば問題になる」

「相手はジャムだ。チャンスを逃すな」

「わたしに任せろ。確実にやれる」

爆撃機の腹部から大型の爆弾がリリースされるのを零は目視。爆弾は戦闘機なみの大きさだ。減速用の後部プロペラを回転させて、落下していく。精密誘導だ。目標はクッキー基地の大深度地下。

「見た目は爆弾そのものだな」と零。「ほんとなのか」

「ジャムだ。二基目が切り離された」

三秒間隔だ。

「放棄した自軍基地を爆撃するジャム？」と零。「なんの意味がある」

三機目の爆撃機から、三基目が投下される。

「三基目が放たれた」と伊歩。「全部まとめてロックオン。ＨＡＭ－４、三基、レディ」

「撃て」と零。「早く」

――もしジャムではないとしても、相手はどのみち爆弾だ。攻撃をためらう理由はない。

そう心で唱えた直後、雪風が急旋回を始める。大Gがかかり、零は声が出せない。

コクピットの外が白い霧で真っ白だ。急激な機動で生じた水蒸気かと思うが、それにしては視界が悪すぎる。まったく景色が見えない。

旋回Gが消える。

「なんだ、大尉。どうした」

「目標のジャムの先にいきなり雲のようなものが現れたのだが、そのまま追って突っ込んだ。ジャムが急旋回して振り切ろうとしたように見えたので反射的に追尾、旋回したが、見失った」

視界は晴れない。零は飛行計器をディスプレイに表示。機体姿勢を確認。緩やかな降下姿勢で、速度は音速を超えている。だが、零の身体感覚では、この表示はでたらめだ。自分か雪風のどちらかが、空間識失調におちいっている。

「気をつけろ、田村大尉。計器は信用できない――」

と、視界がいきなり開けた。雲海から飛び出したようだ。Gを感じる。加速、下降中だ。

「再ロックオン」と伊歩が叫ぶように言う。「リアタック」

先ほどの旋回の前に三発、伊歩はミサイルを発射していた。が、命中していないのだ。

雪風から再度三発の超高速空対空ミサイルが放たれる。それから機首を上げて、水平飛行に移る。

零は首をねじ曲げて、ミサイルを目で追う。地表が見えている。砂漠ではなかった。おなじみのフェアリイ星の植物の森だ。金属光沢のある葉が茂っている。その上空に三発の大型爆弾。目標に向けて落下中の姿勢に見える。

「うそだろう」と零は言ってから、もういちど、地表の様子を確認する。「クッキー基地が消えている」

雪風が放った超高速ミサイル三発がほぼ同時に目標に命中。直撃だ。目標は空中で爆発。三発の爆弾はみな地表に到達する前に破壊されて四散する。

「目標、消滅」と伊歩が興奮した声で告げる。「ジャム全機、撃墜を確認した」

「田村大尉、落ち着け」

「落ち着いていますが、機長」

「ジャムがなにを狙ったのか、わかるか」

「なにを狙ったのか？　どういうこと？」

「あいつは爆弾に化けて出現したわけじゃない。あれは、爆弾そのものだ。目標を破壊するために出てきたんだ」

「目標って、なに」

「われらがフェアリイ基地だ。その地下。おそらくは、特殊戦エリア」

「なにを言っている、大尉」

「計器で現在地を確認してみろ。それならきみにもわかるだろう」

田村伊歩は絶句する。零は数値で確認するまでもなく地表の景色から、ここがフェアリイ基地上空だとわかった。

「いきなり現れた謎の雲は、小さな〈通路〉だ。爆弾はそこに入っていったんだ」

「そうか。あれはミニ〈通路〉か。やはり〈通路〉はジャムと一体なんだ」

「もう一つ、あの爆弾ジャムを撃墜したのは、レイフだ。きみのロックオンは外された。レイフがミサイルを目標に誘導した」

「命中したなら、それでいい」

伊歩は抗弁しない。実戦的な考え方だと零は思う。

伊歩は雪風をバンクさせると、地表の滑走路を視認、フェアリイ基地であることを認める。

「危なかったな」と、伊歩は感情を押し殺しているのがわかる口調で言った。「帰る基地がなくなるところだった。あなたが言うとおり、さっさと爆撃機ごと墜とすべきだった」

「いや」と零は努めて冷静に応える。「やはりそれはまずい。きみの判断は正しかったと思う。クーリィ准将は、ぜったい、そう言う」

「准将は特殊戦がフェアリイ基地をジャムから守ったと、この戦果を政治利用できるからな。ジャムの思惑がわからないうちに墜としても、そういうアピールはできない」

「おれには理解しがたい考え方だが、准将やきみにとっては、そうなんだろう」

「この件でFAFでの発言力を増したクーリィ准将に、わたしのFAFへの移籍を実現してもらえそうだ」

転んでもただでは起きないやつだなと零は思ったが、思い直す。田村伊歩は、転んでいない。いまのところは。

「帰投を宣言する」と零。「降りるぞ」

「了解」と言い、伊歩は続けた。「オートランディングを選択したい。許可を、機長」

「許可する」

管制塔とのやり取りから着陸まで、すべて雪風に任せられる。なにもすることはない。

伊歩が力を抜いてシートに身を任せる気配を察した零は、注意喚起を促す。

「田村大尉、索敵を続けろ。ジャムはいる。どこに出現するのかわからない。雪風を降りるまで気を抜くんじゃない」

「了解」

零は通信機をオンに。特殊戦司令部を呼ぶ。

『やっぱり、ぼくじゃないとだめでしょう。どうぞ』

桂城少尉が出て、そう言った。

「なにを言っているんだ、どうぞ」

『いま出ていったばかりじゃないですか。ぼくを乗せるために戻ってきたんでしょう。雪風がそう言っている。どうぞ』

「おまえは最強だ。以上」

そう言って、零は無線を切る。

因と果

雪風の主輪が滑走路を捉える。タッチダウン。走行音と振動。自動ブレーキがかかる。

「うまい着陸だ」と伊歩が言う。「ショックもなく、なめらかすぎて不安になるくらいだ」

零はそれには応えない。

伊歩の不安はあたっていると思う。通常よりも減速Gが大きい。あきらかにブレーキの作動圧が正常よりも高い。ほとんど緊急減速だ。零は伊歩越しに前方を注視。邪魔者はいない。クリアだ。

雪風はそのまま減速し、機首を沈み込ませて停止する。滑走路の端までかなりの距離を残している。

「なんだ、これは」と伊歩が戸惑う。「自動ブレーキを解除できない。なぜこんなところで止まるんだ？」

零はモニタ画面に目を落とす。その視線を察知したかのように、雪風からのメッセージが表示される。

〈you have control_ Cap.FUKAI〉

「雪風は、操縦をおれに代われと言っている」

「なに？」

もう一行、追加。

〈I request fueling and ammo refills〉

「それから、燃料と弾薬の補充をしろと言っている」

「雪風は戦闘を継続している？」

「そう、この着陸は帰投ではない、戦闘行為だ。雪風はこの機を逃さず、燃料と弾薬を満タンにしてジャムを叩くつもりだ」

「なぜここで止まるんだ」

「降りろ。席を交代する」

「ここでか」

「急げ」

零は電子索敵と通信システムへの給電をカットオフ、それからキャノピレバーをオープンに。素早くハーネス類を解く。

田村伊歩は一瞬ためらう気配を見せたが、キャノピが開き始めると、零にならう。機からの緊急離脱手順を訓練されている者の動きだと零は感じる。コクピットから身を乗り出したのは伊歩のほうが先だ。

伊歩が着地したのを見てから、零はシートから出て機外に身を乗り出し、前席に移る。機体内蔵のステップラダーを使う。操縦席に収まり、ハーネスを装着。コミュニケーションケーブルや空調ホースを接続。後部シートに伊歩が着くのを確認して、キャノピをクローズ。索敵と通信システムを待機状態に復帰。

通信機をオン、特殊戦司令部に事態を伝える。

「司令部、こちら深井大尉、雪風だ。雪風はおれに操縦しろと言ってきた。いま、田村大尉と入れ替わり、おれが前席に着いている。雪風はフェエリングとHAM－4の補充、六発をリクエストしている。これから特殊戦エリアに向かう。リクエストに応じてくれ。作業を終えたら再出撃する。どうぞ」

『こちら司令部、ブッカー少佐だ。深井大尉、おまえは雪風をコントロールできているのか。つまり、おまえは、雪風のその要求を妥当なものだと認められるのか。ようするに、いま雪風がなにをしようとしているのかが、ほんとうに、おまえにわかっているのか。答えろ。どうぞ』

「雪風はおれを必要としている。雪風はおれに、いま、それをこういう行動で示しているんだ。雪風が暴走しているとでも言いたいのか、少佐。どうぞ」

『こちらブッカー少佐、おまえの答えはわかった。雪風の要求どおり、すぐに手配する。主エレベータの前をホットピット給油のエリアに指定する。指定エリア情報をおくるから、そちらは早くそこを動け。滑走路を塞ぐな。雪風は、おまえと滑走路を人質にして自分の要求を叶えたんだ。おまえは違うと言うだろうが、こういう人間的な見方を忘れてはならない。わたしが言っていることがわかるか、深井大尉。どうぞ』

「少佐の危惧は理解できるし、さらに不安にさせるつもりはないが、おれも雪風も、互いに、言葉を使わずに双方向のコミュニケーションをとっている。ここで緊急停止したのは、雪風の意思だ。雪風は言葉ではなく、おれへの信頼を、こういう形で示しているんだ。おれにはそれがわかる。以上だ、どうぞ」

『こちらブッカー少佐、了解した。おまえの雪風に対する考えの詳細についてはあとで、あらためて聴くこととし、おまえの意思についてはわかった。このミッションを継続する。おまえから、こちらになにかしてもらいたいことはあるか、どうぞ』

「なにもない。これから指定エリアへ移動する。どうぞ」

『こちらブッカー少佐、了解した。以上』

「雪風はわたしと桂城少尉との交代リクエストはしていないようだな」と伊歩が言う。「深井大尉、これについてはどう思う」

「言うまでもない。雪風はきみを必要としているんだ。雪風の気持ちを、わかれよ」

零は両方のフットペダルを同時に深く踏み込み、それから力を抜く。自動ブレーキは解除され、雪風はふっと機首を上げて動き出す。雪風をタキシング、誘導路へと曲がって指定されたエリアに向かう。

「わたしの操縦は頼りにならないと判定されたようだ」

「雪風は、きみに、索敵に専念しろと言っている。いまもだ。この状態がいちばん無防備だ。雪風は、あえて、きみとおれを交代させる状況を作って、ジャムを誘っているんだ」

「自分を囮《おとり》にして？　それはさすがに、あなたの思い込みでは——」

「雪風自らホットフェエリングをリクエストするのは初めてだ」

「そうなのか。だから？」

「きみという存在が、雪風を大胆にさせている」

「それはわかる気がする」

「わからないと、きみ自身が危ない」

「雪風の思惑や、わたしへの期待がなんなのか、それがわからないと自分が危ない、か」

「そうだ」

「この任務はわたしにとって、対ジャム戦ではなく、対雪風戦だ」

「そういうことになる」

「しかも訓練ではなく実戦だ。負ければ死ぬ」

「幸運を祈る」

「不幸なわたしを揶揄している言葉だな」

「きみがそう思うのなら、そうなんだろう」

「幸運は祈らなくていい、『すでに不幸な気がするし』、だ」

「なんの話だ」

「出撃前の、あなたと桂城少尉のやり取りだよ」

「ああ、あれか」

「あの意味が、わかった」

「わかった？」

「あなたも桂城少尉も、互いに相手の立場になって、やり取りしていたんだ。いま自分が同じ立場になって、わかった。すごい信頼関係だ」

「とくに意識したことはない」

「あなたは雪風とも無意識に信頼し合える関係になりたいわけだ」

「そう簡単に言われたくないな」

「いますでに、半分くらい、そうなっている」

「雪風とのコミュニケーションは、きみが言ったとおり、実戦だ。負ければ死ぬ」

「わたしが戦いたい相手はジャムだ。雪風ではない」

「そうだな。雪風にも、それがわかったんだと思う」

「だから雪風はわたしに索敵に専念しろと言ってる、か」

「そうだ」

「結局のところ」と伊歩はすこし悔しさのにじむ口調で言う。「わたしは雪風ドライバーには不向きだと雪風に判定されたことになる。あなたは後部席の教官役として、なにがわたしに欠けていたのか、わかるか？」

「欠けていた、か」すこし考えて、零は言う。「たぶん、きみは雪風に対して優しくない、それが雪風には気になったんだと思う」

「優しくない？」

「ああ」

「それって」と伊歩は、苛立ちのこもった口調になって、言った。「わたしは思いやりの心をもって雪風に接していない、ということだろう」

「おれの感想だ。おれ自身が、きみの操縦に対してそう感じた。いまになってみればの話だ。誤解しないでほしいが、きみの戦闘操作に関する判断は正しい。おかげで地下の特殊戦は無事だ」

遠く、特殊戦エリアの方向に動きがあるのを零は認める。主エレベータが地下からせり上がってきている。そのわきが地上での給油スポットになっていて、ノズルなどが格納されている給油施設がある。特殊戦機については基本的に地下の専用区域で自動ロボットによる給油や兵装の脱着作業がなされるので、通常の任務では行く必要のない場所だ。それを零は伊歩に説明する。

無言で聞いていた伊歩が、冷静さを取り戻した声で先ほどの話題を続けた。

「雪風というＡＩに優しく接しろと言われても、わたしには理解できない。ＡＩは人間ではない。Ａ

Ｉはどういう人間の態度が〈優しい〉と感じるのか、わたしにはまったくわからない」

「いや、そういう話ではないんだ」と零。「心の問題や感じ方ではなく、機械は優しく扱った方が長持ちする、という次元のことを言っている」

「なんだ、それ」

「きみは雪風の操縦に慣れていないので、習熟度が低い分、飛ばし方にもラフなところがどうしても、でる。もしおれがきみの愛機の飛燕を飛ばし、きみがそれをモニタすれば、やはり、おれの操縦は優しくない、と評価すると思う。そういう話だ。ＡＩは関係ない。そもそも、言ったと思うが、雪風の本質は戦闘機だ。その知性体は雪風の一部にすぎない。雪風への思いやりというのなら、その機体に対する扱い方にも気を配らなくてはならない。雪風に対して優しくないというのは、そういう意味だ」

「そのように言語化してもらえれば、納得できる」

「それはよかった」

田村伊歩は日本空軍のエースパイロットだ。そのプライドは尊重しなくてはならないと零は思う。それでなくても伊歩の機嫌を損ねるような真似はしたくない。日常ならともかく、この戦闘状態において負の感情を抱いている人間と行動を共にするのは危険だ。乗せたくない。

「あなたとは」と伊歩が言う。「人間同士、こうして話せば理解しあえる。でも、いま問題にしているのは雪風の思惑だ。あなたのいまの感想は雪風のそれを代弁しているのかもしれないが、ほんとうのところは、わからないだろう」

「教官役としてわかるかと、きみから問われたから、おれの考えを伝えたまでだ。ほかに質問は？」

一拍おいて、伊歩が応じた。

「わたしが雪風の扱いに慣れれば、雪風はわたしを受け入れると思うか。操縦者として、だが」

「おれの考えを率直に言ってもいいか」

「もちろんだ」

「気を悪くしてもらっては困る」

「そう言われたら、答えを聞かないままでいるほうが気分がよくない」

「今回の雪風のきみへの第一印象を、雪風自身が覆すのは難しいと思える。きみが雪風との信頼関係を築くことができるにしても、相当の時間が必要だ。が、ここは戦場だ。きみを訓練している時間はない。つまり、雪風がきみを受け入れるかどうかに関係なく、事実上きみは雪風ドライバーにはなれない。そもそもきみ自身が、雪風とコミュニケーションを取ることよりもジャムを叩くのが先決だと言っている以上、いまの質問はナンセンスだ」

「わかった」と伊歩。「仮定の質問をしたわたしが悪かった。現実は、わたしは一発判定のテストに落ちたというわけだ。わたしは雪風の気持ちを探る者として、適任ではない。自分でも、それがよくわかった」

「パイロットとしてはともかく、雪風はきみを頼りにしている。それは間違いない」

「それはわかっている。気遣ってもらえて嬉しいよ、深井大尉」

「すまなかった」

「それはわたしのセリフだ。あなたを困らせたわたしが悪かった。すまなかった、深井大尉」

「どういたしまして、だな。こちらは謝られるのにも慣れていない。おれへの気遣いは無用だ。気にするな」

「ありがとう」

雪風は指定エリアに近づく。零は伊歩に指示を出す。

「エンジンは止めずに給油と装弾作業を行う。人体に危険な通信と索敵システムへの給電を断て」

「コピー。カットオフ」

「補充で搭載される空対空ミサイル、HAM-4がジャムでないことを確認しろ」

「……なに？」

「さきほど爆破したバンカーバスターがジャムだったのなら、FAFはもはや安心して兵装を使うことはできない。弾薬庫自体がジャム化している可能性もあるわけだからな」

「それはないだろう」と否定した伊歩は、もう一つの可能性に気づいた。「まさか、わたしは正常なバンカーバスターをジャムと誤認した、というのか」

「その可能性にいままで気がつかなかったのか」

伊歩は絶句する。

「初めての機を操るだけでも大変なのに」と零は伊歩を気遣う。「その慣れない機で実戦に突入したんだ。きみのストレスは相当なものだ。事態の重大さに思い至らなくても、仕方がない。きみも人間だ」

「……激しい戦闘が知能を著しく低下させるというのは知っていたが、自覚できないものなんだな」

「いま現在はっきりしているのは、あの三発のバンカーバスターがこのフェアリイ基地に向けて落下していったという事実だけだ。いったいなにが起きているのか、手がかりを探すため、いまいちど上がって、あの爆撃チームが帰投する前に捕捉し、空中で走査する」

「もしあのとき」と伊歩は極度の緊張を顕わにして訊いてきた。「あなたの指示に従って爆撃機ごと攻撃していたら、こういう事態にはならなかったと、そう思っている？」

「それは仮定の話であって、いまは行動の評価はできない」

「もしあなたが操縦していたら？」

「きみがジャムを〈見た〉時点で三機とも墜としていた。あのとき、きみにそうしろと命じたとおりだ。しかし、それがいいのかどうかは評価不能だ。いま、そう言っただろう——」

「わたしがこうして交代させられたのは、それを怠《おこた》ったせいだ」

「考えすぎだ。いまはなにもわからない。雪風にも、なにが起きているのか理解できていない。だから雪風は、万全な態勢で再出撃して調べようとしている。この事態を引き起こしたジャムを探すためだ。きみも余計なことは考えずに情報収集につとめろ。ジャムを見張ると同時に、きみ自身のその能力について自己観察しろ。ジャムが〈見える〉状態を、客観的に説明できるようにだ」

「了解した」

特殊戦エリアに近づく。零のヘルメットバイザに指定されたエリアが表示される。黄色い長方形。そこに駐機する。エンジンをアイドルに。

地上員がすでに待機している。車輪止めが咬まされて、作業開始。

あらたに搭載するミサイル六基が、キャリア兼ミサイルリフターに載せられ巨大なエレベータから出てくる。白い塗装の短距離空対空超高速ミサイルだ。大勢の人間に押されて近づいてくる。人力かと零は驚く。いちどにこんなに多数の作業員が集まるのを零は初めて経験する。二十人以上いる。みな特殊戦の作業員にちがいない。

給油スポットで待っていた作業員が給油操作を開始する。こちらも自動ロボットではなく人による操作だ。給油ブームが高く伸びて、雪風の機首方向からその背に向かって移動する。

「空中給油口からの給油を開始する」と零。「きみのほうは、どうだ。ジャムの気配はあるか」

「HAM－4の六発をすべて視認した。異常は感じられない」

「了解。ひとまず安心だ」

「わたしのジャムを見る目のことを、疑っていないのか」

「あのバンカーバスターが特殊戦エリアに向かって落ちていった、それは事実だ。あれが偶然のはずがない。きみがなんらかの形でジャムの存在を感じ取ったのは、疑いようがない」

伊歩は口をつぐむ。

自分の能力に疑いを抱いているのかもしれないと零は思うが、余計なことは言わない。自分が感じた疑いは自身で解決するしかない。

もし今回の現象にジャムが無関係だとしたら、三発のバンカーバスターが飛び込んでいったミニ〈超空間通路〉は自然現象ということになる。〈超空間通路〉とジャムは無関係で各各独立した現象かもしれないと言ったのは、伊歩だ。その考えと、自分の目の、どちらを信じるかという選択になる。それは田村伊歩自身にしかできない。

零は機体各部の燃料タンクの残存量をモニタ、確認する。全量で七パーセントほど消費しただけだ。給油開始から一分もかからずにオートストップ。零は給油担当員に手を上げて謝意を表す。

ミサイルの装着にはさらに十分ほどかかった。零はストアコントロールをディスプレイに呼び出し、搭載武装を確認。無事に搭載されている。自爆せずに。

地上作業のすべてが終了、周囲はクリアであるとの、作業監督からの手振りのサイン。それから、指定エリアから出ろという誘導員の指示。

零は二人の地上員に感謝の敬礼をし、エンジンの回転を上げて、雪風をエリアから出す。

「田村大尉、索敵と通信システムにフル給電」

滑走路へ向かう。

「コピー。オン。全系統、異常なし」

「例の爆撃チームのもとに向かう。かれらの動きを記録しつつ索敵する任務にもどる。特殊戦データリンクとコモンレイヴンに接続。目標位置を確認しろ。爆撃チームは帰還中のはずだ」

「了解」

零は、あとにしてきた特殊戦エリアを首を曲げて見やる。もはや人影はおろか、エレベータや給油設備も地下へと姿を消していて、背後の草原しか見えない。大勢の地上員がよってたかって雪風の世話をしていたのが嘘のようだ。

——あれは妖精の仕事だったのではないか。

ふとこの場にはふさわしくない思いがわき上がり、自分の精神状態を零は疑う。緊張感が足りないのか、あるいは逆に、強い緊張がもたらす一種の安全弁のような精神的な逃げ道、遊びの感覚か。

この状況の危うさは身体的に感じていたが、頭で理解できたのは雪風に席を交代させられてからだ。雪風は、状況が深刻であることに気づいていた。自分は雪風に〈考えろ〉とうながされたに等しい。自分が伊歩に言ったのとは反対だ。

「管制塔、こちら特殊戦・雪風、アグレッサーワン。これより緊急発進する。一番近い滑走路をあけてくれ」

『アグレッサーワン、了解した。三十秒以内に発進せよ。全方位空域クリア。グッドラック』

「サンクス」

風がほとんどないのが幸いだ。滑走路内に入り、スロットルを押す。

雪風が、飛ぶ。

飛行感覚がよみがえると、さきほどの、『あれは妖精の仕事だったのではないか』という思いは地上員たちの雪風への作業に対するものではなく、あのバンカーバスターと雪風がいきなりフェアリイ基地上空に移動したことへの感想なのではないかと思えてくる。あれはまさに、妖精に騙されたかのようだった。

零は自分の心を分析して、ありそうなことだと思う。

あのバンカーバスターがジャムだとしたら、いったいどこから来たのか。いつ本物と入れ替わったのか。

田村伊歩は、あの爆弾は爆撃機に潜んでいるジャムだ、機体を通してそれがわかると言った。おそらく伊歩にとっても、そのような見え方は初体験だったに違いない。

漠然とした印象に惑わされることなく、考えを言語化しなくてはならない。それには言語化のもとになる材料が必要だ。

「田村大尉、目標の爆撃機三機の個別ネームとコールサインを確認しろ」

「了解。コモンレイヴン情報によれば、当該機は第22戦略爆撃隊所属機、コールサインは個別ネームが使われていて、オンロック221、同222、同223となっている」

「了解。三機を追撃する」

味方機だ。追撃という行為は、あり得ない。しかしいまは非常事態だ。逃げる敵を追うように雪風を操る。

最大推力で上昇。空気が薄くなるほどに速度が増していく。燃焼効率が落ちていくのを加速度の変化で感じ取ることができる。限界高度に達するまえに水平飛行に移り、超音速で目標に向かう。

「目標まで、三分」と後部席の伊歩が告げる。

「了解」と短く返す。

もしFAFの爆弾がだれにも気づかれないうちにジャムに置き換わっているのだとすると、もはや戦いにならない。それらが自爆を始めればFAFは内部から物理的に破壊され、壊滅する。

だが、そういう状況ではない、と零は〈言葉〉で考える。あの爆弾はジャムではなく通常のFAFの爆弾で、その爆撃目標が変わっただけなのだ。クッキー基地からフェアリイ基地へと。

――これは、ジャムの仕事だ。

さきほど思い浮かべた、『妖精の仕事』の妖精をジャムに置き換えただけだ。自分は無意識のうちに、この答えに到達したのだと零は思う。

ジャムは、あの三発のバンカーバスターを、爆撃機から射出されると同時にインターセプトしたのだ。迎撃ではなく、文字どおり、横取りしてフェアリイ基地上空まで運び、放り出した。もちろん適当にではなく、地下の特殊戦の本拠地にむけて精密照準をしたうえでだ。

では、そのジャムはどこにいるのか。

人間の肉眼では見えない。雪風にも察知できなかった。伊歩だけが、見た。三機の爆撃機の爆弾倉にいるジャムが〈見える〉と明言した。

「田村大尉、目標機に追いつく。視認できるか」

「まだ、見えない。目標の針路と狭角一五度ほどで交差するコースを高速接近中。高度差も七千フィートある。いや、メートルか。急降下攻撃には絶好のポジションだ。墜とすつもりか」

「ジャムがいまだオンロック三機の内部に潜んでいるかどうか知りたいし、このまま帰投させるのは危険だ。警告を入れたのち、近くの前線基地に強制着陸させる。おろせそうな基地を探せ」

「わかった」

「恭順したら、かれらの右舷側から接近して並飛行してみる。きみは目視で捉えろ。ジャムを見逃すな」

「了解」

推力を絞って機首を目標方向へ下げる。緩降下しつつ、零はマスターアームをオン。三機の爆撃機をロックオン。

相手から抗議が来る前に、コモンレイヴンを通じて警告する。音声入力だが、相手にはテキストメッセージで伝わる。

「こちら特殊戦・雪風だ。オンロック221、222、223の三機に警告する。貴機らは、ジャムに汚染されている可能性がある。基地に帰投せず、付近の前線基地に降りろ。従わなければ撃墜する。こちら特殊戦・雪風だ。この警告は訓練ではない」

「護衛の戦闘機部隊が散開した」と伊歩。「受けて立つつもりか」

「それはない」と零は断言する。「あの護衛部隊は、フェアリイ基地・戦術空軍団の連中だ。ライトゥーム中将配下の部隊だよ」

「だから？」

「特殊戦には逆らわない。クーリィ准将の機嫌を損ねるなとライトゥーム中将から命じられている。かれらはいまの警告を理解して、爆撃機から離れたんだ」

「話が通じる相手だというわけか」

「建て前では、そうだ。ほんとうのところは、戦略空軍が持ち出してきた旧型の爆撃機の援護の任務など、本来のかれらの仕事ではないから、最初から気合いが入っていない。おれのいまの警告で、びびったんだ」

「まさか、そんなことでは援護にならない——」

「かれらはジャムとの総力戦で、ジャムの欺瞞《ぎまん》操作での同士討ちを経験している。ジャムが戦略空軍の爆撃機に化けている恐れがあると警告されれば、逃げるよ」

「そんなことでは、FAFはもうだめかも——四時方向から特殊戦機が接近中。第五飛行戦隊・九番機、フラカン、B‐9、11000メートル、ハイ」

「了解。フラカンか。ぜんぶ、見ていたはずだな」

いつものように戦いには参加せず、高空から情報収集しているブーメラン戦隊機だ。雪風とは共同行動は取らず、あくまでも単独で情報収集任務にあたっている。雪風も観察対象だ。クーリィ准将に抜かりはないと零は感心する。

と、雪風が警報音を鳴らす。

「攻撃照準波を感知」と伊歩。「フラカンだ。なぜ?」

「やり返せばジャムのツボかもしれない」

「ジャムのツボ? フラカンに割り当てられた周波数帯で、呼び出してみる」

「話が通じるなら、最初からこういう態度には出ない。呼び出しは無駄だ」

クーリィ准将が、いま雪風がやろうとしていることをやめさせるためにフラカンを使って警告してきた、というのがいちばん穏当な解釈だ。ジャムが特殊戦機どうしを戦わせるように仕向けている、という過激な解釈もできる。もし伊歩が操縦していれば、フラカンの攻撃態勢を看過できず、相打ちになる。

零はフラカンを攻撃目標にはしない。対抗したいのを、じっと耐える。当初のコースを変えない。オンロックの三機を視認、あっというまに近づく。大きい。旧型の超音速可変翼爆撃機だ。

「田村大尉、オンロックを目視、ジャムを探れ」

「後方、上空からフラカン、突っ込んでくる」

「田村伊歩、オンロックを見ろ」

左舷同高度に三機の白い機体が並んでいる。零はそれから視線を外し、首をねじ曲げてフラカンを探す。

高空に小さな点、それがあっという間に大きくなり、ドンという衝撃とともに雪風の右舷側をすり抜けて降下していく。すぐに機首上げをして旋回、オンロックとならぶ雪風の同高度後方に、ぴたりと占位する。

『こちらフラカン』と、通信が入る。『ゴパル中尉だ。雪風、聞こえるか。緊急連絡だ、どうぞ』

「フラカン、こちら深井大尉だ。感度良好。どうぞ」

『クーリィ准将から、雪風の支援と援護を命じられた。オンロック各機が帰順しない場合、わがフラカンが、乗員を脱出させたうえで撃墜する。雪風は武装を温存しろとのことだ。了解したか、どうぞ』

「こちら雪風、了解した。ゴパル中尉、こちらから質問していいか」

『もちろんだ』

「さきほど、フラカンの監視システムが雪風と射出されたバンカーバスターを見失ったはずだ。原因はわかるか、どうぞ」

『不明だ。司令部から事態を知らせる緊急連絡を受けて、驚いた。実はフラカンの情報収集システムの故障予測ＡＩが一瞬反応したのだが、それが当該時刻と一致している可能性がある。詳細は、帰投してからでないとわからない。どうぞ』

「もうひとつ、あなたは雪風とバンカーバスターが消えるのを、目視したか」

『していない。直線距離で一八〇〇〇ほど離れていた。どうぞ』

「空間受動レーダーは使っていたか」

『使用していない』

「それは惜しいことをしたな」と零は本音を漏らす。「通常レーダーや肉眼では見えないものが見えた可能性が高いのに、残念だ。以上だ、支援を感謝する」

『深井大尉、いまの話で思いついたことがある。たんなる想像だが、いいか』

「聞かせてくれ」

『今回ジャムは、空間転移爆弾を使ったのかもしれない』

「なに、それ」と伊歩が言う。

「あり得るな」と零はゴパル中尉に応える。「フラカンの収集データの分析結果が楽しみだ。いまそのデータをジャムに抜き取られないよう、こちらは引き続きジャム警戒にあたる。以上」

『了解、通信終わり』

「ジャムが使ったかもしれない爆弾というのは」もどかしげに伊歩が訊いてくる。「なんなんだ?」

「以前、FAFのコンピュータ、たしかシステム軍団の兵器開発用の人工知性体が予想した、これから登場する可能性のあるジャムの新兵器のひとつだ。それを聞いたときは、なんてとっぴなことを考えるコンピュータだと思ったが、いまやジャムがそのような爆弾を完成させていても不思議ではない」

「その爆発で、別の時空に飛ばされる?」

「通常空間が破壊され、瞬間移動する、とか。原理もなにもわからない。コンピュータもわかった上で予想したわけではない。それでも、われわれもバンカーバスターも通常空間とは異なる物理法則による移動を体験したのはたしかだ」

「ジャムの〈超空間通路〉は、爆弾か」

「爆弾としても使えるということになる」

そう言い、零は続ける。

「いまオンロックにはジャムの気配は〈見えない〉ようだが、田村大尉、きみはあのとき、ジャムではなく、小さな〈超空間通路〉が爆弾倉の内部、バンカーバスター付近で発生しているのを見たのかもしれない」

ジャムの新型兵器、ＦＡＦの人工知性体が出現を予言した、空間転移爆弾を。

後部席の田村伊歩が首を曲げてオンロックの三機を見やるのを、零はミラーで確認する。いまのゴパル中尉の話を聴いて、あらためてジャムの気配がないかどうか確かめようとしているのだ。

「気を入れて見ろ、田村大尉」

「見ているが、目標機が重なっているので一機しか確認できない」

「なに？」零はとまどう。「なにを言っている」

伊歩がなにを言わんとしているのかは、わかる。巨大な超音速爆撃機、オンロック２２１から２２３までの三機のうち、視認できるのは手前の一機だけだ、と言っている。残りの二機は手前の機の向こうに隠れていて見えないと言いたいのだ。

しかし零には三機とも視認できている。三機は同高度を並んで飛行していて、雪風もその並びの右端に位置しているのだが、高度はわずかに高い。三機を一目で見られるように、わざわざ雪風をそのように操っているのだ。

いまオンロックたちは速度を落として可変翼を最大に開いている。その主翼の陰に他の機が入ってしまっていると、伊歩はそう言っているのかと零は一瞬うたがったが、それも、ない。零の目には、ちゃんと三機の機体全体が、重なることなく独立して、並んで見えている。巨大な機体に、これも大きな可変翼を広げている三機の爆撃機。これほど目立っているのに、一機しか見えない、と伊歩は言っているのだ。

——あり得ない。

零はいくつかの戦闘手段をほぼ同時に開始する。まずは通信だ。

「こちら雪風、緊急事態を宣言する。オンロックの三機に異常を察知した。B-9、フラカン、直ちにこちらとの距離をとって監視せよ。周辺の全機に告ぐ、雪風とオンロックの編隊には近づくな。離れろ」

そう告げつつ、手は空間受動レーダーの起動操作をしている。本来ならば後部席のオフィサの仕事だが、そこにいる伊歩には、現実を確認させる。

「田村大尉、雪風の索敵情報によるオンロック三機の位置と、きみの目視による位置情報のずれを修正しろ」

「なに？」

「きみは事態を誤認識している。錯覚を見ているか、見せられている可能性がある。オンロックの三機は重なってなどいない」

零はオンロックと同じ速度を保ちながら上昇し、雪風の機体をひねる。一八〇度ロール。天地が逆転する。キャノピの天井越しにオンロックの三機編隊が並んで飛ぶのを見る。零は雪風を編隊と平行に移動させ、オンロックの真ん中の機を真下に捉える位置にくる。

「田村大尉、オンロックの三機を視認したか」

応えがない。零はバックミラーに目をやる。田村伊歩は逆さになった天井と膝元のメインディスプレイを交互に見ていた。伊歩の目には、あいかわらず一機のオンロックしか見えていないのだろう。

「田村伊歩、いま雪風は、オンロック２２２の真上に占位している。直下に見えるのは２２２だ。わかるか」

「いや……」

曖昧な返答。零は重ねて問う。

「何機見える」

「一機しか視認できない」

「いまきみが見ているオンロックの機番は何番だ。２２１か、２２２か、２２３か。区別できるか」

「識別不能だ。おそらく、三機のオンロックは重なっている」

そこで伊歩は一息ついて、決意したことがわかる口調で、告げた。

「わたしは、自分の目を信じる。オンロックの三機は、まとめてジャムに捕まったように見える」

「では、あれは、ジャムだ」

「深井大尉、そうではなくて、三機はジャムの超空間通路に連れ込まれようとしているのだと思われる——」

零は伊歩の言葉を聞きつつ、機体をロールし正常姿勢に戻してスロットルを押し込む。雪風は爆発的な加速でオンロックの編隊から離脱する。音速を突破してなお増速。

三機のオンロック編隊はあっというまに後方に退く。その編隊との距離が十五キロメートルを越えたところで雪風は大きく左旋回を開始。編隊を中心とした大きな円を描くコースで観測態勢をとる。

空間受動レーダーが完全に起動して観測態勢が整ったことを知らせるチャイムが鳴る。

「フローズンアイ、レディ」と零は伊歩に告げる。「オン」

大電力を食う空間受動レーダーが作動、観測開始。

その表示を見て、伊歩の捉えた異常は本物だと零は判断する。オンロック三機の空間反応が、ほとんどない。

コモンレイヴンの表示に切り替えれば、編隊は平常どおりに飛行しているように見える。しかし三機のオンロックからの通信が途絶えているのがわかる。

コモンレイヴンのデータを中継する空中指揮機はこの編隊を第一七前線基地、TAB-17に誘導しようとしているのだが、編隊からの応答がない。伊歩の言うようにジャムに捕まったに違いなかった。乗員の脱出は認められないので、通信機能や操縦システム同様、脱出機構も制御不能なのだろう。

「このレーダーは、なに」と伊歩が訊いてくる。「通常の索敵レーダーではオンロックの三機を分離して捉えているが、この空間受動レーダーではオンロックの編隊位置が小さな輝点ひとつで表示されているだけで、それもぶれたり消えたりしている。こんなレーダー、なんの役に立つんだ？」

「他の、周囲の戦闘機群やフラカンの表示を見ろ、田村大尉」

「通常レーダーのものより曖昧で、ぼんやりとした大きめのエコーで表示されている」

「それが正常な反応かつ表示だ。フローズンアイは、大気を押しのけて移動する飛翔体を捉えるレーダーだ。フローズンアイの目から逃れるには空中で静止するしかない。エンジン排気流もヘリのローターの気流も感知するから、それらを一切出さずにだ」

「そうすると」と伊歩は一瞬考えて、言う。「この小さな輝点が明滅している反応というのは、オンロックの三機は止まったり動いたりしている、ということか」

「そういう解釈もできる」

「大気流の影響がノイズとなっているのかもしれない。風と同じ速さで動けば感知されないのでは」

「バックグラウンドの自然気流は当然排除されて、物体の移動だけが表示される」

「レーダー機能が正常だとすると、このオンロックの飛び方は異常だ」

「そう、異常だ。きみの目が捉えたとおりだ」

「オンロックは一機しかいない、ということか」

「このレーダーの分解能は低いが、三機のオンロックを見分けることはできる。だが、いまブリップは一つ、しかも反応自体は鋭い。これはオンロックではない」

零は雪風に音声で指示する。

「雪風、深井大尉だ。レイフに援護要請だ。レイフは継続して自律行動させる。レイフに現在の状況とフローズンアイの情報を伝えて、独自判断でわれわれを援護するようにしろ」

了解した、というメッセージがディスプレイに出る。レイフの状況と位置情報も付随している。レイフは空中給油を要請していて、現在給油中だ。

「フローズンアイは、なにを捉えているんだ」と伊歩が声をかけてくる。「このポイントでなにが起きているんだ、機長」

「不明だ。詳しくは、わからない。だが、ジャムが異常な空間を発生させるとき、フローズンアイにこういう反応が出る」

「超空間通路の発生か」

「それがいちばん可能性としては高いと思うが、きみは、ジャムそのものは見ていない、と言った」

「ジャムは見えなかった。オンロックの三機は一機に見えた。というより、三機の位置が確定できないという感じだった」

「オンロックは三機とも、すでに消えている。きみが見たとき、もう、そこにはいなかったんだ。きみが見たと感じたのは錯覚だ」

「わたしは、いないものを見たというのか」

「いるはずのものが見えていない、というのと、同じだろう。オンロックの三機は消えている。合理的な解釈だ」

「どこが、合理的だ。ぜんぜんつじつまが合っていない」

「フローズンアイの画面に出ているこの輝点は、超空間通路が発生しようとしているか、あるいはこの場でピンポイントで生じている大気流の異常を示している。そんなことができるのはジャムだけだ。きみが〈見た〉のはオンロックではなく、ジャムだ。フローズンアイの目にも、そのように見えていると、そういうことなんだ」

「これがオンロック編隊のエコーではないとすれば――」

「オンロックの三機はすでにいないと考えるのが妥当で、合理的だ。きみが〈見た〉ものはジャムだと考えれば、どこにも矛盾は生じない」

「雪風の通常レーダーやコモンレイヴンの索敵情報によれば、オンロックの三機はいまも編隊を組んで飛んでいる」

雪風の索敵レーダー画面には、ロックオンのマーカーで囲まれた三つのブリップが表示されている。

「それは、レーダー機器の錯覚だ」と零は言う。「きみの目が、重なったオンロックを〈見た〉のと同じだ。雪風やFAFのレーダー群は、そこにオンロックがいるものと錯覚している。実際には存在していない」

「自分が言っていることがわかっているのか、深井大尉。これほどはっきりと表示されているブリップが、錯覚だって？」

「そうだ」

「レーダー波がなにかに反射しているから、こうして画面上に輝点となって出ているわけだろう。電子機器においては、錯覚の起こりようがない」

「ノイズやゴースト現象はどうだ。電子機器では錯覚の起こりようがないというのなら、どう説明する」

「そういう話ではないだろう――」

「ジャムの欺瞞操作のひとつだと言えば、納得できるか、田村伊歩」

「ジャムのせいだと？」

「最初からそう言っている。ジャムはＦＡＦの電子機器やコンピュータ群が有している特性をうまく利用して、錯覚現象を誘導する手段を持っている。おれたちは人間だから、電子機器や人工知性体がどのような錯覚を起こすのかといったことは、よくわからない。しかしかれらも錯覚するし、特有の認知バイアスも持っていると予想できる。嘘をほんとうだと思い込んでしまう、ということもあるに違いないんだ。ジャムは、はっきりと、そうしたＦＡＦコンピュータ群の特性を認識している。おれは、そういう話をしているんだ、田村大尉」

「最初から、そういう説明をしてもらえれば理解が早かったのに――」

「きみがいま雪風に乗っていられるのは、雪風自身が自機の感覚反応に、錯覚による誤認情報が混じっている可能性に気づいたからだ。きみの目を必要としているというのは、そういうことだ。雪風が、自分の感覚は常に正しいと思っているなら、われわれ人間を乗せておく理由はない」

それはようするに、と零は思った。

——雪風は、自分の感覚で捉えられる範囲だけが〈世界〉ではないということに気づいたのだ。雪風は、世界は自分が感じているよりもずっと複雑で、ジャムは、そして自分も、そういう場にいることを認識している。

零は雪風の旋回半径を小さくしつつ、フローズンアイが捉えている異常ポイントへ注意深く接近する。伊歩は無言。

「雪風にとって」と、零は伊歩に言う。「ジャムは、自分の世界認識を揺るがせる相手だ。雪風だけでなく、FAFのコンピュータたちにとっても、そうだ。おそらくかれらは、自分が認識している世界は絶対だと信じて疑わなかったはずだ。それが危うくなるというのは、自分の存在意義を否定されることにつながる。実存の危機だよ」

「AIが実存の危機に陥る、か」伊歩は深呼吸をして、零に応える。「そんなのは錯覚云云どころではない、とんでもなくぶっ飛んだ考えだ」

「ジャムが、かれらをそのようにした。いまや、ジャムがいなくなったとしてもFAFの人工知性体たちはそうした危機からは逃れられない。ジャムがいてもいなくても、危機的状況なんだ。かれらは自己の存在意義をじぶんで確立しなくてはならない」

「実存を賭けた戦い、か」

「かれらは、それに負ければ哲学的に死ぬ。それは物理的に作動を停止することと同義だ。いったんは、実際にそういう状態に陥った。ジャムが消えてしまったためだ。FAF中枢のコンピュータ群は、『われは、去る』というジャムの宣言を真に受けて、ぜんぶまとめて哲学的に死んだ。ジャムの戦術なのかもしれない。ようするにコンピュータたちは、この世からジャムはいなくなったと錯覚した。

ジャム戦を放棄したわけだ。雪風は、ジャムはまだいると、コンピュータたちに活を入れて、生き返らせた」

「どうして雪風だけが特別なんだ」

「雪風は、おれという人間の感覚や世界認識が対ジャム戦に有効だということをロンバート大佐との戦いで、摑んだ。おれは雪風の搭載兵装のひとつとして雪風に扱われたんだ。雪風は、おれと桂城少尉の感覚を利用して、ジャムが生じさせた錯覚世界からFAFのコンピュータ群を救出することに成功した」

「あなたの存在が雪風を特別にした、か」

「雪風は、ほかのコンピュータたちよりもジャムへの敵愾心《てきがいしん》が強いし、そのためか自尊心も高い。このメイヴという機体のおかげもあって対ジャム戦闘能力はFAF戦闘機で最も優れている。それが雪風を〈特別〉にしている」

「それでもなお、どうして雪風が、と思ってしまう」

「どうしてきみは、特別な〈目〉を持っているのか、という疑問と同じだ。雪風やきみでなくても、同じ働きをする戦闘機や人間はきっと出現した」

「そういう意味では、わたしや雪風が選ばれたのは偶然ということになる」

「おれたちは、生き延びるために変化するしかない。人間も戦闘機も、ジャムに対抗するために進化していると、そう考えればいいんだ。理屈はあとからついてくる」

「わたしたちは種としての役割を負っていて、これに負けると人類や人工知性体たちは絶滅する。そういう考え方だ」

「やりがいがあるだろう」

「武者震いがでる」

田村伊歩はそうだろうなと零は思う。自分には思いも付かなかった考え方だ。自分と雪風さえ生き延びられればそれでいい、という自分の感覚には合っていない。だが、と零は思う、田村伊歩の気概は尊重したい。

「もっと接近してくれ」と伊歩が言う。「フローズンアイが示しているポイントを、目視したい」

「ポイントまでの相対距離、九万を切っている。単位はメートル、十キロ以下だ」

「遠すぎる」

「きみの視力でもだめか」

「通常の視覚とは違うんだ。もっとよってくれ、機長」

「経験上、このまま行けばジャムに誘い込まれる。空中給油を終えたレイフの到着を待つ。三分とからない」

「待てない」

「きみが操縦していたとき、きみはこの距離より遠くからオンロックを目視した。いま、それができないというのは――」

「正常なオンロック機はいない。あなたが言ったとおりだ」

「それは、きみの〈ジャムを見る目〉ではなく、通常の視覚で見えていない、ということを意味する。つまり、もっと近づいてもおれの目にも当該空域ではオンロックを視認できないということだ。そう理解していいか？」

「そのとおりだ。だから接近して、フローズンアイの示しているこれがなんなのか、確認したい」

「それはわかるが――」

「いますぐだ。ジャムがそこにいるのかどうか、見ればわかる。ジャムを逃がすな」

「雪風単独では近づきたくない」

当該ポイントを中心にした渦巻き軌道で接近中だったが、十キロを切ったところで接近するのはやめて、距離を保った円軌道で飛ぶ。これ以上、近づくのは危険だと零は判断した。

だが、ポイントの近くを一直線に高速ですり抜けるというコースなら、攻撃も退避のための離脱もやりやすい。一撃離脱は雪風の機体にもっとも適した戦法だ。

零は伊歩に、それでどうだと提案する。

「速度は」と伊歩。

「音速以下では危険だ」と零は言う。「超音速、秒速二千メートル以上で、このポイント付近を飛び抜ける。目視で捉える自信はあるか」

「やってみなくては、わからない」

「オンロックの進行方向の背後から、同高度を、最接近距離五百メートルで追い抜く。それで成果が得られないなら、また考える。直ちに実行するので、ポイントを見失うな」

「了解」

「左舷への急旋回に備えろ。三、二、一、ナウ」

零は雪風を大G旋回させて、設定コースに向かう機動を開始。戦闘機動だ。

目標を前方に捉えた直線コースにのったところで、警報が鳴る。

ロックオンを外された、という火器管制コンピュータからの警告音だ。その直後、零のヘッドマウントディスプレイにコモンレイヴンからの情報が表示される。

『オンロック221、222、223、ロスト』

雪風の攻撃レーダー上の三つのブリップが消えている。

通常ならばロックオンのマーカー自体は消えず、火器管制コンピュータが再ロックオンを試みていることがわかる動きを見せるのだが、いまはそのマーカー表示自体も消えていた。中枢コンピュータの判断で攻撃モードが解除されたのだ。

雪風は、いまの自分と伊歩の会話を聞いて、オンロック編隊が空域から消えていることを認めたのだと零は判断する。

「最接近まで、六秒だ」と告げる。

「了解。目標視認」と伊歩。「見える。白いボールのような塊が浮いている」

零の肉眼では確認できない。フローズンアイの表示を見やる。

瞬くように点滅していた異常な輝点が、はっきりとした小さな光点になった。それを零が視認した直後、その光点がぱっと膨張する。同時に、伊歩の声。

「あの塊は無数のジャムだ」

なにもない空間から、なにかが四方八方へ飛び出してくるのを零は目視する。

反射的にスロットルをマックス・アフターバーナに叩き込み、一直線に離脱する。

――ジャムを閉じ込めたボールが爆発したかのようだ。まるで花火だ。

空中に広がる花火の星、それらはジャムのミサイルだ。雪風を追っていっせいに針路を変える。その無数の航跡の様子はメデューサの頭のよう。

「レイフ、到達」と伊歩。「背後で交戦中」

ミサイル群は空域に接近してくるレイフにも反応をみせて、航跡がちりぢりに乱れ始める。これらは精密な誘導はされていないと零は判断する。レイフはレーザーガンで狙い撃ちにしている。逃げ惑う羊を片っ端から食い殺している狼のようだ。

　雪風の背後、戦闘空域に爆発炎がいくつも発生する。

　ミサイルを迎撃するにはレーザーガンが有効だが、雪風の機体には装備されていない。搭載したとしても大電力を必要とするのでフローズンアイとの併用はできない。だからレイフがいるのだ。

　レイフの到着を待ってから行動を開始したかったが、結果としてはこれでよかったのだと零は思う。雪風に追いつくミサイルは一発もない。あれらのジャムは、雪風のいまの攻撃にみえる機動で、蜂の巣をつつかれたように飛び出してきたようだ。

　アフターバーナを切り、反転を開始。

　フローズンアイの表示画面上の異常空間反応は消えていない。先ほどの光点が小さくなって、再び輝点になり、点滅し始めている。火器管制レーダーでは、なにも表示されていない。

　零はそのフローズンアイが示す空域に、敵性マーカーをおく。すると火器管制システムが反応し、そのポイントの空間自体をロックオンする。

「もう一度接近して、観測する」と零は伊歩に告げる。「きみは、ジャムのコロニーを見つけたのかもしれない」

「ジャムの巣か」

「われながらぶっ飛んだ想像だと思うが、きみの〈ジャムを見る目〉の威力を見たあとでは、あり得る」

　零はヘッドマウントディスプレイに表示させたロックオン・マーカーを頼りに、雪風を接近させる。そのマーカー内に、三機の機影を零の肉眼が捉えた。正面から接近してくる。と、その機影が一つになる。そのとたん、目標機は雪風と同じ速度で後退を始める。相対距離が縮まらない。

あり得ない機動だった。

「ジャムだ」と伊歩が叫ぶ。「止まっている。動いていない」

「おれにも見える」と零。「あれはオンロックだ。三機のオンロックが一体化した」

「違う、あれはジャム機だ、深井大尉。ロンバート大佐の乗機だ。オンロックに見えるとしたら、それこそあなたの錯覚だ」

「動いていない、とはどういう意味だ」

「静かに、深井大尉。ここは正常空間ではない」

そのとおりだ、という声が頭の中に響く。

『雪風に田村伊歩日本空軍大尉が乗っているとはね。オンロックの三機をプレゼントしてくれたのは、きみだったか』

「ロンバート大佐、こちら深井大尉だ。ジャムに関する情報が欲しい。ジャムはどうやって時空操作をしているんだ?」

『それより、ジャムの正体について知りたくないか、深井大尉』

「教えてくれ」

『FAFの全戦力と引き換えにしてでも知りたいか』

「雪風だけは渡さない」

『きみらしいな、深井零。そう応えると思ったよ』

「あなたが、ジャムだ」と田村伊歩が言う。「つまり、あなたは、自分がジャムだと言いたいだけだ。もったいつけてるだけで、中身はなにもない」

『さすが正規軍教育を受けたエリートだけのことはある、田村空軍大尉。だが、そんな身分に留まっ

早川書房の最新刊

●表示の価格は税込価格です。
＊価格は変更になる場合があります。
＊発売日は地域によって変わる場合があります。

2
2025

『ノーマル・ピープル』著者の新たな傑作

美しい世界はどこに

サリー・ルーニー／山崎まどか訳

eb2月

人気作家のアリスはダブリンを離れて田舎に移り住み、倉庫作業員の男性と知り合う。アリスの親友アイリーンは恋人との別れから立ち直れずにダブリンで鬱々と暮らし、アリスと長文メールを交わすが……。社会の理想と現実の差に苦しむ若者たちを描いた長篇小説

四六判並製　定価2970円［19日発売］

マイケル・サンデルの息子にして懸垂ギネス世界記録を持つ哲学者が語る、現代の幸福論！

瞬間に生きる
——活動するための哲学

アダム・サンデル／鬼澤 忍訳

eb2月

終わりなき出世競争、人脈作りのための人間関係……目標志向によって消耗する現代人に必要なのは、「それ自体を目的とする活動」だ。その只中にいるとき、私たちは「自分」を取り戻すことができる——。人生という旅を真に味わい、幸福に生き抜くための英知。

四六判上製　定価3520円［19日発売］

ベストセラー『恐れのない組織』の著者が

妖精の国の恋愛リアリティショー、
ロマンス×ファンタジー

太陽妃と四つの試練

ニーシャ・J・トゥーリ／月岡小穂訳

eb2月

〈ウラノスの魔道具1〉過酷な牢獄から、豪華絢爛な宮殿へ！　ロアは突然、妖精の王に太陽妃選考会への参加を命じられる。王の伴侶になるため10人の候補者が4つの試練を戦うのだ。待ち構えているのは、死、それとも誘惑？　話題のロマンタジー・シリーズ開幕篇

四六判並製　定価2750円［19日発売］

第12回ハヤカワSFコンテスト優秀賞受賞作

マイ・ゴーストリー・フレンド

カリベユウキ

eb2月

売れない役者の佐枝子は、ホラー映画脚本家の紹介で、都内の団地で頻発する怪奇現象を調査するドキュメンタリー映像のレポーターを務めるが、老婆が斬首されたと噂の部屋で大蛇の這いずった跡を目撃し……ギリシャ神話の世界が現実を侵食するホラーSF大作！

四六判並製　定価2310円［19日発売］

朝日時代小説大賞と小説野性時代新人賞を受賞した実力派が描く渾身の歴史時代小説！

松の露——宝暦郡上一揆異聞

b2月

浪人の奥津慶四郎は、郡上領で年貢算定法が変更され、領民が重税に苦しむさまを知る。村を代表する惣次郎を慶四郎は助け、領主の金森頼錦の非道を江戸に訴えるが、頼錦はさ

ているのは才能の無駄使いだ。きみの能力の凄さは、よくわかった。きみの目は、邪眼だ。見たものすべてが、ジャムになる』

「なに?」と伊歩。「どういう意味だ」

『きみが、オンロックの爆弾を特殊戦に向けて落とし、そしてオンロックの三機を、わたしにくれた。そういうことだ。こちらに来る準備はできたようだな、田村伊歩』

零はロンバート大佐が言っていることが理解できた。大佐は、つまり、田村伊歩のジャムを見る目は、ジャムが見えるのではなく、伊歩が見るとそこにジャムが出現する、そう言っているのだ。

「田村大尉、騙されるな」

零は伊歩にそう言いつつ、火器管制システムの制御を雪風に渡す。

そのとたん、前方のオンロックの機影が三つに分離し、高速で向かってきた。巨大な戦略爆撃機の編隊が雪風の頭上を通過。零は首をねじ曲げて機影を追う。

だが視認できたのは、陽炎《かげろう》のように揺らぐ透明な三つの機影だけで実体はない。その大気の揺らぎも、あっという間に後方へと去ると、あとにはなにもない。フローズンアイの反応も消失している。

雪風のメッセージが出る。先のコモンレイヴンの表示と同じだ。

〈オンロック221、222、223、ロスト〉

「雪風が、おれたちの錯覚を解いてくれた」

「いまの大佐の話は、なんだ」

「原因と結果を入れ替えて説明し、きみを悪者にしようとした。きみに、基地の爆撃やオンロックの消失の原因はきみにあると、錯覚させようとしたんだ。トリックだ」

「それなら、わかる」と伊歩は納得した声で言った。「邪眼というのは、見るだけで相手に呪いをかけられる、というものだ。大佐はわたしに見られたくないのかもしれない。だから、いつも声だけなんだ」

「そこは大佐の本音かもしれないな」

「大佐は案外、真実を言っているかもしれない。わたしの目がジャムを引き寄せるというのなら、やってやろうじゃないか」

「本気か」

「ジャムの巣も見つけられる」

「戻って収集情報を分析しよう。こんどこそ帰投だ、田村大尉」

「了解。雪風、これより帰投する」

雪風はレイフのエスコートで帰路に就く。

対抗と結託

雪風は無事に戻ってきた。滑走路を離れて特殊戦区域に向かってタキシング。

「こちら桂城少尉、おかえりなさい」と桂城彰は雪風機上の二人に無線を入れる。「生還できたのが不思議なミッションだった。乗らなくて正解でしたよ」

『おれもそう思う』と機長の深井零。『じゃあな』

特殊戦区に着いて機器類のチェックとエンジン停止、兵装類の物理的な安全ロックがなされた後、雪風は主エレベータに乗る。

桂城は雪風が整備階に下りてくるのを司令部のモニタで見ながら、今回の雪風の任務を振り返っている。

今回じぶんがフライトオフィサをやっていたらロンバート大佐を叩きつぶすことができただろうに、田村大尉には無理だ。彼女の技量は雪風の性能に追いつけていないし、ジャムの脅威にも対処できていない。

しかし、ロンバート大佐を引きずり出せたのは田村大尉のおかげに違いない。あの〈ジャムを見る目〉がなければ、今回の作戦任務は何事もなく、つまりなんの成果もなく、無為に終わったことだろう。ジャムが放棄した基地を無意味に爆撃するなんて馬鹿げているという深井大尉の苛立ちも解消されず、後部席のじぶんはそのとばっちりを受けて、ますますやる気が失せるのだ。

このところ、ゆっくり休みたいものだと思っていた。今回それがかなって、休めた。のんびりと羽を伸ばすという〈休み〉ではなかったが。雪風のフライトオフィサ役を休んで、客観的に自分の役割や雪風の思惑に考えを巡らせることができた。

任務に行き詰まりを感じたら、一度そこから離れるのは有益だと桂城は思う。

今回は深井大尉も〈休めた〉わけだ、前席のパイロット役を田村伊歩に任せて、自分の仕事を客観的に観察できたに違いないのだから。ロンバート大佐の出現とは関係なく、雪風の後部席に乗ったことで深井大尉の苛立ちも解消されているに違いないのだ。

この結果はたぶん、クーリィ准将が狙ったことだ。いつものことながら、あの准将の考えることは凄い。常人のじぶんには、後になってみないとその凄さがわからないほどだ。もっとも、以前のじぶんは、特殊戦のボスがだれであろうと、その指揮能力には関心がなかったのだが。

クーリィ准将やブッカー少佐といった上層部の人間の能力面に関心を抱くようになったのは、雪風に乗るようになってからだ。ボスや上官の能力に無関心のまま雪風に乗ることの危険に気づいたからで——と考えているところに、ブッカー少佐の命令が割り込んできた。

「桂城少尉、行くぞ」

「どこへ？」

「雪風を迎えにだ。どんな顔をしているか見たいだろう」

「雪風の、顔？」

「零と田村大尉の顔もだ」

ブッカー少佐が言いたいことは桂城少尉にも理解できる。帰投直後の雪風の様子は、たしかに雪風を理解する上で貴重な情報だ。二人の乗員の表情にも今回の任務への各自の思いが現れているに違いない。かれらの表情を読むことは重要で、帰投直後のいまでないと、それは消えてしまう。

「そうですね」と桂城はうなずく。「たしかに見てみたい。急ぎましょう、少佐」

そう言って、さきに司令部の出口に向かう。ブッカー少佐が付いてこないので立ち止まって振り返ると、「まったく」と少佐が言う。調子のいいやつだな、と。

「はい？」

「なんでもない。先に行け。整備階行きのエレベータを呼んで、わたしを待て」

「イエッサー」

整備階には、雪風よりもさきに着いた。

主エレベータの耐爆扉が開くと雪風の機首が現れる。無人の牽引ロボット、ドーリーが雪風を引き出す。

雪風が整備階に出てくる。その機体は司令部のモニタで見るより巨大で迫力がある。キャノピは開いていて、前席の深井大尉が整備員たちに軽く手を上げる。ドーリーが止まる。二人の整備員が外付のラダーをコクピット下に押していき、ラダーの移動輪をロック。

深井大尉が狭いコクピットから身を抜くように乗り出してサイドシルをまたぎ、ラダーに移ると、後部席の田村大尉に声をかける。

「手を貸そうか」と言っているのが桂城の耳に届いた。田村伊歩は返事をしたようだが、それはよく聞こえなかった。深井零はその返事には反応せず、何事もなかったようにラダーを降りてきた。

整備責任者が雪風の機体の回りを巡って目視でチェックし始めても田村伊歩は降りてこない。零は外したフライトグラブをヘルメット内に放り込んでこちらに歩いてくる。

「田村大尉は」とブッカー少佐が訊く。「雪風と話しているのか」

「いや」と短く、零。「動けないでいる」

「そうか」とブッカー少佐も、短く返す。「そうとう消耗したんだな」

桂城は雪風の〈顔色〉を見たいので、二人の会話を背後にしてラダーを上がる。そして、後部席の伊歩に声をかける。

「ちょっと、どいてくれないかな。雪風の顔色を見たい」

すると伊歩は、猫の威嚇のような音を立てながら息を吐いた。そして、言う。

「腰が抜けている戦友をいたわる気はまったくないようだが、おかげで回復した」

「腰が抜けた？　あなたが？」

それには応えず伊歩はヘルメットを脱ぎ、持て、という。

「どうして？」

「大尉のわたしが、少尉のあなたに命じているから、だ」

「ああ、そういうことか。でも、急いでいるので、自力でお願いします」

桂城はそう言い、前席シートに身を入れる。パイロットのシステムでも雪風の顔色を探ることはできる。電子系統のメイン電源は入ったままだ。桂城は真っ先にATDSを呼び出す。もし雪風が、この安全な場に戻ってきても戦闘時の緊張が解消されずに恐怖を感じているならば、武装系統や戦闘に必要な分析機器がいまだに〈興奮〉しているはずだ。

しかし、それらは待機状態に落ちていた。平常心ということか。まあ、そうだろう、雪風が腰を抜かすことなど考えられないし、と思いつつ、もうすこし探っていくと、機内会話に雪風が耳をそばだているのが反応を桂城は見つけた。人語解析システムが活発に働いているのがATDSでわかった。これはいままでの帰投時にはなかった現象だ。

雪風のほうも、今回の任務に対する乗員の反応を知ろうとしているのだと桂城は思う。正面のメインモニタを注視していると、いきなりなにかが頭に当たって、桂城は反射的に両腕を顔に上げて身構える。シート射出姿勢だ。が、むろん、そんな大事ではなかった。

「おっと、わるい」

伊歩の声に、桂城は緊張を解く。後部席からラダー側に出た伊歩の、脱いだヘルメットだ。あごひもを持ち手にしてバケツのように手にしていたそれが、こちらの頭にぶつかったのだ。

「ヘルメットを脱ぐのは」と桂城は冷ややかに言う。「ラダーを降りてからの方がいいと思います、大尉どの。ラダーから転げ落ちる危険もあるので。それはぼくの頭を割る凶器になることだし」

「わざとやったと思っているのか」

「やるなら、思い切り素手で殴ると思いたい。あなたはエースなんだから。いじめのような姑息な真似はふさわしくない」

「はっきり言うんだな。地球での勲章も階級もここでは通用しない、か」

「そのとおりです、田村大尉。階級なんか、関係ない。あなたに殴られたら殴り返すので、ヘルメットを被ってください。ここから落ちて頭を打ったら死にますよ」

「あなたではないが、生還できたのが奇跡のようだ」

「はい?」

「FAFはとんでもない相手と戦っている。わかっていたはずなのに、わかっていなかった。思い知ったよ、少尉。わたしはあなたのその性質がうらやましい」

「どういう意味です」

「意味がわからないことこそが、しあわせだ」

「もしかして、ぼくは馬鹿にされてますか」

「ジャムを相手にするには、わたしよりあなたの方がずっと向いていると思う。わたしは、なにもわかっていなかったのだという事実を認めるしかない」

そう言って、サイドシルを離れて降りていこうとする伊歩に桂城は言う。

「待ってください、そのヘルメット、ぼくが持ちますから」

「どういう風の吹き回しだ？」

「ぼくは人間として出来損ないだというのは自分でもわかっている――」

「だれもそんなことは言っていない」

「だれもが言う」

「わたしは、言ってない」

「言い訳はけっこう、そんなぼくがうらやましいと言う、あなたの本意が知りたいだけだ。聞かせてほしいな。ぼくは本気です」

すると伊歩は、桂城の顔を見つめた後、無言でヘルメットを差し出し、ラダーを降りていった。

ヘルメットをこちらに渡したのは、『了解した』という意味だろう。そうなら、はっきりと言葉に出してそう言えばいいのにと桂城は思う。伊歩の気持ちがわからなかった。

桂城は雪風のサイドシルから身を乗り出して、整備階の床に降りた伊歩を見やる。

壁際にいるブッカー少佐と零に向かって歩いて行き、「だいじょうぶか」と言うブッカー少佐に、「問題ない」と応えて、雑談し始める。こちらを振り返ることなく。

桂城は伊歩から渡されたヘルメットを抱え直す。特殊戦の汎用品だ。カスタムメイドで作られた個人専用のものではない。特殊戦の備品だからおまえが返しておけ、そういう上官の態度なのかとも思うが、どうもそうではなさそうだ。

ま、悩んでもわからないものはわからない、あとで伊歩から説明があるならそれでよし、無視されるならそれでもかまわないと桂城はいつもの自分を取り戻す。どのみち田村大尉は特殊戦の人間ではないのだし、いっしょに雪風に乗ったり仕事をしたりすることはないだろうから、ぜんぜん気にすることはないのだ。

そう思うと、深井零という人間とは相性がいいのだなと桂城は、いままでそれについて意識していなかったことに少し驚いた。特殊戦という環境は、じぶんによく合っている。

伊歩の件をきれいに忘れた桂城の耳に、なにか小さな電子音が入ってきた。連続音だ。ずっと鳴っていたようだが気づかなかったのだ。まるで心電図モニタのようだと思い、自分の鼓動を意識すると、まさにシンクロしている。いつもより速い。だが作戦行動時ほどではない。

「……なんだこれは」

なんの音かは、ディスプレイを見てわかった。雪風の乗員体調モニタが作動しているのだ。心拍数と呼吸数がカウントされている。しかし、なぜ？

作戦行動中は、乗員の体調はつねにバックグラウンドでモニタされている。だがこういう状況で作動するのは異常だ。そもそも通常はいまのようなカウントの音は出ない。

「雪風、こちら桂城少尉だ」

雪風自身が、その意思でこのじぶんをモニタしているに違いない。ならば、呼びかければ通じるだろうと判断して、桂城は言う。

「どういうつもりだ」

返事は正面のメインディスプレイに出た。

〈how are you doing?〉

だいじょうぶか、と雪風が訊いている。

雪風が、こちらの体調を気遣っている？

これは、初めて経験する事態だった。雪風の意図がわからない。

わからないなら、訊くまでだ。そう桂城は直線的に考える。さきほどの伊歩に対する態度と同じだ。

自分であれこれ想像して悩むのは馬鹿げている、直接訊けばいい、と。

「雪風、こちら桂城少尉だ。おまえはどうしておれの体調を気にするんだ、答えろ」

すると、文字列が変わった。

〈are you okay?〉

意味は同じだ。しかし、ニュアンスとしては、さきのとは違って、『おまえ、あたまはだいじょうぶか？』と言っているように桂城には感じられる。

雪風にからかわれていると一瞬思ったが、それはないと桂城はすぐに打ち消す。雪風は人間ではない。言葉の裏に本音を隠すような芸当はできないだろうし、できるとしてもやらないだろう。戦闘時のコミュニケーションにおいて、そのような回りくどくて不確実な言葉使いをしていては命に関わるから。

これは、雪風にとっての戦闘なのだと桂城は気づく。そして、こちらが雪風の顔色を見に来たように、雪風も、司令部にいたこのじぶんの〈顔色〉を探っているのだと、桂城は想像した。

雪風は、単純にこちらの体調を気にしているのではないのだ。では、なにがしたいのか。

雪風にどう言えば、雪風の意図がわかるだろうかと考え始めると、文字列が点滅し始める。これは、早く応答せよ、と促しているのだ。雪風に感情があるなら、早く言えと、苛立っている。

「I am fine」と桂城は言う。「How about you?」

点滅が止まり、文字列が変わる。

〈thanks to you, I am fine〉

「雪風、調子がよさそうでけっこうなことだが、おまえはいま、なにをしているんだ」

雪風は一瞬の間もおかずに返答する。

〈I am chatting with you now〉

あなたと雑談《チャット》している、と雪風。

「雑談することに、意味があるのか？」

〈because I want to know what you are thinking〉

あなたが考えていることを知りたいから、チャットしている。

これにはどう返答すべきか。桂城は悩む。

雪風は、人間がなにを考えているのかを、言葉で知りたがっている。そういうことだろう。こちらが雪風の思惑を探っているように、雪風も、知りたいのだ。それには言葉を介するほかないと、雪風は気づいたのかもしれない。これはかつてない重大な、雪風と人間との関係性の変化、転換点になるかもしれない。

桂城の機上での雪風とのやり取りに、深井零が気づいた。桂城が意識すると、いつのまにか零が雪風のコクピットの外、サイドシルの脇からディスプレイをのぞき込んで画面を注視している。はっと頭を上げる桂城だったが、零に続けろと目で指示された。

桂城は意を決して、口を開く。

「なにを考えてるかって、ジャムに勝つ方法に決まっている」

そう言うと、雪風は応える。

〈I am glad to hear that. so am I〉

それを聞いて嬉しい、自分もだ——そう雪風は言う。

雪風にとって〈嬉しい〉のは、ジャムを殺すことだ。そのとき雪風は〈満足〉を覚える。人間とは異なるにせよ、これはある種の感情だろうと桂城は思う。

「雑談することで、勝てると思うか」

桂城は率直に尋ねる。

〈chit chat is an effective way to win, she said〉

雑談は、勝つための有効な手段だと彼女は言った——と雪風。

「彼女って、だれ」

〈Cap. TAMURA〉

田村大尉。

雪風の考えている〈雑談〉とは、相手の思っていることを知る手段なのだ。伊歩が雪風にそう教えたということだろうと桂城は納得する。

「雪風、田村大尉はぼくのことをどう思っているか、教えてくれ」

すると雪風は、そっけない返答をする。

〈I can't answer that because I am not interested in that〉

わたしはそれについて関心がないので答えられない。

「いや、こういうことをするのが〈雑談〉なんだよ、雪風」

「It is a waste of time to talk about it」

それを話題にするのは時間の無駄だ――そう声に出して、零が言った。

「桂城少尉、これが雪風の限界だ。本来の意味での雑談はできないんだ」

ディスプレイ上から雪風からの文字列、メッセージが消える。

「雪風が黙ってしまったじゃないですか」と桂城は恨めしい視線を零にやる。「雪風の思惑を知るチャンスだったのに、わかってますか、大尉。余計な口出しをして、駄目にしたのはあなただ」

「雪風のほうから雑談を持ちかけてきたんだろう」

「そうです」

「雪風のほうから、切り上げた」

「まあ、そうかもしれない」

「雑談を打ち切ったのは、きみだよ、少尉。興味のないことへ話題を振ったら、雪風でなくても、もういい、となるに決まっている」

「ぼくのミスか」

「そう」

「まずったか。また雪風と会話できるかな」

「どうかな。どっちにしても、雑談を続けるにはテクニックが必要だ」

「冗談みたいだな。単なる無駄話をするのに技術がいるとはね」

「おれは本気だ」

「いや、わかります、深井大尉。雪風との〈雑談〉は、難しい。よくわかりました。でも、なぜ、いまなんだろう。どうして雪風はいま雑談しようと思ったんだ?」

「雪風が言っていたように、田村伊歩が雑談の有効性を語ったからだ」

「雪風に田村大尉が教えたんですね」

「いや、おれと田村大尉との会話を雪風がモニタしていた。おれは雑談は苦手だと言い、田村伊歩は雑談から相手の考えを汲み取るのだとか言っていた。それこそ雑談だが、そんな雑談の有効性に気づいた雪風は、きみが乗ってきたので、さっそく試したんだ」

「ぼくは実験台か」

「雪風は、人間がジャムをどう感じているのか、知りたいんだと思う」

「フムン」

「雪風はきみを、どういう話題で雑談に誘ったんだ?」

脈拍の音の件を話す。説明しながら、なんと巧妙な雑談への誘い方だろうと桂城は思う。こちらとしては雪風に話しかけずにはいられなかったのだから。

「雪風は」と話を聞いた零は言う。「出撃でもないのに、どうしてきみが座席に着くのか、それを知りたかったのかもしれない」

「いつものルーチンからは外れた行動ですからね、たしかに」

「おれも知りたい。どうしてこのシートに着いているんだ」

「雪風の帰投直後の顔を見ろとブッカー少佐に言われて来たんです。顔色ですよ」

「顔色か。なるほどな」

「いまの件といい、雪風はすこし興奮していた感じです。今回は田村大尉が操縦したり、突然空間を瞬間移動したりと、これまでのミッションとは様相が違っていたから、雪風も思うところがあるんでしょう」

「今回雪風が収集した情報の分析はあとでじっくりやるとして、このいまの反応をきみが捉えたのは、貴重かもしれない」

「貴重ですよ、もちろん。雪風のこれまでにない反応を引き出したんだから。勲章ものだ。出るならなに賞ですかね。マース勲章だけはお断りだな」

「きみはお調子者だと田村大尉が言っていたが、ほんとだな」

「田村大尉が。いつですか」

「さきほど、エレベータで降りてくるときだ。『乗らなくて正解だった』とはね、なんてお調子者だ、と」

「そうですか。やっぱりな」

「やっぱり？」

「いや、いいんです。深井大尉も、ぼくをそう思ってるんですか」

「田村大尉に言われるまで、気にしたこともなかった」

「そうでしょう、田村大尉のせいだ、ぼくがそう思われるのは」

「いや、的確な指摘だと思う。言われてみればそのとおりだ。きみは調子がいい。そう気づいたら、そうではないと打ち消すのは難しい」

「ひどいな」

「なんで嘆くんだ？　調子の悪い人間より、ずっとましじゃないか」

「あなたと組めて、ぼくはしあわせですよ。まえは、ロンバート大佐が上司だったからな。特殊戦に来たのも、ロンバート大佐直直《じきじき》に命じられて内部状況を探るためだった。嫌われて当たり前のところだけど、特殊戦の人間はみんな優しい」

「きみに関心がない、と言うべきだろう」

「それが、いいんですよ」

「わかるよ」

「だから、しあわせです。ロンバート大佐はこちらの心を削りまくっていたからな。人間の形をした生けるヤスリだった」

「雪風がきみに興味を示したのは、そういう経歴にあるのかもしれない。きみは特殊戦のだれよりも大佐をよく知っている。雪風は雪風なりに、ロンバート大佐対策を考えているんだ」

「雪風は、ぼくを対人情報戦に投入するつもりかもしれないですね」

「大佐の元にスパイとして送りこむ、か」

「雪風ならやりかねない。いやだな」

「心配か、桂城少尉」

「いまから心配してもしょうがない」

「雪風もそのようだ。待機状態におちている」

「ほんとだ。まるで、疲れたので寝落ちしたかのようだ」

「これ以上刺激しないほうがいい。降りよう。整備員たちも待ちかねている」

「了解です。降りるので、これを持ってくれませんか」

桂城は田村伊歩が脱いだヘルメットを零に渡して、シートから身を浮かせ、雪風から出る。零が先にラダーを降りていった。伊歩のヘルメットを持ったまま。

その様子をブッカー少佐と並んで立っている伊歩が見ていた。桂城がラダーを降りて振り返ると、その伊歩と目が合う。

深井大尉にヘルメットを持たせて自分は手ぶらで降りてくるなんて、どこまでも調子のいいやつだ
——じぶんのことをそう思っている顔だと桂城は思った。

——それなのに、ぼくがうらやましい？

どうでもいいと思ったが、田村伊歩がそう言った真意を、やはり知りたい。

そう思いつつ、桂城は雪風を離れた。


ブッカー少佐は雪風から降りた直後の二人に、異常な現象が続いた今回の作戦行動についての報告を記憶が薄れないうちに口頭で報告するように命じた。桂城もついていく。駐機場階のブリーフィングルームだ。

桂城は邪魔にならないように報告者の後ろの席で聞いていた。

報告者の二人はブッカー少佐の質問に答える形で、時系列に沿って交互に語った。その内容は不可解なものだったが、ロンバート大佐が関与しているならありそうなことだと桂城には思えた。

報告は坦坦と進む。ときおりブッカー少佐の質問が入る。ほとんどは事実確認のためのものなので桂城は聞き流していたが、ひとつ、面白いものがあった。田村伊歩の目には、隠れたジャムがどう見えるのか、という質問だ。

それはじぶんも疑問に思っていたことだと桂城は身を乗り出すように答えを聞いたのだが、期待したようなものではなかった。聞いてもよくわからない。

見た部分にハレーションかグレアが起きたような独特な異変を感じる、というのだ。ジャムと重なっている戦闘機を見ると、その形と背景との境が縁取りされてぶれて見えるとか、戦闘機が透明にな

ったかのように見えにくくなるとか。

ようするに、田村伊歩でなければわからない見え方だろう。緑色を捉える視細胞のない相手に、緑色とはこういう色だと説明するようなものだと桂城は理解した。田村伊歩の目には、ふつうの人間には感知できない〈ジャム色〉が見えるのだ。

三十分ほどで二人の状況説明は終わり、付け足したいものはないかというブッカー少佐の質問に二人とも「ない」と答えて、「では終了」となった。「正式な報告書はいつものように手書きで出してくれ。田村大尉にもお願いしたい」

「わかりました」と田村伊歩が言う。「深井大尉の報告書はわたしも読んでいますので、少佐の期待にそった報告書が書けると思います」

「それは心強い。シャワーを浴びてさっぱりしてから、必要なら医療スタッフの診察を受けてくれ」

「了解しました」

「深井大尉はフォス大尉のところへ」

「もう診察は必要ない」

「予約をわたしから入れておいた。緊張をほぐしてもらえるだろう。精神のマッサージだ」

それなら、と、つい桂城は声を上げている。

「ぼくもやってもらいたいな。今回の待機はきつすぎたし」

時間が一瞬止まったかのように三人は動きを止めたが、「じゃあ、予約を譲る。きみが行け」と零が言った。「それでいいだろう、少佐」

ブッカー少佐は首を微かに左右に振って、いいだろう、と答えた。

「桂城少尉、エディスに、そのあたまを存分にほぐしてもらえ」

「イエッサー」

「では解散」

そう言って、ブッカー少佐が出ていく。

「桂城少尉、助かったよ」と零が言った。「エディスと雑談するのは疲れる」

「ほぐされるのでは？」

「きみなら、だいじょうぶだ。じゃあな」

これ以上あたまのねじを緩めてどうするんだ――と小さな声で伊歩が言ったのを桂城は聞き逃さない。

零より先に部屋を出ようと動いた田村伊歩に、桂城は声を掛けた。

「田村大尉、付き合ってください。さきほど約束したでしょう」

「わたしは早く着替えたい」

「お願いします、大尉。ぼくのことがうらやましいと先ほど言ったのは、あれはどういう意味ですか」

部屋を出ようとしていた零が、それを聞いて立ち止まり、壁際にある冷蔵庫から缶ビールを二本出して、桂城と伊歩に向かって放った。伊歩はとっさに、桂城は心得て、それをキャッチする。

「田村大尉、いま事を済ませた方が簡単だ。ロッカールームまでついてこられたくないだろう」

そう言って零は出ていった。伊歩は立ったまま見送って、ビールの飲み口を開け、観念したように腰を下ろす。

「まったく面倒くさいやつだ」と伊歩は言って、ビールを飲んだ。「聞き流すということができないのか」

「すみません」と謝り、桂城も椅子に腰を下ろす。「ぼくは特殊戦の前はＦＡＦ情報軍にいたもので」

「だから、なに」

「人の真意が気になる。というか、対象の思惑を読み違えると諜報活動は無意味になる。ぼくはロンバート大佐の命令によって特殊戦に送りこまれ、おもにクーリィ准将とブッカー少佐の考えを読むのが任務だったんです」

「あなたはつまり」と、伊歩は態度を変えて、言う。「ロンバート大佐のスパイだったわけ？」

「そうです」

「それがどうして、こうなっているんだ」

話せば長いことながら、と手短に説明する。けっこう長くなったが、伊歩は身を乗り出して聞いていた。ビールが空になる。

「ぼくのを、どうぞ。よければ」

「ありがとう」

「ぼくは、あなたが言うように、たしかにお調子者かもしれないが、あなたがそれをうらやむようには思えない。どうしても気になった」

「わたしがうらやましいと思ったのは」と伊歩は桂城にちゃんと向き合って、言った。「そういう性格のことではなくて、他人の気持ちを読まない性質のことだよ」

「特殊戦の人間はみんなそうですよ」

「それは、ちがう」

伊歩は桂城から渡されたビール、二本目を開けて、考えつつ、言う。

「たとえば深井大尉は人間に関心がないが、あなたは人には興味はある」

「はい、言われてみれば、そうかもしれない」

「人の思惑を読む能力はあるのに、気持ちは読めない。読めなくても平気だ。好きなときに、好きなことを言う。ふつうの人間には、それはできない。わたしにも。場の空気に逆らったことを言ったりやったりすれば、自分が傷つく。あなたもたぶん傷ついている。でもあなたは、そういう傷に対する耐性を持っているように見える。それが、うらやましい」

「よくわかりませんが」と桂城は正直に言う。「ぼくだって、馬鹿にされれば傷つきます」

「わたしはあなたの性質を揶揄したり馬鹿にしたりはしていない。本気で、うらやましいと思ったんだ」

「そうなんですね」と桂城はうなずく。「あなたは嘘はついてない。わかりました」

「ほんとに？」

「いや、まあ、性質云云については、じぶんではよくわからない。でも平気ではないですよ。自覚はあるから」

「ひどいことを言ってしまって、申し訳なかった。すまなかった。わたしはあなたを傷つけてしまった」

「納得です。大尉の気持ちが、やっとわかった。説明してもらって、すっきりしました」

「わたしはあなたに愚痴を言ったんだ、あのとき」

「愚痴、ですか」

「地球ではエースだと持ち上げられていた。そのプライドが粉粉になった。ジャムのせいで」

「いや、それはたぶん、ロンバート大佐のせいですよ」

「そう、大佐のせいで、よけいひどくなった。雪風が着陸して戦闘時の興奮が収まり、エレベータで降りてきて、もう安全だと意識した途端、全身から力が抜けた。力が抜けたら、それまで抑えつけられていたに違いない、恐怖を感じた。腰が抜けたんだ。地球での作戦行動では、恐怖など感じたことはなかった。むろん腰を抜かしたこともない。理解できない敵や現象に遭遇したこともない。初めての経験だった。そんなわたしに深井大尉は雪風から降りるのに手を貸そうと言ってくれたが、わたしの様子を見て、独りにしておいてやろうと思ったに違いない。武士の情けというか、戦友に対する思いやりだろう。こちらのプライドを守ろうとしてくれたんだ」

「見て見ぬふりをしたんですね、深井大尉は」

「そうだと思う。でも、素直に手を借りるのだった。あなたが来なかったら、ずっと立てなかった。あなたがわたしを現実に引き戻して、わたしに活を入れたんだ。それなのに、愚痴を言い、腰を抜かすという失態が恥ずかしくも情けなくて、あなたに八つ当たりをしてしまった。ほんとうに、申し訳ない」

「いいや、もういいです。おかげで、雪風とちょっとだけですが、雑談できたし」

「雪風は、予想を超えて進化している」

「それもこれも、あなたの存在が大きい。これからも雪風に乗り続けるんですか、田村大尉」

「いや、今回限りだと思う」

「それはよかった」

「よかった？」

「気を悪くさせると思いますが、雪風はあなたの手に余ると思います。乗り続けるのは危険だ」

「雪風のほうは、わたしを必要としているようだ」

「飛燕で雪風をサポートすればいい」

「外部からサポートか。さて、どうなるか」

「あなたは特殊戦にいるつもりなんですか」

「政治的な駆け引きで、わたしの身柄がどこへ移されるのかは、いまだわからない。だけど、クーリィ准将はわたしを欲しがっている」

「政治の駆け引きとかなんとかは、無視すればいいんですよ。特殊戦のだれも、あなたを追い出そうとしていないんだから。ここにいたければいればいい。それだけの話でしょう」

「あなたのそういうところ、ほんとに、うらやましい」

「ぼくはいいですから、重要なのは、あなたの気持ちだ。FAFの特殊戦で戦いたいかどうか。どこに行くか決めるのはあなたの意思だ。他人ではない」

その桂城の言葉を聞くと伊歩は飲むのを止めて、真顔になり、そして言った。

「そのとおりだ、桂城少尉。あなたに感謝する」


田村伊歩に感謝されて気分のいい桂城だったが、ビールを飲み損ねたのは失敗だったなと思う。深井大尉の厚意を無駄にしてしまったのは残念だ。が、深井大尉は精神科の診察予約を譲ってくれたわけだし、それはありがたく頂戴しようと、桂城は精神科軍医エディス・フォスの診察室ドアをノックする。

どうぞ、という声に従うと、「あら、なにしにきたの、桂城少尉」とフォス大尉に言われた。

なにしにきたはないだろうと桂城は思う。診察してもらいにきたに決まっている。感情は動かない。なぜそんなことを軍医が言うのか理解できないだけだ。

「深井大尉の代わりに診てもらいにきました」と事実を言う。

すると、「診察というのは」とエディス・フォスは真面目な顔で言った。「だれかに代わってもらえるようなものではないんだけど」

「フムン」

桂城はすこし考えて、そう言われれば、まあ、そうだよなと納得する。

「深井零に、診察を代わってくれと言われたの？」とエディスが訊く。「もしそうなら、あなたはかれに利用されたのよ」

「利用された？　ぼくが？」

「そう」

「ようするに深井大尉は、逃げたわけか」

「逃げた、はよかったわね。でも、そのとおり。まったく、かれらしいわ」

「でも」と桂城は言う。「どうして診察から逃げるんです。ブッカー少佐は、精神のマッサージだと言っていましたが、それならぼくも受けたいと思って、診察の予約時間を譲ってもらったんです」

「深井大尉に押しつけられたんじゃないの？」

「まさか。ぼくの意思で来ました」

「どこが悪いのか、自覚症状を言ってみて」

「腰かけていいですか？」と桂城は目で椅子をさす。「立ち話もなんなんで」

「だめ」と即、拒否。「わたしが診るのは精神疾患よ。あなたは病気じゃない。それとも病気になりたいわけ？　出撃免除の診断書でもほしい？」

「いいえ、そうではなく、ですね。今回の雪風の出撃に際しては、異常なことが起こりすぎたので、ぼくも参ってしまった。緊張をほぐしてもらえたらと思いまして」

「心理カウンセリングが必要なら特殊戦にはいい腕のカウンセラーがいるし、そちらの世話になるといい。わたしは精神科医であってカウンセラーじゃない。わかった？　桂城少尉」

「イエスメム」と桂城はかしこまって返答してから、思いついたことを口に出す。「つまり、深井大尉は病気なんだな」

「なにをいまさら。深井零が継続的にわたしの診察を受けていたことを、知らなかったとでも？」

「もちろん知っていました。しかし、先生から直接、病気だと知らされるとは思ってもいなかった」

「わたしはそんなことは言っていない。少尉、あなたは、頭の中で考えていることをそのまま口にする癖があるようだけど、迷惑だから、やめて」

「すみません」

「深井零の雪風への搭乗許可を出したのはわたしだ、とは言っておく。わたしの許可があればこそ、深井大尉は雪風に乗れている。どういう意味かわかるわね、少尉」

「イエスメム」

「どう理解したのか、言ってみて」

「深井大尉は快復したのだと理解しました」

「いいでしょう。では少尉——」

「了解しました」と桂城はエディスに最後まで言わせず、敬礼して出ようとする。「失礼します」

「そちらに腰かけて」とエディスが腕を伸ばして、診察デスクの背後のソファを示す。「話を聞かせて」

「はい？」

「深井零の様子を聞きたい。あなたはかれに会ってから、ここに来たわけでしょう」

「はい、そうですが」

「あなたは深井零の代わりに来たわけよ。その役目を果たしなさい」

「ぼくの役目、ですか」

「そう。かれの精神状態をあなたの口から説明すること」

「つまり、深井大尉の症状をモニタリングした結果を報告しろ、と。フォス軍医はぼくをスパイとして利用するわけですね」

「なにを大げさなことを。面白い人ね」とエディスは朗らかに笑って、続けた。「雑談をするだけよ。あなたが緊張するような訊き方はしないから、だいじょうぶ。お喋りすることであなたの精神のマッサージにもなる。あなたはそうしてほしくて来たんだし、断る理由はないはずよ」

飛んで火に入る夏の虫とはこのことだ、自分は調子のいい男だと田村伊歩に言われたが、とんだお人好しでもあるわけだと桂城は、エディスにわからないようにため息をつく。

この軍医の言葉には隙がなく、その緻密な論理の網に絡め取られて、気づいたときにはもう逃れられない。深井零がエディスとの雑談は苦手だと言った、その意味が、わかった気がした。

桂城はエディスのデスク脇にある患者用の椅子をよけて、デスクの背後にある長ソファに行き、覚悟を決めて腰を下ろす。

ではなにから話せばいいでしょう、と桂城が言うと、エディスは診察デスクを離れて、ソファ近くの壁際にある冷蔵庫から缶ビールを一本出す。

「あ、ぼくはけっこうです」桂城は反射的に言う。「飲みたい気分にはなれないので」

「あら、そう」とエディス。「じゃあ、わたしだけ」

「先生は仕事中に飲むんですか」

「これは例外よ。もっとも深井零の場合は例外になる場合が多いので、相手によっては飲むこともある、ということかな」

そう言うと、エディスは長ソファの、桂城の隣に腰を下ろす。わりと固いソファで、桂城の姿勢はほとんどかわらず、無意識に身構えていた力を桂城は抜く。

「いまの深井零はあなたを利用して逃げることができるくらいだから、なにも問題ない。いまは、わたしが飲みたい気分なのよ。あなたじゃないけど、今回の戦闘任務での精神的な疲労をほぐしたい」

「先生はいつも戦闘をモニタしているんですか」

「いつもではない。今回は特別任務だった」

「そうなんですか。いろいろ通常からは外れた特殊な作戦でした」

「ほんとにね」

エディスは缶ビールのステイオンタブを起こして、一口飲む。

きょうは人が飲むのを観ている日だなと桂城は淡淡と思う。この場でフォス大尉と一緒に飲みたいとは思わない。さきほど、田村大尉と話したときも同じだと桂城は思い返している。自分はあの場でほろ酔い気分になりたいとは思わなかった。

「今回は」とエディスが言う。「クーリィ准将の命令で、雪風機上員の精神状態をモニタしていた。なにか異常があったらすぐに対処できるように」

「それはモニタというより、フォス大尉も戦闘に参加していたわけですね。ぼくと同じだ」

「あなたは的確にサポートしていた。いい仕事をしたわね」

「そうですか？」と桂城はすこし戸惑う。「ぼくの出番はなかったと思いますが」

「深井大尉はあなたと応答することで、特殊戦のバックアップ体制は万全だと感じることができた。ひとことで言えば、あなたと喋ることでかれは、絶大な安心を覚えた。そのような受け答えをあなたはしていた」

「ぜんぜん意識していませんでしたが。普段どおりで」

「普段どおりが、いい結果を生んだわけよ。田村大尉に対しては混乱させただけで、彼女は苛立っていた」

「苛立たせるようなことを言いましたか」

「あなたの態度が無神経なものに感じられたのよ。田村伊歩には、あなたと深井零の戦闘上の信頼関係の度合いがわかっていないから、当然なんだけど。雪風機上での田村伊歩の苛立ちは、彼女自身から出たものであって、あなたのせいじゃない」

「それなら、よかった」

「田村伊歩となにかあったのね」

「はい、さきほど、すこし。でも、よくわかりますね。さすがだ」

「あなたのいまの話し方からして、だれにだってわかるわよ。なにがあったのか話したいのなら、聞いてあげるけど？」

「いいえ。決着済ですので、いいです」

「それはよかった」

エディスは、ほっとした様子でそう言い、ビールを飲む。いい飲みっぷりだが、あまり楽しそうではない。オアシスにたどり着いた旅人が喉の渇きを癒やしているような飲み方だ。よほど神経をすり減らすモニタ任務だったのだろうと桂城は察した。

エディスが一息つくのを待ってから、桂城は口を開く。

「さきほど、帰投した雪風から雑談を持ちかけられました」

「それは面白いわね」

「面白いですか？」

「雪風があなたに興味を持つなんて、とても興味深い。もっと詳しく聞かせて」

「いや、興味深いのは、雪風のほうから人語を使ってコンタクトしてきた、という事実のほうだと思いますが」

「それは予想できたことでしょう」

「そうですか？　ぼくにはできなくて、驚きの出来事でした」

「そうか、あなたは機上の深井零と田村伊歩が交わしていた雑談内容を知らないのね」

「さきほど深井大尉から説明されましたが。雑談から相手の本音を探り出す、というようなことでしょう」

「そう、それ」

「先生はどうして機上の二人の会話内容を知っているんですか」

「雪風と特殊戦との戦術回線を通じて、雪風内での会話がリアルタイムで入ってきていた。わたしはそこの仕事デスクのモニタで、雪風が帰投するまで、二人の会話を聞いていた。正確に言えば、読んでいたの。会話内容はテキストデータで送られていたから」

「通常任務では、そんなデータは戦術回線には流れない。先生は二人の会話を盗聴していたんだな」

「さっきも言ったように、わたしはクーリィ准将に命じられて、深井零と田村伊歩の会話内容をモニタしていたわけで、医療行為の一環よ」

「深井大尉は盗聴されていることを知っていたんですか」

「わたしが機上の会話を聞けるよう、ブッカー少佐に雪風のデータリンク・システムのセッティングを調整させると准将は言っていたから、セッティング内容については少佐から深井大尉に伝えられたでしょう。でも少佐は、そのほんとうの目的は口外しなかったはず」

「ほんとうの目的って?」

「だから、機内での会話をわたしがモニタする、ということ。わたしが診察していると深井大尉が知れば、任務に支障を来《きた》す恐れがある。ブッカー少佐はもちろん、それは承知していたでしょう。クーリィ准将から説明を受けたでしょうから」

「立派なスパイ行為だ」

「わたしは医者よ。言ったでしょう、医療行為よ」

「あなたのことじゃなくて、クーリィ准将の思惑、行為が、ですよ」

「どういうこと」

「准将の真の目的は深井大尉の精神状態なんかではなく、田村大尉の発言内容を知ることなんだ」

「田村伊歩という人間が特殊戦で使えるかどうかを会話から探っていたってこと?」

「使えるかどうかの判定には盗聴など必要ない。使えると判断したから准将は雪風に田村伊歩を乗せたんだ」

「じゃあ、クーリィ准将はなにを知ろうとしていると?」

「もしかしたら田村伊歩はジャム人間かもしれない、それを確認しようとしている」

「まさか」

「いや、クーリィ准将はそこまで考えているとぼくは思いますよ。准将はそういう人です」

エディスは会話しながらほとんど無意識にビールを飲んでいたらしく、桂城から視線を缶ビールに移してちょっと考え、いきなりそれをあおって空にした。それから、「今日はもう仕事はしない」と言った。

それを聞いて、桂城は腰を上げようとする。

「じゃあ、ぼくはこのへんで」

「おかわりを持ってきて」とエディス。「あなたの分も」

「ぼくにも飲めと？」

「付き合って。このままあなたを帰らせたら、わたしの緊張は高まったまま解けない。あなたのせいなんだから、あなたにはわたしに付き合う義務がある」

「上官の命令ですか」

「なにを言っているの。か弱い女性をフォローするのは人間として当然じゃないの。上官って、なに」

「すみません、つい。そうですよね、ぼくもそう思います」

田村伊歩を相手にするのと同じ気になって、混同してしまった。それでも、エディス・フォスは絶対に、か弱くはないと思う。それが証拠に、エディスはさっさと席を立って自分で缶ビールを二本持ってきた。

一本を桂城に手渡し、「飲みなさい」と言って、エディスはまたソファに落ち着く。これはやはり、上官命令ではないかと桂城は思う。

「雪風がぼくに興味を持つのは面白い、先生はそう言いましたよね」

「ええ。あなたもそう思うでしょう」

「いや」と桂城は首を力強く横に振る。「ぜんぜん」

「どうしてよ」と不満げにエディス。「雪風が関心を持っているのは深井零でしょう。あなたは二の次のはず。たぶん雪風は、自分の意図が言葉で通じるかどうか、あなたで試したんだと思う。あなたなら、驚かせても、多少行き違いがあっても、雪風自身は傷つかないから」

「それは……なんというか、ひどくないですか。ぼくが傷つくな」

「それは問題ない。雪風は、自分がそういう態度に出ても傷つくような人間ではないと、あなたを評価しているに違いない。でなければ、雪風はあなたで試したりしない」

「違います」と桂城はきっぱりと言う。「雪風は、人間のジャム観に興味を持ち始めたと、深井大尉はそう言った。ぼくは、それもあるけど、雪風はおそらく、ぼくを使ってロンバート大佐対策を考えている。ぼくは最近までロンバート大佐の部下でしたからね。だから雪風はぼくに話しかけてきたんだ。そう思う」

「自己評価が高いのはいいことよ、桂城少尉。わたしの言葉であなたは傷ついたりしないから、だいじょうぶ」

「ひどすぎる」

「ロンバート大佐対策か」とエディスはひとり納得し、なるほど、と言った。「そのほうが面白い解釈ね。あなたは、ほんとうに、特殊戦では得がたい人材だと思う」

「褒められている気がしない」

「褒めるなんて、そんな失礼なことしないわよ。わたしは感心しているの。深井零があなたとやっていけている、その理由がそれなんだと、わかった」

「理由って、なんですか」

「深井零は、あなたの自己評価の高さに、感心させられている」

「させられている、か。おかしな言い方だな。まるでぼくが術かなんかかけて、相手を感心するように仕向けているみたいだ」

「あなた本人には意識できないかもしれないけれど、それはあるかもしれない」

「他人から感心されたいなんて、毛筋ほどにも思ってないですよ」

「されたい、のではなく、結果的にそうさせている、ということ。感心されたいとか褒められたいと無意識にも思っている人間は、逆に避けられてしまう」

「よくわかりませんが」

「人間は、自分のことはよくわからない、ということよ。わかるなら医者はいらない」

「フムン」

気がつけばビールがほぼ空だ。酔っている自覚はなかったが、たぶん自分は酔っ払っているようだと桂城は思う。術に填まっているのは自分のほうだ。

「田村伊歩はジャムだと思う?」

「ジャム人間ではないでしょう」と桂城は思ったとおりを言う。「でも、ジャムそのものかもしれない」

「それはあなたの勘で?」

「彼女の、ジャムを見る目、です」

「同じジャムだから、仲間が見えるということか」

「まあ、そうです」

「理屈は通っている」

「根拠としては弱いですが」

「田村伊歩は新種のジャムかもしれない。そういうことになる」

「あくまでも、可能性として、あり得るのではないか、と言っているだけです。本気にしないでください、フォス大尉。田村大尉に聞かれたら、げんこつで殴られます」

「わたしが言うわけないでしょう。あなたこそ気をつけるといい」

「記憶をなくすほど飲みたい気分になってきました」

「好きなだけ、どうぞ。わたしは責任持たないけど」

「いや、それはひどい」

「じゃあ、素面でいなさい」

「はい、フォス先生」と言うしかない。

しかし、〈新種〉のジャムとはな、と、桂城はエディスの考えに感心する。言われてみれば、そういうことになると納得できる。

もしも田村伊歩がジャムだとしたら、ジャムが人間の形になって出現しているわけで、本物のジャムとは形態が異なる。本来のジャムに戻れないとすれば、それは〈新種〉だろう。

「でも、クーリィ准将は、たしかにそこまで考えていそうだ」とエディスは考えながら言う。「あなたの言うとおりよ。リディア・クーリィは、ジャムに負けない戦いから、勝ちにいくことを考え始めている」

「勝てると思いますか」

「勝算があるから、やろうとしているわけよ、准将は」

「ぼくには、勝算があるとは思えない」

「そんなことはないでしょう」

「勝てると思いますか」

「雪風の行動を観察していれば、勝算がないと感じるのはおかしい、そう言っているの。あなたただって感じているはずよ。これまではジャムの後手に回るばかりだったけれど、雪風は勝ちに向かって考えを進めている、と。そこに勝機ありと、特殊戦の人間ならそう思うでしょう。雪風の思惑を探っているのも、そのためなんだし」

「そういうことなら、雪風は、田村伊歩がジャムかどうかを確かめるために操縦席に乗せたのだと思える」

「結果はどうだった?」

「雪風の思惑の分析はこれからですが、雪風が人語で意思の表明をし始めれば、われわれとしてはやりやすくなる」

「それは」と真面目な顔でエディスは否定する。「逆よ。言葉は強力な仮想世界を構築してしまうから、雪風の本音を摑むことはかえって難しくなる」

「そうでしょうか」

「言葉は、嘘をつく」とエディスは言った。「言い換えれば、言葉というのは、真実世界から発生しているノイズそのものよ。わたしたちは、ノイズのやり取りから真実を拾い上げようと日日苦労している生き物なの。わたしの診療仕事なんか、まったく、そう」

「フムン」

「ジャムはどうなのか、知らないけど」

「ジャムは言葉なしで仲間との意思疎通をしているかもしれない、か」

「人類のような群体ではなく、単一体なのかもしれない。ならば言葉は必要ない」

「雪風を相手にしていると、それが人間にとってどんなにやっかいなことか、具体的な感覚としてわかりますよ。ジャムに対しては言葉による交渉ができない」

「休戦を持ちかけても、こちらが降伏すると言っても、通じない。負けない戦いをやり続けるしかない。その恐ろしさは、FAFに来て、初めて、わかった。クーリィ准将の仕事の大変さも」

「ブッカー少佐が言っていたように、ジャムは最初、人間の存在を認知していなかったと思います」

「でもジャムは人語を学んで、雪風機上の深井零にコンタクトしてきた。あなたもいたんだっけ」

「そうですが、でもジャムは、ぼくらの感覚とはぜんぜん違う人間認識をしていると思います。たとえば、ジャムにとって人間の身体というのは実体ではなく、人間の〈本体〉が発生させているノイズだと認識しているのかもしれない。いま先生の話を聞いて、そう思いつきました」

「じゃあ、ジャムにとっての人間の本体って、なに？」

「先生が言ったんだから、わかるでしょう」

「言ってない」

「人間にとって言葉はノイズなら、ジャムにとってはその反対、言葉ですよ」

「人間が発している言葉が主体で、人体は、その言葉によって発生しているノイズだ、というわけか」

「ぼくは言葉遊びをしているわけじゃないですよ」

「それはわかるけど、でも、抽象的すぎる」

「それが、そうでもないんですよ」

「なにか具体例でもあるの？」

「ジャム人間を使って叛乱を開始したロンバート大佐は、ジャムは〈言葉〉そのものを人として認識している節がある、と言っていた。いや、それはぼくが考えて言ったんだったかな。とにかく大佐は、ジャムは人間の脳の言語野を操作するかどうにかして、言葉というノイズのない世界を見せることができる、というような意味のことを言っていて、実際ぼくは、色のない異様なＦＡＦ基地の光景を見たというか、経験しました。大佐によれば、それがリアルな世界の姿であり、ジャムもそこにいるのだ、と」

「あなたはジャムを見たの？」

「いや。ジャムの本体は人間の目には見えないらしい」

「でも声は聞こえたんでしょう。雪風の機上で」

「ジャムは雪風の通信機を操作して、人間の聴覚に感じられる操作をしたんだと思いますが、頭の中に直接響くような感じもしました。そういえば」と、桂城は思い出す。「ジャムは、『我は、我である』と言っていた。『われら』ではなかった。ジャムには、〈仲間〉という概念はないのかもしれない」

「人類が数十億の個に分かれて存在している、ということを理解しない？」

「ジャム人間を作ったくらいだから理解はしているでしょうが、感覚としてジャムにはわからないというか」

「面白いわね」

「雪風に乗る身としては、あまり愉快な話ではないです。戦い方がわからない。戦略はクーリィ准将が考えるにしても、現場の人間としては、謎の敵を相手にするのは問題が多すぎる」

「手がかりは掴みつつあるわけだから、悲観することはないわよ。ジャムについて少しずつでもわかっていくのは面白い、違う？」

「イエスメム」と反射的に桂城は応える。「面白いです」

泣く子と上官には勝てない。しかし、田村伊歩に対しては、そんなことは露ほども感じなかった。この違いはなんだろう。よくわからない。

「いきなりかしこまるなんて」とエディスは真顔になって、言う。「そんなに怖いと思っているとはね」

「いや、怖いというより、先生には勝てないなと。諦めです」

「そうじゃなくて、あなたがいま怖いと感じたのは、ジャムなのよ。わたしに対してかしこまった態度をとったのは、防衛姿勢よ。それもわたしにではなく、ジャムの脅威に対応するためのもの」

「いや、それは、さすがに穿《うが》った見方というものでしょう——いや、そうなのかな」

桂城は、得体の知れない寒気を感じていたのをエディスに言われて意識する。見えないジャムが、いままさにこの部屋に向けてバンカーバスターを打ち込もうとしている、言葉にすればそんな感覚だ。

桂城はぞっとする。

「先生は心を読むんですね」

「読んでいるのは言葉だと言ったでしょう。会話することで読めてくる心がある。とくにあなたは、わかりやすい。自分を隠そうとしていないからよ。深井零には、そんなあなたの性質が安心できるものとして、受け入れられている。良いコンビだと思うわ」

「ありがとうございます、と言うべきなんでしょうか」

「こちらこそ、担当医として深井大尉をよろしく、と言いたくなるけど、駄目ね、つい仕事の話になってしまった。いま話したことは忘れて」

「どのへんから仕事の話でした？」

「あなたはジャムを怖がっている、というところから」

「わかりました、そこから忘れます」

「ジャムについてわかってきていることを、本気で面白いと思えれば、無意識に感じている不安はなくなるでしょう」

「助言を、どうも」

「処方よ」

「薬は？」

「いまの助言が薬になる。処方を守ればよく効くはず。病気じゃないから安心していいわよ」

「了解です」

「精神のマッサージになったでしょう」

「はい、来た甲斐がありました」

「あなたは深井零とは違って、患者の手本になれる」

「ぼくの診察になってしまったようですが、先生の疲れはほぐれましたか」

「ええ。十分に。どうしてわたしに今回のような任務をやらせるのか、クーリィ准将の思惑がよくわからなくてもやもやしていたんだけど、あなたのおかげで、すっきりした。准将の狙いは田村伊歩だという、あなたの指摘は、とても腑に落ちた」

「ほんとうの准将の思惑については、わかりませんよ」

「それはどうでもいいのよ」

「どういうことです」

「あなたと話すことで、もやもやが晴れた。それで十分」

「結局のところ、ぼくらは雑談していたわけだ」

「最初からそう言ってるでしょう、わたしに付き合って、と。——おかわりは？」

「いえ、もう。自分の心もわかったし」

「雑談で人の本音も探れるし、自分の無意識な思いにも気づける。雑談には田村伊歩が零に言っていた以上の効能がある」

「雑談、おそるべしだな。雪風もその手を使って人間を知ろうとしているのかもしれないですね。あるいは、自分自身を。自分自身？　雪風が、自分を知るために雑談する？」

「すごいことを思いついたわね、桂城少尉。もしそうだったら、雪風の思惑がそのまま現れるということじゃない。思惑もなにも、その雪風の言葉は、そのまま雪風の知性を表現しているわけよ。しかも人語だから、わたしたちにもわかる」

「いやいや、自分で言っておいてなんですが、雪風の関心対象はジャムだ。自身を知ることではない。それははっきりしている」

「でも、こうも考えられる。自分を知るために自身の心と対話しながら自分の考えを言語化してみるという行為は、精神の安定に役に立つ。雪風は自身の知性回路の安定的動作を目的に、それをやろうとしているというのは、あり得るのではないかしら。それはジャム戦を戦う上でも役に立つことだし」

「わざわざ人語を使う必要はないと思いますが」

「自分とはなにかを本気で知りたいと思うなら、言葉は役に立つ。わたしたちが自分の主観的な経験を言語化すると、客観的な視点から自分という人間のことがわかる。言語化というのは、とうぜん本人以外の他人にも読める。もしも雪風がそれを試みるなら、わたしたちにも雪風がなにを考えているのかを、雪風が言語化した自身を表している言葉から知ることができる」

「雪風が言葉を使ったら、雪風がなにを考えているのかがかえってわからなくなる、言葉は嘘をつくからと、さきほど先生は言ってませんでしたか」

「あれはコミュニケーションとしての言葉で、これは違う」

「どう違うんです」

「自分自身を探りつつ書かれた言葉は、たとえば手記とか小説になる」

「雪風が小説を書く？　あり得ない」

「たしかにね。でも、もし雪風がそのようなものを書いたら、そこから雪風の世界観や価値観を客観的に読み解くことができる。それは雪風自身が発したノイズではあるけれど、目的もなく交わされる雑談から真実を探るより、ずっとらくに分析できる」

「雪風が書いた手記を読み解くなんて、ぼくには無理だ」

「だいじょうぶよ、あなたには無理でも、人間はほかにもたくさんいるもの」

「なんとなく、ひどいことを言われている気がしますが」

「人間の強みは、いろんな能力の個体が協力し合って一つのことに当たることができる、というところにある。あなたにもいいところはあるんだから、ひがまないように。いいわね？」

「はい、先生」

「わたしは、雪風が書いた小説を読んでみたいけどな」

「雪風が関心があるのはジャムだけだ。人間や自分を知りたいと思って話しかけてきたわけじゃない」

「いまのところ、はっきりしているのは、雪風は、ジャム戦に人間の言葉が有効だと考え始めている。それは間違いない。雑談おそるべしと、雪風もある意味、そう判断したんだと思う」

「ジャムと人語を介してコミュニケーションをとれば、ジャムのことがわかる、そう思っている？」

「言葉はノイズよ。雪風はジャムとのコミュニケーションは言葉なしで行えるでしょうし、実際やっているようだから、そういう使い方ではない」

「じゃあ具体的に、雪風は言葉をどう使おうとしていると先生は思っているんですか」

「ジャムに向けて、とにかく人語を発してみる。どういう言葉なのかはわからないけど、威嚇のような内容の言葉かもしれない」

「それはつまり、言葉を対ジャム兵器として使うということだ」桂城はエディスの考えを理解する。

「しかし、ジャムに人語をミサイルのようにぶちこんで効果があると思いますか」

「雪風が言葉を武器として使うつもりなら、有効な打撃を与えられると考えているわけよ。ジャムを破壊するとか、最終兵器になる、とか」

「いや、どうかな。イメージとしては、ジャムが自滅したくなるような人語を雪風が発するということでしょう。それなら、人間であるわれわれにもできるはずだ。人語なんだから。しかし、そもそもジャムに実体がないなら、どうしたって破壊のしようがない」

「言葉には実体がない。人体のノイズにすぎない。ジャムに物質的な実体がないのなら、かえって有効な気がしない？」

「ノイズにはノイズか。ジャムはノイズか。すごいな」

「わたしは、雪風は言葉を武器としてではなく、ジャムの位置を探る探知ツールとして使うのではないか、という思いで言ったんだけど」

「言葉で、どうやってジャムを探るんですか」

「それはわたしは雪風ではないからわからないけど、田村伊歩の目がジャムを見るという受動的なものなら、言葉を発して返ってくる情報でジャムを捉えるのはアクティブ探知でしょう」

「面白いな」と桂城は思わず言っている。「先生は天才だ。言葉をレーダー波のように使うだなんて、ぼくにはまったく考えもつかない」

「あなたが言った破壊兵器として使うというのと同じ次元の発想よ。雪風が小説を書くというのと同じく、ファンタジーにすぎない」

「いや、ジャム人間の探知・探索には、たしかに言葉が使えそうじゃないですか」

「そのように雪風が言葉を使い始めているのだとしたら、ブッカー少佐が危惧していた危険性の具現化だ。とても怖いことよ」

「どういうことですか」

「雪風は、人間の形をした敵を攻撃対象にしようとしていることを意味する。あなたもその対象者として雑談に誘われたのかもしれない」

桂城は空になった缶を持つ手に力が入るのを意識する。

さきほどジャムに対する恐怖を無意識のうちに感じていたように、今度は雪風だ、と桂城は思った。自分は雪風が怖いのだ。これまでずっと、深井零から雪風の恐ろしさを聞かされてきたが、それは自分の心にまったく入っていなかったのだ。深井零のその感覚に共感してはいなかった。

「雪風は、ジャムと同じ次元の脅威だ。人間にとって。それを初めて実感しました」

「扱いは慎重にね。雪風はジャムに通用する最終兵器かもしれないんだから、怖いのは当然なのよ」

「ぼくはいままで、運がよかっただけなんだな」

「あなたは強運の持ち主なのよ」

「こんどは占いですか」

「わたしは真面目に言ってるの。あなたの人柄は、他人からうらやましがられていじめられることはあっても、嫌われたりはしない。そういう人間は運がいいように見えるものだし、実際、そう」

「宝くじには当たったことがないですが」

「そういう幸運じゃなくて」

「わかってます」と桂城はうなずく。「田村大尉からも、うらやましいと言われました。なにがうらやましいのか自分ではわからないんですが、強運の持ち主だからだ、と思うことにします」

「それがいいわ」とエディスは笑って言う。「今回、雪風が無事に帰投できたのは、あなたのその強運のおかげよ」

エディスもすこし酔いが回ってきたようだと桂城は、反論せずに、「そうですね」とその言葉を受け入れる。そうして、「では、フォス先生」とソファから腰を上げた。

「これで失礼します」

するとエディスは、「はい」と言った。「わかりました」

なんだかつれない返事だと桂城は思うが、無理やり付き合わされた状態から解放されるのだから、エディスの態度は気にしない。

「では」と軽く会釈をする。

と、「待って」と制止される。「クーリィ准将が呼んでいる」

「はい？」

「これから出頭するように、だそうよ」

エディスは右耳を押さえている。イヤホンだと、桂城は気づいた。そこで、状況を一瞬にして、理解した。

「最初から、ぼくをモニタするよう、准将に命じられていたんですね」

「そう。ブッカー少佐経由で、准将にあなたがここに来ることが伝わった」

「大尉は最初から、ぼくを手ぐすね引いて待っていたわけか」

「慣れないことを命じられたから、気づかれると思ったけど、あなたに助けられた結果になって感謝している」

「スパイじゃないですか」

「ごめん」とエディス。「上官命令には従わないとね。わたしも軍医だし」

「了解です」と言うしかない。

この状況に気づく機会はいくつかあっただろうが、それを逃した自分が悪い。桂城はそう思うことで、この事態を納得する。

「准将の部屋では、一同がそろって、わたしたちのいまの飲み会を視聴してたので、そのつもりでね」

「一同そろって、とは、だれです」

「ブッカー少佐、深井大尉、田村大尉よ」

「フォス大尉も一緒に行きますか」

「わたしは、パス。呼ばれてない。だから」とエディスもソファから立ち、白衣を脱ぎながら言う。

「これから夜の歓楽街に行って、飲み直す」

「ぼくが診察を代わってもらったせいですね」

ＦＡＦの軍人厚生施設とも言える地下に広がる歓楽街は、いつも夜で、二十四時間営業だ。軍の階級を持っているバーテンダーやカジノディーラーやホスト・ホステスなどが大勢働いていて、ジャムが姿を隠したいまも盛況だ。

「ぼくのせいで、余計な仕事をさせてしまったです。すみません」

「そういうところが深井零と違うところね。あなたは運がいい。みんなに幸運を分け与えられる。忘れないでね」

「ありがとうございます」

エディス・フォスとこのような話ができたのは幸運だったと、桂城は思いつつ、敬礼し、部屋を出た。

懐疑と明白

雪風が持ち帰った情報の分析には時間がかかっていた。

零は帰投後、いまだ分析作業に参加していない。休養を取るように命じられていた。

情報分析担当班は作業を進める上で、零や伊歩の主観を交えることなくまずは雪風が記録した情報のみを調べようとしていた。自分は体よく追い払われたわけだと思いつつ、零は駐機場の雪風の機体に上がって点検作業をする、いつもの日課を過ごしている。分析がどこまで進んでいるのかは、わからない。

休養を取れなどという前代未聞の命令が解除されたのは二日後だった。

零はその日、ブッカー少佐から情報分析室に行くように命じられた。急ぎではないのは時間が指定されていることからわかった。集合時間は一四〇〇。告げられたのはそれだけだ。

一人だけ呼び出されたのではないというのは集合時間という言い方でわかったが、ほかにだれが参加する集まりなのかは知らされなかった。知らせるまでもないからだろう、面子は決まっている。そこへ行く理由も、行き先は情報分析室なんだから、わかりきっている。そう思いながら私室を出た。

分析室というのは特殊戦司令室の奥まった一画を透明な壁で仕切って会議用のデスクをおいた部屋

だ。そこから特殊戦のすべての情報にアクセスできる。駐機場で翼を休めている戦隊機の中枢知性体の状況もモニタできた。

情報分析室は零にとってはあまりなじみのない部屋だったが、雪風の思惑を探ることが重要だとブッカー少佐が考えるようになってから、作戦行動後に雪風が持ち帰った情報の分析に立ち会うのがあたりまえになっていた。それは命令ではなく自主参加だが、少佐もそれを当然のこととしていた。命令するまでもない、というわけだ。

司令室の一画にある分析室に行くというのは、司令室に立ち入ることを意味する。本来パイロットには無縁な空間なので、零にとってそこは、いまだに新鮮な気持ちで眺めることができる場所だった。自分が飛んでいるときの裏方を見る気分だ。

FAF全体の本部司令センターに比べればコンパクトな特殊戦司令室だが、入れば、光電子システムが放つ特有の匂いがする。それは本部司令センターより強いくらいだ。

壁には戦況を示す大スクリーン。そこに目をやれば、いま特殊戦の五番機・インバットが発進していったところだとわかる。

大スクリーンを前にして司令卓が並んでいて、ヘッドセットを付けた三名の司令隊員が各自のモニタ画面を見つつ、任務を遂行中だ。

零はそれを横目に情報分析室に向かう。

透明壁越しに、室内にいる数人の姿を認める。

まず目に入ったのは意外な人物の顔だ。リン・ジャクスン。その淡いピンクのスーツ姿のジャクスンの対面の席、こちらに背を向けている人物がいる。かっちりとした軍服姿の丸子中尉だろう。それから田村伊歩の派手な刺繍が施されたフライトジャケットと、桂城彰のすこし丸まった背中が見えている。

分析室の入口にはドアはなく開放されている。しかし内部に入れば外の司令室とは隔離された空間だとわかる。静かな雰囲気だ。音だけでなく五官に感じられるノイズ全般を効果的に打ち消すように作られている。

入室すると全員の視線を感じる。

部屋のいちばん奥にリン・ジャクスン。その対面は、丸子中尉で間違いなかった。三つおいた隣に田村伊歩、それから一つ席をおいた、いちばん入口に近い席、出口に近いというべきだろうと零は思う、すぐに出られる席に桂城彰だ。

零は迷うことなく桂城の真向かいの席に腰を下ろす。桂城に次いで部屋から出やすい位置だ。

肝心なブッカー少佐がいないが、いま出撃していったインバットのプリフライトブリーフィングをしていたのだろう。桂城も承知しているに違いない。少佐はどうしたんでしょうねなどと話しかけることなく、黙って待っている。いいことだと、零も黙っている。

ここで自分から口を開けば、この男は一昨日の出来事、フォス大尉の診察室での一件を愚痴り始めて、それをずっと聞かされる羽目になるに決まっている。

その件で愚痴りたいのはむしろ自分のほうだと零は思っている。診察を桂城に代わってもらうなどという真似をしなければよかったと後悔していた。

クーリィ准将は、帰投した直後の雪風の席上に桂城少尉を一人乗せたまま放置し、桂城少尉がやっているその内容をだれ一人としてモニタせずに見過ごしていた事実を知って、激怒した。ブッカー少佐が叱責されたのは言うまでもない。

准将は、桂城彰がジャム人間か、そうでなくてもロンバート大佐と通じている危険性を念頭において、今作戦を実行したのだ。桂城を司令室に入れて雪風をサポートするように命じたのもそのためだった。桂城彰の行動監視だ。同時に、田村伊歩についても、ジャムかもしれないという思惑もあって、フォス大尉に機上での会話の盗み聞きを命じていた。桂城彰がフォス大尉とのあの雑談の中で、准将ならやりかねないと言っていた、そのとおりだった。

ブッカー少佐は帰投した乗員二人からの聞き取りを終えてすぐに、我ながら桂城少尉に雪風の〈顔色〉を見させたのはいいアイデアだったと思いつつクーリィ准将に報告を入れたのだが、返答が、叱責だった。少佐は素早く頭を働かせて、フォス大尉に桂城の様子を見させることを准将に提案し、汚名を挽回すべく動いたのだ。

准将の部屋でフォス大尉と桂城彰の雑談をみんなでモニタし、種明かしをされた桂城が部屋にやって来て、ジャム人間ではないとその場の全員から認知され、『ジャムはどこにでもいるから気をつけるように』とのクーリィ准将の言葉で、その件は落着したのだが。

だいたい、准将がそういう思惑でいるならば副官の立場である自分にひとこと伝えてほしかったと、ブッカー少佐は零に愚痴った。

零は、准将はたぶんあんたのこともつねに疑っているのだろうと、慰めるつもりで言ったのだが、『それを言うなら、いちばん疑わしいのは、おまえだよ』と言い返された。『なにしろ、旧雪風はジャムに撃墜され、おまえは一時ジャム人間に捕まっていたのだからな』

一瞬零は言葉に詰まったが、言われてみればそのとおりだと思う。

『客観的には、そうなんだろうな』と応えた。『しかし、もしおれがジャム人間だとしても、自分ではぜんぜん、そんな気がしない』

すると少佐はうなずいて、おれもだ、と言った。

いまやジャム人間かどうかを客観的に確認する方法はないと零は思う。ジャム人間は人間の食物を消化できない、なぜなら鏡像異性体のアミノ酸を材料にした身体でできているから、という、そうした物理的な見分け方は、もはや通用しない。自分がジャム人間だとしても、地球から運び込まれている材料で作られた食事を毎日食べて生きている。ジャム人間は人間の食べる物を消化できないという見分け方は、いちばんジャムだと疑われる自分には、無効だ。ブッカー少佐や桂城彰、田村伊歩に対してもそうだ。みんなふつうの食事をとって生きている。

ジャムはおそらく最初のロットのジャム人間だけを、あえて人間界では生きられないように作ったのだろう。クーリィ准将はそう考えているし、それがFAFの公式見解になりつつある。

『客観的にも主観的にも、ジャム人間か否かを確かめる方法はない』と零は言った。『クーリィ准将がいくらジャム人間に気をつけろといったところで、見分けられないんだから、そんなのはナンセンスだ』

『それは、ちがう』とブッカー少佐は零の言葉を即座に否定する。『准将はおまえのような単純な考え方はしない』

『おれの言っていることの、どこが単純なんだ?』

『考えてもみろ、おれはおまえをジャム人間だとは思わない。おまえも、そうだろう、おれをジャムだと思うか?』

『いいや』

『おれたちは、おれたちの主観で、互いにジャムではないことがわかるということだ。そうだろう』

『いや、それは――』

『桂城彰や田村伊歩もジャムではない。かれらは人間を裏切るような行為はしていない。ジャムにとって不利になる行動をつねにとっている。これは、客観的な事実だ』

『スパイかもしれないと疑うことはできる』

『そこは、主観的な判断に委ねられる。つまりクーリィ准将は、客観と主観を組み合わせた視点で、ジャムかどうかを見分けようとしているんだ。桂城少尉は雪風のあたらしい一面を発見する行動をとった。これは客観的事実だし、かつ、エディスとの雑談を注意深くモニタリングすることで、われわれは主観で、かれはジャムではないと判断したんだ』

『クーリィ准将のことを言えば、准将自身は、自分がジャムかどうか、自分ではわからないだろう』

『まあ、そうだろうな』

『主観では、わからない。おれは、そういうことを言ったんだ』

『それも含めて、あの准将は承知しているよ。おまえのように、白か黒か、ジャムかそうでないかという、二者択一という単純なものの考え方では、リーダーは務まらない』

『准将の味方か』

『気を悪くしたか』

『まあな』

『准将は、味方だ』とブッカー少佐は言った。『敵だとすれば、それは、ジャムだ』

なにを言っているんだと零はしばし考えて、つまり少佐は、このおれにも准将の味方をしろ、支えになってやれと言っているのだと理解した。

そもそも、なぜこんな話をし始めたのかを思い出し、直属の上官に叱責された友人を慰めるためだった、それはうまくいったようだから、それでよしとしよう、そう思い、『わかった』とうなずくと、ブッカー少佐は満足げにこう言った。

『おまえのおかげで、准将への恨めしい思いが晴れた。いやなことは忘れよう。助かった』

それは少佐なりの感謝だと零にはわかったが、『おれの、どんよりとした気持ちはどうなるんだ？』と言ってみたところ、いかにもな応えが返ってきた。

『わたしの晴れ晴れしい気分を分けてやる。どうだ、いい気分だろう。おまえにはこの気分を受け取る権利がある。権利を放棄するのは損だぞ』

そのように言われれば笑うしかなく、自分の笑顔を意識すれば、負の感情は消えていた。思い出し笑いが出そうなのを自覚して、零の意識は現実に戻る。

分析室でブッカー少佐を待つ面面は、みな黙っている。自分が来る前からだれも話をしなかったのだろうかと、零はそっと様子をうかがう。

田村伊歩は腕を組んで目をつぶっていた。その伊歩から視線を桂城に移すと、見られたことを意識した桂城が無言でわずかに首を左右に振った。桂城もTシャツにフライトジャケットという伊歩に合わせたかのような私服だ。きっと桂城は気軽に伊歩に話しかけて拒絶されたのだろうと見当が付いた。

丸子中尉とジャクスンの方をうかがうと、制服姿の丸子中尉と目が合った。表情は硬い。喧嘩を売っているようでもあり、緊張しているようでもあった。零にはその心の内は読めない。目をそらさず、すこし首を傾げると、丸子中尉は黙礼してきた。同じようにすればよかろうと零もそれを真似て頭をまっすぐにして少し下げた。

丸子中尉の対面の席のリン・ジャクスンが、まるで王族がするように鷹揚に手を振っているのが目に入る。零に向けての挨拶だ。

なにかとても威厳が感じられて、零は思わず右手を上げて返礼してみせた。ジャクスンの笑みが返ってきた。零を心から安心させる笑顔だった。

――あのとき、ロンバート大佐を追って地球の南極に飛び込んだときだ、あの人、リン・ジャクスンは自分にとって、そして雪風にとっても、現実を保証する確かな指標だった。氷原で手を振るジャクスンの姿を視認したとき、地球はまだ存在していることがはっきりとわかった。

自分にとってのリン・ジャクスンという地球人は地球という惑星の象徴だな、などと零が思っているところに靴音が響いて、ブッカー少佐が入ってきた。

丸子中尉が起立する。すると田村伊歩も遅れまいとするかのように機敏に立った。

「遅れて申し訳ない」とブッカー少佐は奥へ、ジャクスンの方へと進みながら、言う。「起立は無用です、どうぞ着席を」

桂城は腰を上げかけていたが、その声を聞いて腰を下ろす。零もジャクスンと同じく、最初から席に着いたままだ。

ブッカー少佐はおろしたてのような制服を着ていた。あれに着替えるために遅くなったのだろうと零はひとり納得する。この集まりは地球から来た人間が主役なのだ、自分ら戦隊員はオブザーバーか、おまけだ。

「ブッカー少佐が」と桂城がなんの挨拶もなく、少佐に話しかける。「時間に遅れるのはめずらしいですね」

いや、ぜんぜんめずらしくないと零は思う。少佐はなにしろ忙しいので、よくあることだ。が、桂城が言いたいのはそういうことではないのだと続きを聞いて、わかった。

「なにかあったのでしょうか。いま出撃していったインバットですが、フライト前になにか問題が見つかって、その対処に時間を取られたとか？」

零はそこまでは考えていなかった。

この桂城彰という男は、ただのお調子者ではない。田村伊歩にはそう感じられたのかもしれないが、なにしろロンバート大佐の下で任務をこなしていたのだ、観察力や推察力は、むしろ自分よりも高い。おれは、と零は思う、なにせ雪風と自分自身にしか関心がない。それでは駄目なのだと、気づき始めたところだ。雪風の思惑を知るためにも、自分を取り巻く雰囲気のような〈想い〉を感じ取る能力が必要だろう。

「発進直前にフラカンに問題が発生した」とブッカー少佐は桂城に応える。「予定ではインバットではなく、フラカンが一時間前に出ていくはずだった」

「フラカンはおととい出撃したばかりじゃないですか」と桂城が言う。「中一日の休みに臍《へそ》を曲げたんじゃないかな」

「もしかして」と零は会話に割って入る。「問題が出たというのは、フラカン情報収集システム内の故障予測ユニットじゃないか？」

「そう、まさにその故障予測ＡＩが」とブッカー少佐は二人の部下をまっすぐに見つめて、言う。「プリフライトチェック時に警告を発した」

「情報収集システムが使えなくなるというわけですね」と言ったのは田村伊歩だ。「ジャムにシステムを乗っ取られる可能性を予想したのではないでしょうか」

「いや」と少佐。「警告は言語によるメッセージだ。パイロットのゴパル中尉が読んで、かれからフライト中止を申し出た」

「そのＡＩはなんて言ってきたんです」と桂城。

ブッカー少佐は三人に首を振り、ちょうどいいと言って、席に着いた。

「こういう流れなら、いま起きていることから話そう。ジャクスンさん、丸子中尉、それから田村大尉の、地球からのみなさんには、特殊戦が摑んでいるジャムに関する情報を伝えるべく集まってもらいました。ＦＡＦの公式発表には出ないであろう情報も伝えますので、ジャムの脅威は消えていないどころか増しているという事実をわかってもらえるでしょう。ＦＡＦはいま危機的状況にあり、それは地球自体が危ないということですが、その危機感をわれわれと共有してもらって、地球へ帰還していただく。それがこの会議の目的です」

「発言してもいいですか」

丸子中尉が強い口調で言う。発言させろ、という意思が零にもわかる。少佐も、どうぞ、とうながした。

「わたしを含めた日本海軍航空隊のＦＡＦ支援部隊はいつ解放されますか。特殊戦には決定権はないと思いますが、見通しだけでも聞かせてください」

「そんなのは、あとにしてほしい」と田村伊歩が苛立たしそうに口を挟んだ。「わたしたちはいま戦況について重大な話をしている。生きるか死ぬかという状況が進行中なのに、あなたにはここが対ジャム戦の最前線だという意識がまったくない」

「わたしはあなたとは立場が違います、大尉。関心事が異なるのは当然です」

「あなたはジャムに関心を持つべきだ、丸子中尉。ジャムは、あなたが守ろうとしている海軍組織を狙っているかもしれない。それなのにあなたは、一刻も早く逃げ帰ることしか考えていない」

「それがわたしの任務ですから、当然です」

零は二人の地球人のやり取りを呆れてみていた。自分には関係のない、口喧嘩だ。が、どちらかといえば田村伊歩のほうに共感を覚える。特殊戦の人間ならそうだろうと思ったが、桂城が伊歩に口を出したことで、そうでもないのだなと思い直す。

「田村大尉、情報屋さんなら、みんなそうですよ」

桂城は、なるほど、元は情報軍の人間だった。特殊戦にすっかり馴染んでいるので忘れそうになるが。情報屋とはスパイのことだろう。

「一刻も早く、掴んだ情報を本国に持ち帰りたいという丸子中尉の気持ちをくんであげてもいいかと。ぼくはそう思います、田村大尉」

その桂城の発言で、二人は黙った。

ブッカー少佐はひと言も発せず、成り行きに任せている。

伊歩は桂城をきっと睨んだ。ど・う・し・て・お・ま・え・が・あ・い・つ・の・か・た・を・も・つ・ん・だ、という目だ。

零は丸子中尉の表情をうかがう。桂城の言葉に力づけられたのだろう、余裕が見て取れた。

「今回のわたしの任務は」と丸子中尉が、全員に向けて言う。「特定の情報収集活動ではありません。ジャクスンさんに同行して、わたしもジャーナリストと同じ目線でＦＡＦ内の雰囲気を感じ取ることです。いちばんの関心事は、ＦＡＦが、地球の正規軍の受け入れをどう感じているのかということです。このまま増援を続けても大丈夫なのかどうか、ＦＡＦ側では地球からの正規軍の支援を疎《うと》ましく感じているのではないか、といったことです。全体の雰囲気を捉えることが重要なのです。厭戦気分が広がっていたり、あるいは地球への造反といった感情が存在するならば、そうしたものは、全体の雰囲気にかならず反映されます。ＦＡＦ内にいくつもある放送局の番組を一日中流しておくだけでも、感じ取ることができます」

「お笑い番組を見れば」と桂城が言う。「厭戦気分が広がっている感じは、たしかにあるだろうな。戦争なんかやっていられるか、というネタばかりだ」

「地球にいい感情を持っている人間はＦＡＦにはいないよ」と零も言う。「犯罪者として送りこまれているんだから」

「わたしも、あなたは無駄なことをしていると思う」平静さを取り戻した伊歩が言った。「ＦＡＦは、やれることをやっているだけだ。ジャムから地球を守っている」

「わたしは、ＦＡＦは増援を拒否している、という事実を早く本国に伝えたい」

「意味がわからない」と伊歩。「どういう雰囲気を嗅ぎ回って、そういう判断になるのか、ぜひ聞かせてもらいたい」

「オージーの司令機を撃墜したあげく、わが海軍機がジャムであると認定した。これほどはっきりとした増援拒否の意思表明はない。支援機撃墜の事実をいまだに地球側に伝えることを拒否しているＦＡＦの態度を見れば、地球に造反を企てているとしか思えないが、判断するのは上層部の仕事で、わたしではない。でも、私見をここで言わせてもらえば、これらの原因はすべて、あなたにある。田村伊歩日本空軍大尉、あなただ。あなたは軍人としてではなくテロリストとして国家反逆罪で投獄されるにふさわしい」

「私見なら、黙っていればいいものを」と伊歩は怒りを顕わにして言った。「言うに事欠いて、なにを言い出すんだ」

「まあ、だから、田村大尉はここにいるわけですよ」と桂城が平然と言う。「ＦＡＦは犯罪者の掃きだめだし」

「わたしを犯罪者扱いするな」と伊歩。

「怒らなくていいじゃないですか、大尉。地球に戻るなと丸子中尉は言っているわけでしょう。大尉もここで戦いたいのだから、喧嘩することはない」

「それとこれとは、別。あなたは引っ込んでろ、少尉」

「イエスメム」

すこし間が空いたが、丸子中尉は黙らなかった。

「オージーの司令機をあなたが撃墜したのは事実だ。それから、わが海軍機をジャムだとして撃墜した特殊戦によれば、その情報はあなたからだという。これらはわたしの私見ではない。反論するなら、そこだろう、田村伊歩」

「ここは軍法会議の席ではない。場をわきまえろ、丸子中尉。あなたの知り合いだという日本海軍大臣も、あなたにそう言うだろう」

「わたしは、フェイク情報を持って帰るわけにはいかない。隠れているジャムがあなたには見えるなどという主張を、単純に信じるわけにはいかない。特殊戦に向けて味方のバンカーバスターが落とされたなどという情報も、だ。それも、あなたが関与している。海軍機はジャムだったというあなたの主張同様、バンカーバスター事件もフェイクだと疑うのは当然だろう」

着弾する寸前だったその爆弾を雪風が爆破、排除した件を、特殊戦がでっちあげた虚言だという。零には、そういう丸子中尉の感覚がよくわからない。これは本気でそう思っているのか、それとも喧嘩相手に雑言を浴びせているだけなのか。

「特殊戦がこの場にあなたを呼んだのは」と伊歩は、さきほどの怒りが嘘だったかのように冷ややかな声で言う。これは、相手を哀れんでいる？

「あなたのその石頭をほぐしてやろうと思ってのことだ」

どうやら、侮蔑のようだと零は思う。

「この部屋は情報分析室、先日わたしが体験したバンカーバスター事件も分析中だ。その結果をあなたにも公開して事実を知ってもらいたいと、ブッカー少佐が最初に言っているだろう。それにもかかわらずわたしを中傷するとは、どういうつもりだ。立場がわかっていないのはあなただ、丸子中尉」「もう、やめましょう」桂城が起立して、言った。切実な声だった。「ブッカー少佐、どうして黙っているんですか」

場が静まりかえる。

この雰囲気、さまざまな感情が入り交じった空気は、どう表現したものかなどと零は思っている。さまざまな色が渦巻いていて、それがやがてどんよりとした灰色になる、か。

零自身の感情は平穏で、ブッカー少佐がなにを言うのか、そこに興味があった。少佐も冷静そのもので、表情からは、いまなにを考えているのかは読み取れない。

もはやだれも発言せず、みんな少佐に注目している。それを待っていたのだろう、少佐はおもむろに口を開いた。

「もう少し続けてほしいところだったが。ジャクスンさんも発言したいことがあれば、どうぞ」

桂城がほっとしたように着席する。

零には予想外の少佐の態度だったが、リン・ジャクスンは少佐からそのように言われるのを承知していたかのようだ。

「ありがとう、少佐」

とジャクスンは応じて、いったん口を一文字に結んだ。それから、こう言った。

「いまのやり取りは、地球でこれから起きるであろう、その縮図です。地球側では、ジャムに対する戦略を大きく変えようとしているＦＡＦの行動を造反のように感じるでしょう。丸子中尉の疑念は、地球人の一個人として、また軍という組織においても当然出てくるものであって、それはFAFやFAFのやり方に賛同する者への不信感になって表面化します。丸子中尉の田村大尉への態度が、それを象徴しているでしょう。丸子中尉の気持ちは、同じ地球人としてわたしにはとてもよく理解できます。ですが、わたしの関心や興味や立場は、ですが、わたしは、できることなら、ジャムを取材したい。そのために、来ました。立場としては、田村大尉のほうに近いでしょう。いまジャムとの戦争でなにが起きているのか、それをこの場で教えてもらえるというのは、ジャム取材の一環として願ってもないことです。特殊戦に感謝します。そのようにクーリィ准将にお伝え下さい、ブッカー少佐。以上です」

「承知しました」と少佐はうなずいて、「ほかにまだ言い足りない者がいれば、聞かせてもらう。遠慮はいらない。深井大尉、きみはなにも言うことはないようだが、いまのやり取りを聞いてどう思ったのか感想を聞かせてくれ。それとも自分には関係ないこととして他事を考えていたか」

そう訊かれて、少佐がここまで黙っていたわけを零は悟った。

雑談ではないが、言葉でのやり取りを聞いていれば発話者たちの思惑や本音を感じ取れるものなのだろう、自分は苦手だが。つまりブッカー少佐は、地球人たちの意識を探ることのできるいい機会だとして、いきなり始まった丸子中尉と田村大尉の言葉による応酬を止めることなく観察したのだ。

あれはほとんど殴り合いだったなと思い返しつつ、零は少佐に応じた。

「言葉は便利だ。攻撃にも盾にも使える。そう思いながら聞いていた。雪風がこれを覚えたらやっかいだ」

「それはもう、雪風は始めていますよ」

桂城がいまの出来事をさらりと忘れたかのように、そう言った。この切り替えの速さは、桂城彰の長所だと零は思う。

「雑談相手に選ばれたのが、元ロンバート大佐の配下、桂城少尉とはな」と零は、桂城を目の前にしながら別人のことのように言う。「これは意味深長だ。雪風はロンバート大佐からジャムの情報を引き出せることに気づいたんだろう」

「雪風は大佐を攻撃目標に定めたとも考えられます。ぼくを対ロンバート大佐爆弾として使うつもりかもしれない」

「爆弾としては不足だろう。自分で考えてみて、大佐に勝てると思うか」

「そうか」

「簡単に認めるなよ、情けないやつだな」

「虚勢を張っても仕方がないでしょう。大佐には単独で勝てるとは思えない。そう考えれば、雪風に爆弾代わりにされて殺される心配はなさそうだな。取り越し苦労だったか」

「雪風が使うなら、情報収集用の偵察ポッド代わりだろう。生きて帰るのは至難の業だ。大佐が黙ってきみを帰すはずがないからな」

「どっちにしても、危ないな。それは困る――」

「そこの二人、私語は慎むように」とブッカー少佐が出来の悪い生徒を前にした教師のように言った。

「本題に戻ろう」

この構図には覚えがある。アグレッサー部隊発足時に少佐から地球の国際情勢などに関する講義を受けたときだ。

「そうしましょう」と桂城がけろりとした顔で言う。「どこまで進んでましたか」

「フラカンが飛べなくなって」と零。「インバットが代わりに発進していった」

「ああ、そうだった」と桂城。「故障予測が働いて、ゴパル中尉が飛ぶのを断念したんだ」

「なにがあったんですか」と伊歩が気を取り直した表情で少佐に顔を向けた。「故障予測AIはメッセージで警告を発したとか。言葉で警告してくるというのはイレギュラーな事態なんですか」

「通常は」と雰が説明する。「どれそれのユニットが故障する、という表示をするだけだ。複雑なメッセージを発するというのは、それ自体が異常と言ってもいい。AIの故障が疑われる」

「メッセージ内容は」と少佐が言う。「まさしく、それだった。つまり故障予測AIは、自分自身が任務の途上で作動不良を起こすとゴパル中尉に告げてきた。このまま飛べば自分が故障する確率は百パーセント、と」

「絶対壊れる、か」と桂城。「すごい自信だな」

「根拠のない自信だ」と少佐。「それが問題なんだ。というのも、故障予測ユニット自体は故障予測監視対象に入っていない。だから自分は必ず故障する、などということがAIに言えるはずがないんだ」

「ですが、そのユニットもAIも、自己診断機能を備えているのでは？　ふつう、そうでしょう」と伊歩が言う。「セルフチェックで故障を予想するのは正常だと思いますが」

「特殊戦機には無数の機能ユニットとAIが搭載されていて、個個のそれらは田村大尉の言うように自己診断し、故障の発生も予測している。だが、この故障予測ユニットがやっているのは、それら全体が有機的に組み合わされた状態での各ユニットの故障予測だ。それを監視している故障予測ユニットとそれを制御しているAI自体は、監視対象には入っていない。これはある意味、盲点だ。自分自身は見えない。絶対に」

「では、その情報は、フェイクです」と黙って聞いていた丸子中尉が言った。「自分が故障するというメッセージは、あきらかな嘘です。問題は、なぜ嘘をついたのか、でしょう」

「そのとおり」と少佐はうなずく。「しかもすぐにばれる嘘だ。どうしてフラカンのそのＡＩはそんな嘘をつかなくてはならないのか」

「それは、メタメッセージでしょう」と伊歩。「飛ぶな、という警告。あるいは、ＡＩ自体が、飛びたくない、と言っている」

「わたしもそう思った。しかしＡＩには嘘をつく機能は備わっていない。言外にメタ的な意味をこめてメッセージを構築するという能力も、当のＡＩにはない。このメッセージはＡＩ自身の発案ではなく、外部からこのＡＩを操って、綴られたものだ。そうとしか考えられない」

「雪風ですね」と伊歩。「雪風が、フラカンを飛ばしたくなかったのでしょう」

「そう、ゴパル中尉もそう言った。しかしフラカンのシステムに雪風が割り込んだという形跡はない。証拠も見つけられない」

そんなことができるのは、と零は考えながら言う。

「ジャムか、雪風だけだ。ジャムなら、雪風が気づく。ジャムじゃない。雪風だろう。格納庫に駐機している状態で、雪風はフラカンの〈腹を探った〉んだ。おとといフラカンは雪風のフライトを上空から監視していた。その一次情報を雪風は読むべくフラカンの全機能を外部からチェックしていって、故障予測ユニットが壊れることを予想した。そう考えれば説明がつく。そのＡＩは、ほんとうに、ある条件下で故障する。フェイクでもメタ表現でもない。雪風がフラカンを飛ばしたくないのなら、そのＡＩに嘘をつかせるなどという回りくどいことはしないよ。そのＡＩは、今回のフライト条件では自分が故障することを雪風からあらかじめ知らされていて、飛ぶ前にゴパル中尉にほんとうのことを告げたんだ」

「フラカンのフライト条件、任務か」と伊歩。「どういう作戦行動ですか、少佐」

ブッカー少佐は自分でも考えているのだろう、独り言のように言う。

「一昨日の飛行コースをそっくりたどって、雪風が異常な事態に巻き込まれた事件の、いわば実況見分だ」

「あのとき」と伊歩が思い出しながら言う。「フラカンのゴパル中尉は、雪風とバンカーバスターがレーダーから消えたとき、一瞬、故障予測AIが反応した、と言っていた。それから、次元転移爆弾をジャムは使ったのではないか、と。奇想天外な爆弾のことを当たり前のように言うのだなと、とても印象が強かった」

「そうだ」と零も言う。「あのときフラカンの故障予測AIは、フラカンの全システムと周囲の空間とを合わせた大きなシステムを故障予測対象だと感じて、そこになんらかの予兆を感じ取ったのかもしれない。だがすぐに、自己と外部の境界感覚を取り戻して、我に返った」

「そういう実況見分なら」と桂城。「雪風も飛ばして、そっくり再現してみないと意味がないのでは」

だが雪風の飛行は再現できない。瞬時に時空を移動するなどというのは。

意味がないとするなら、雪風を飛ばすか否かという点ではない、と零は思う。

「意味がないのは、インバットを代替に出す、というところだろう」と零は言う。「インバットを飛ばすのは無駄な気がする。フラカンの故障予測AIの異常動作は、あの事件がきっかけになって現在も進行中なのだと考えてもいい。飛行中止せず、あえて飛ばして、予測どおり故障するのかどうかを見てみたいな。当然、雪風も出して、ということになる」

「あるいは今回」と伊歩が零に言う。「インバットの故障予測システムにも、なんらかのエラーが出るかもしれない。なにが起きているのか、わたしたち人間にはわからない以上、真相を知るための行動に無駄はないし、無意味ではない。試行錯誤していかないと人間には真相は摑めない」

「雪風やインバットの知性体は」と桂城が伊歩に顔を向けて言う。「おとといのあの事件の、真相がわかって行動していると大尉は思いますか」

「それも含めて、わたしたちには全貌が見えていない」

「そうだな」と零は伊歩に同意する。「おれは今回のフラカンの件は雪風の仕業だと思うが、どうしてそうしたのかという、雪風の思惑については、想像でしかない」

「コンピュータたちの深層の考えは言語化できない」とブッカー少佐が全員に目をやって言った。「したがって、かれらの判断をわれわれが理解するのは困難だ。どうしてそのように判断するのか、理由を聞いても当のコンピュータにも説明できない場合が多い。言葉で考えているわけではないからだ。しかもコンピュータも判断を誤ることがあるとあっては、お手上げ状態だ。が、それでもわれわれは、かれらなしではジャムとは戦えない。それが対ジャム戦の現状だ」

座が静まりかえる。

丸子中尉のほうに動きを感じて零が目をやると、その海軍中尉は右手を少し挙げて、「よろしいですか」と言った。先ほどとは真逆の遠慮がちな態度だ。「たんなる感想なのですが」

「どうぞ」と少佐が発言を促す。

「わたしには実戦経験がありませんし、このような戦況分析や作戦を検討する場に同席するのも今回が初めてです。それでも、いま話し合われている内容が、ふつうではないというのは、わかります。地球上で起きる紛争や戦争での会議の席上では、このような話題は出ないでしょう。特殊戦は、というよりもＦＡＦは、信頼のおけない兵器でもって戦闘している。いま話題になっているのはそういうことだとわたしには思えます。それでもなお戦闘を継続しているということに、正直なところ、驚きました」

それで、どうなんだと、零は続きを聞きたかったが、そこで丸子中尉は黙った。すこし間をおいて、ブッカー少佐が言った。

「FAFのコンピュータたちは対ジャム戦を続けるうちに、人間の思惑とは独立して戦うようになった。われわれがそれに気づいたのはつい最近だ。これには驚いた」

「おれが驚いたのは」と零が言う。「そういうコンピュータたちが、ジャムとの戦闘を放棄したことだ」

「どういうことですか」と丸子中尉。「みんな故障してしまった、とか？」

「違います」と桂城が説明する。「FAF本部のコンピュータ群は、ジャムは去った、と認識した。つまり、もう戦闘する必然性がないのでなにもしない、つまり機能を停止した、ということです」

「ジャムは消えていない」と零が言う。「戦略を変更し、コンピュータたちには感じられないように行動しはじめたんだ。雪風がそれに気づいた」

「ジャムの目的は」と伊歩が丸子中尉に言う。「地球を食うことだ。たぶん、地球上のあらゆる情報を、食う。ジャムの餌は、情報だ」

「あなたにはそれが〈見える〉というのですか」と丸子中尉は冷静に問う。「あなたの言うことを、地球人が信じたり納得すると思いますか」

「それは、実際にそうなるまで、わたしがなにを言っても地球人にはわからないだろう。あなたにも。でも、わたしはそう感じたし、その直感は正しいと信じている」

「自分の判断を言語化できないという点では、あなたもコンピュータやAIと同じというわけですね」

「そういうことになる」と伊歩は丸子中尉の言葉を素直に認めて、そして訊いた。「丸子海軍中尉、あなたは、ジャム戦はやめたほうがいいと思っているのか。意味がないとか、無駄だとか？」

「わかりません」

「わからない？　自分の考えが、わからないということ？」

「ジャムが、わかりません。それはわたしだけでなく、ＦＡＦの人間もすべて入れた、人類みんなも、同じだと思います。この場に来て、それがわかりました」

また静かになる。

その沈黙を破ったのはリン・ジャクスンだった。

「ジャムの正体は不明ですが、その活動目的については、いくつかの仮説が出されていて、わたしも考えています。ジャムが地球侵攻を狙っている異星体であることは間違いないにしても、地球のなにを狙っているのかについては、わかりません。ブッカー少佐が以前わたしへの手紙の中で指摘していたように、おそらくジャムは人間を人間としては認識していなかったのでしょう。ではどのように認識していたのかという、わたしがこれまで抱いていた疑問に、いま田村伊歩さんが答えてくれたと、わたしは、かなり興奮しています。ジャムにとって人間は、ひとつの情報体なのだ、という仮説です。情報を食う、という伊歩さんの考えは、文字どおりそうなのかどうかは別にして、ジャムの本質を突いているとわたしは感じます。ジャムの活動は、このフェアリイ星の自然環境を破壊し尽くしてきた、という仮説が最近出されました。近年になってようやく、フェアリイ星全体の表面を衛星探査で捉えることができるようになった、その結果です。フェアリイ星の表面は、ほぼ全域、不毛な砂漠です。地球の砂漠はけっこう生命豊かなのですが、この惑星の砂漠は死の世界です。生命活動が一切感知されない。地球と繋がっている超空間通路を中心とした、半径千キロほどのごく狭い範囲だけに森があり、原生動物が生きていますが、遠くない将来、森は消滅し、動物も絶滅するでしょう。すべてが砂になる。それはジャムのせいなのだという仮説は、そのとおり、正しいだろうとわたしは思いますが、そこに、〈ジャムは情報を餌にしている〉という仮説を組み込めば、新しいジャム像が見えてきます。フェアリイ星はジャムの出身惑星ではなく、惑星丸ごとジャムの餌でしかない、つまりジャムは餌を求めて惑星間を移動する〈異星種族〉なのだが、その餌は、物質ではない、というものです。つまりジャムは、いわば、なんでも〈食べる〉ことができる、わたしたちの生命観とはまったく異なる異星体なのだということが、特殊戦によって明らかにされつつある、そのように思えます。わたしはいま、歴史的な瞬間に立ち会っているのかもしれない。そう言えば、みなさんにわたしの興奮が、すこしは伝わるでしょうか」

興奮していると言いつつ、ジャクスンの声はいつもどおりの低めで柔らかいもので、とても落ち着いていた。

地球にいる人間たちにこのジャクスンの考えを聞かせてやりたかったなと雫が思っていると、伊歩が、代弁するかのようなことを言った。

「地球人は、これまでのジャム観を変えなくてはならない。変えることを余儀なくされるだろう。わたしがそうだったように。ジャムのことがわかろうとわかるまいと、ジャムの脅威が消えたわけではない」

「あなたの見解は」と丸子中尉が硬い表情で言った。「本国に伝えます」

「本国、とはね」と伊歩。「海軍ではなく、国か。わたしのFAF送りに対する恩赦を働きかけるつもりなら、むしろわたしを正式にFAFで戦えるよう、極悪人にしてもらうほうがいい。これは真面目な話だ。海軍大臣と直接話ができるあなたには、その力がある。さきほどのあなたへの態度は謝るから――」

「ジャムとの戦争は犯罪者に任せておけるようなものではないということが、理解できました。正規軍の投入が必要です」

「FAFは対ジャム戦の正規軍だ。わたしはここ、特殊戦でジャムと戦いたい。それがかなうよう、あなたに力添えしてほしい。そうお願いしている。よろしくお願いします、丸子海軍中尉。国なら、わたしごとき小者の空軍人事に干渉するのはたやすい」

「わかりました」と丸子中尉は力強くうなずき、そして、ひとつお願いが、と続けた。「それが実現したあとも、わたしとお付き合いいただけますか」

「特殊戦やFAFとの連絡チャンネルの確保だな」と伊歩。「それが条件か」

「わたしの力では大尉の希望を実現させるのは容易ではありません。確約はできない。ですから、あくまでも、お願いです」

「実現したら、わたしは特殊戦の人間になる。その条件を受けるかどうかはクーリィ准将の判断になる」

「そうですね」

「だが、わたし個人としては、その条件を呑んでもいい。わたしとしても地球側の情報は知りたい」

「了解しました。頑張ります。ブッカー少佐、わたしはやはり、一刻も早く帰国しなくてはならない。地球は無防備だということが、よくわかりました。この状況を伝えます。この場に呼んでいただいたことに、感謝します」

リン・ジャクスンのさきほどの言葉が丸子中尉の態度をこうまで変えるとは、これこそ驚きだと零は思う。少佐もそうだろう、感謝はジャクスンさんへ、というような返事を予想したが、違った。実務的な話だ。

「田村大尉の特殊戦への移籍はクーリィ准将も尽力しているので、地球側からも力添えしてもらえると助かります」と少佐は言った。「この件については実は後で触れる予定でしたので、ちょうどよかった」

「特殊戦は田村大尉の飛行技術というより、ジャムが見えるという特殊能力をかっているように思えますが」

「この場ではっきりと言ってしまえば」と少佐が応える。「田村大尉はジャムである疑いがあるため、地球に戻すことはできない。それがいちばんの理由です。田村伊歩という人間にジャムを察知する能力があるのは、ジャムだからだ、という理屈です」

それは桂城彰がフォス大尉に言っていたことだ。

「まさか」と丸子中尉は伊歩に訊く。「田村大尉、あなたはジャムなんですか？」

間の抜けた問いだが、気持ちは零にもわかる。伊歩も真面目に答えている。

「自分では、わからない。でもわたしにとってジャムは敵だ。それは言える」

ブッカー少佐は畳みかけるように丸子中尉に言った。

「今回地球から派遣された部隊やあなたをいまだに引き留めている理由も、そこにある。ＦＡＦは、あなたがたを帰国させることで地球が汚染されることを怖れている。あなたがたはジャム人間かもしれない、という疑念からだ」

「疑惑を晴らす方法はないのですか」

「残念なことに、テスターのようなものは開発されていない。行動を監視して、見当を付けるしかない」

「そんな状況なのに、田村大尉を特殊戦に迎え入れたいという理由が、わたしには理解できません」

「役に立つなら、なんでも使う」

少佐は会議向けの顔ではなく、零たち部下にいつもみせる態度で、丸子中尉に言った。

「ジャムに対抗するにはそうするしかない。信頼のおけない兵器でも、それなしでは戦えない。危険な兵器といえば、田村大尉よりもさらに危険な存在が、特殊戦機の雪風だ」

「本題に戻りましょう」と伊歩が少佐をうながした。「先を続ければ丸子中尉も雪風の特殊さがわかってくるかと思います」

「雪風の特殊さか。そうだ、それを伝えなくてはならない。それがこのミーティングの本題なんだ」

そうブッカー少佐は言って、口を閉ざした。それから、デスク表面をタップする。

情報分析室の、その大きなデスクの表面が明るくなった。全面が情報表示ディスプレイだ。少佐のタップ操作で、各自の前に個人向けのモニタ表示が表れた。そこに、数字とコメントの列が出た。二列。

「これは、おとといの雪風の行動を時系列で表示したものだ」と少佐が説明する。「左が雪風自身の情報、右が、二人の乗員の報告によるものだ。数字は見てわかるとおり、時刻だ」

だれもが黙って、少佐の言うことを聞いている。

「雪風の情報というのは、ようするに雪風が体験した事柄の記録だ。右は、人間が体験したこと。いま表示されている部分は、どちらもバンカーバスターを追って移動した体験の記録だ。雪風も乗員も同じことを体験した。その事実そのものには齟齬はない」

だが、よく見てほしい、とブッカー少佐は続けた。

「雪風の感覚では、バンカーバスターを追撃している最中の時間経過に切れ目はない。一方、深井大尉と田村大尉の報告によれば、移動はほとんど瞬時だった、とある。雪風の情報によれば、これは錯覚だ。雪風は一定の時間をかけてフェアリイ基地上空に達しており、燃料の消費もその移動時間に見合う消費量を記録していた。つまり、機械である雪風と、乗員の人間の感覚との間に、齟齬が生じている。バンカーバスターの追撃には十分以上のミリタリー出力による飛行時間が記録されており、客観的には、その雪風の記録が正しいと判断できる」

「十分以上って」と伊歩。「まさか」

「おれたちは気を失っていた？」と零も信じられない。「二人そろって？」

「原因不明だ」と少佐は言った。「真相は不明だ、というべきだろうな。わたしは、人間の感覚のほうを信じたい」

「そうだとすると、どう考えればいいのか」と伊歩。「雪風が、時刻と燃料消費の数値を偽った？」

「機内時計は実際に十分ほど進んでいた。FAFの基準時計からずれることなど、通常、ありえない。燃料も実際に消費されている」

「あのときおれたちは」と零は考える。「瞬時に移動した。でも、そうではない、と雪風はおれたちに知らせているのだとしたら、それこそメタメッセージだろう。時計を細工し、記録に齟齬が出るように画策した。消費されたという燃料は、機外に放出されたんだ」

「緊急放出された記録は残っていない」と少佐。

「では、雪風は、実際に十分以上飛行した？」と伊歩。「時計が進んでいたのも、本当にそうなのか？」

「なにもかも、つじつまが合わない」と少佐。「メタメッセージだとしてもおかしいだろう。雪風はなぜ、瞬間移動したのではないと、われわれに思わせたいんだ？　そもそも燃料はどこに消えたんだ。零、どう思う」

「強引につじつまを合わせるとすれば」と零は、考えた末に言う。「われわれは、雪風とは別個に移動したんだ」

この現象はつまり、こういうことだ。

——雪風は、おれとは違う現実を生きている。

雪風の世界がどういうものなのかはわからない。だが、これはいまに限ったことではなく、明白な事実だと、零は思った。

なるほど、とブッカー少佐はうなずき、そして言う。

「それは合理的な考えだ、深井大尉。実用的な解釈と言うべきだろう」

「搭乗員と機体が別個に移動するなんて」と丸子中尉が少佐を責めるような口調で反論する。「そんなことができるはずがない。そんなのは言葉の上での空論、実のないレトリックでしかない。そんな解釈で納得するなんて、おかしいです」

「いや、ぼくは納得した」と桂城が全員に向けて言った。「雪風も乗員二人も嘘をついていない。だとすれば、深井大尉が言うように解釈するほかない。そんなことができるはずがないというような批判は、この際、関係ない。いま肝心なのは、雪風を信じられるかどうか、だ。深井大尉は雪風に絶対的な信頼をおいている、というのがわかる」

「戦闘機乗りとしての実戦的な解釈だよ、丸子中尉」と伊歩も言う。「雪風は危険な兵器だが、深井大尉や桂城少尉にとっては信頼できる愛機だ。信頼していなければ戦えない」

「だからといって」と丸子中尉は反論する。「この現象の理解に通じるわけではない。非現実的な解釈では前に進めない。ジャムとは戦えないでしょう」

「理解の手がかりにはなる」とブッカー少佐が丸子中尉に応えた。「雪風の体験、すなわちそれらのセンサや計器類が記録した内容は、そのまま、まったく正しいのだと信じることが、この現象を解明するための第一歩だ。桂城少尉の言うとおりだ。雪風は人間を試そうとしたり、嘘をついたりはしない。それは確かだ」

「ほんとうに確かなんですか？」

「間違いない。雪風の敵はジャムだ。人間ではない。だから人間に対して欺瞞操作をする必然性を持たない。もし、そのような行為が認められるときは、雪風はジャムに操られているのだとわれわれは解釈することになる」

「雪風がジャムに操られるということは」と丸子中尉が少佐を試すような口調で言う。「雪風がジャムになるということでしょう。そのような危険性があることを認識しつつ、特殊戦が雪風を信じ続けられるのは、なぜなんでしょう。わたしには、そこがどうしても、わからない。納得できないのです。わたしが戦闘機を知らないからだと田村大尉は言っているようですが、わたしを含めた一般人にはわからない、ということでしょうか」

「われわれは」と少佐は応える。「雪風のほうが、〈人間はジャムだ〉と判断しているのかどうかを、つねに警戒していなくてはならない。雪風もわれわれ人間も、相手を警戒するという点では対等だ」

「雪風が人間をジャムだと判断する？」と丸子中尉は言い、その自分の言葉に驚いた表情を見せた。

「互いに相手をジャムだと疑うことができるという点で対等だから、雪風を信じられるのだと？」

「いまのところ雪風は、人間がジャムかどうかを判定する手段を持っていない」と少佐が言う。「われわれはそのように信じるしかない」

「それは、信じていないということでしょう。雪風は信頼できない存在であると――」

「丸子中尉」と伊歩が発言を遮って、言う。「あなたのその感覚こそ、言葉の上での空論から生じたものであり、非現実的な的を外れた不信感だとわたしは思う」

「どういうことでしょうか」

「雪風という戦闘機は、実際に乗ることも、手で触れることもできる。いまから会いに行くこともできる。その内部の機器にアクセスすることができるし、故障箇所も診断することができる。いまそこに、実際に、あるわけだよ。現実に目の前に存在し、触れることができる。その事実は、あなたにも疑い得ないだろう。雪風はたしかにそこにいる、だから信じられる。そういう次元の話だ。あなたも雪風に実際に手で触れたり、乗ったりすれば、わかる。雪風が信頼できる相手であるかどうかは、言葉ではなく身体で感じ取るしかないのだ、ということがわかる。この感覚は、言葉では伝えようがない。だからあなたがいくらブッカー少佐に食い下がっても、納得のいく答えは得られない。時間の無駄だ、中尉。少佐も困っている」

丸子中尉は黙る。そうして、また場が静かになった。

みんなそれぞれ勝手なことを言っていると雫は思う。各自の発言内容は理解できた。言っていることはそれぞれの立場において間違っていない。しかしどれも、自分の思いとはずれていると感じた。

雪風と自分は異なる世界を体験している。

――それが、この現象により自分にわかったことだ。

強引なつじつま合わせから導き出された解釈とはいえ、いったん思いついてしまえば、この解釈は疑い得ない事実だと感じる。

――いままで気がつかなかったのが不思議なくらいだ。

そんな自分は、これまでにない新たな世界認識を獲得したと言うべきだろう。自分が摑んだこの事実を、この場の人間は認めているようでいて、わかっていない。

「われわれ人間は雪風とは異なる世界、違う事象を体験していながら、行動を共にすることができる」と零は自分の考えを言う。「それこそ奇跡ではないか。なぜそんなことが可能なのか。普段は同じ体験をしていると感じていて、それを疑いもせず、雪風や戦闘知性体を兵器として使っていられるのはなぜなのか」

この場の話の流れを無視した発言なので、自分の考えを汲み取った上での返事はないだろう、それでもかまわないと零は思ったのだが、予想は外れた。

リン・ジャクスンがすぐに口を開いて、こう言った。

「深井大尉、あなたは、よりジャムに近づいたようですね」

「ジャムになりつつある、ということか」と言ったのは桂城だ。「雪風と飛んでいるとそうなるということですか、ジャクスンさん？」

「それは、あなたの考えだろう」と伊歩が呆れたように桂城を見て言った。「ジャクスンさんはジャムを取材する目的で雪風や深井大尉に接しているわけだから、わたしたち現場の人間とは目の付け所が異なる。ジャムに近づく、というのは、ジャムの正体に一歩近づいたとか、そういう解釈をするのが常識というものだ」

桂城と伊歩のやりとりをよそに零はジャクスンと目を合わせてうなずくと、相手からは微笑みが返ってきた。

「そうなんですね」と零はジャクスンに言う。「雪風がわかるというのは、ジャムに近づくことなんだ。自分はいましがた、雪風は人間とはまったく異なった世界にいるのだ、ということに気がつきました。われわれが感じ取っている雪風というのは本来の雪風とは異なるのだ、ということです。でも雪風はなにも変わっていない。変わったのは、おれ自身の世界認識だ。それがいままでとは違う。たぶん、ジャムに近づいた。これまでよりジャムを発見しやすくなった気がします」

「あなたを介して、ジャムにインタビューできる日が来るかもしれない」とジャクスンが期待の眼差しで応じた。「あなたと雪風、そして特殊戦の進化に期待しています。思い切って来てよかった。ここフェアリイ星に来るまでは、ジャムに直接取材をするというのはわたしの理想にすぎず、現実的には無理だと思っていました。でもわたしの経験からいって、希望を持ち続ければ理想は実現するものです。さきほども言いましたが、わたしはいま、対ジャム戦における歴史的な瞬間に立ち会っているように思います」

みながまた沈黙する。緊張した静けさだ。

零は自分の問いかけに対する、自分なりの考えを言おうと口を開きかけたが、それよりさきに、丸子中尉が控えめな口調で、いいでしょうか、と言った。ブッカー少佐が無言でうなずき、発言を促す。

「深井大尉のいまの話は、人間中心主義を脱却しないかぎり雪風を真に理解することはできない、ということかとわたしは理解しました。また、ジャクスンさんの考えについては、深井大尉の問いかけは雪風と人間の関係だけでなく、ジャムと人類との関係を問い直すものになっている、ということだと思いますが、このわたしの理解がどうであれ、いずれにしても観念上の話であって、現実問題として雪風やジャムの有り様がその観念で変わったり、それらの問題に物理的に対応できるというものではない。それこそ、深井大尉やジャクスンさんの個人的な思いつきであり、考えにすぎないのではないでしょうか」

「わたしはそうは思わない」と伊歩が冷静に言う。「深井大尉のいまの問いかけは、あなたが言うように、聞きようによっては哲学的で観念的なものに感じられるだろうが、そうではない。わたしも雪風に乗っていてこの現象を体験したわけだが、いま深井大尉に言われて、なるほど、たしかにそうだと実感できた。これも身体的な感覚なんだよ、丸子中尉。戦闘機乗りでなくても深井大尉の問いかけている疑問については、頭ではなく実感として共感できるはずだ。ジャクスンさんは、わたしよりも深く、深井大尉の問いの答えを摑み取ったのだと、わたしは思う」

「いや、でも」と桂城が伊歩に言った。「ぼくは丸子中尉の言っていることにも一理あると思う。雪風と人間は異なる世界を体験しているのだと深井大尉は指摘したわけだけど、それを客観的に、物理的に示す、その証拠というか、物理的な根拠がない限り、その発言は深井大尉の個人的な感想にすぎない。つまり、対ジャム戦や雪風の理解に向けて、なにをどうすればいいのかという、現実上の問題解決には繫がらない」

「物理的なエビデンスなら、ある」

そう言ったのは、ブッカー少佐だった。デスク表面の全面ディスプレイの表面を右手の中指でコツコツと叩いて、続けた。

「この雪風の体験記録だ。これをこのまま信じるならば、深井大尉の言うとおり、われわれは世界認識を改めなくてはならない。いままで雪風と一緒に行動できてきたことこそが奇跡なのだという感想は、雪風ドライバーとしての深井大尉ならではのものだろうが、わたしはそれを聞いて背筋がすこし寒くなった。雪風の危険性の本質は、ここにある。わたしはそれを身体的に実感した、ということだろう」

「雪風を信じるのはいいとして」と、桂城がすこし間をおいてから、少佐に言った。「現実問題として、雪風と深井大尉たちが別個に移動した、というのは、どうなんでしょう。通常はあり得ない。この現象時には、雪風の機体はジャムの超空間内に囚われていた、そのせいだ、とは考えられます。しかし深井大尉の言っているのは、通常のこの現実空間でも雪風とわれわれは別別に移動したり考えたりしている、ということなんでしょう。どうしてそんなことが可能なんですか」

「だから」と伊歩。「深井大尉は、どうしてそんなことが可能なのかと、われわれに問いかけているんだ」

「ああ、そうか」と桂城。「なるほど。これは難問だな」

「意識の問題だと思う」

零は桂城に目を向けて言う。自分が思いついたことをあらためて考えつつ、言葉にしていく。

――世界は、認識の仕方によって変容する。換言するなら、認識が世界を生じさせている。世界を認識することを可能にしているのは、〈意識〉だ。意識とは、あらゆる種類の主観的な体験を感じさせることを可能にしている、その個体に備わった能力のことだ。雪風には、それがある。

零の視線は桂城に向いているが、意識上はなにも見ていない。

「雪風もわれわれ人間と同じく主観的な体験をしていて、その主観でもって世界を解釈している。それはつまり、雪風には意識がある、ということを意味する。意識というのは、あらゆる主観的な体験のことをいうのだ、という定義からすれば、雪風に意識があるというのは否定できない。その雪風の意識世界が、こちらとは違う。おれたちは、つまりおれと雪風は、別個の世界を生きているのだ」

「じゃあ、別個に移動するというのは、移動していると意識している、その意識の仕方が雪風と大尉とでは違う、ということですか」

「そうだ」と零は桂城に応える。「世界を生じさせているのは、意識だ。感覚器とコミュニケーション能力がある物体にはすべて意識がある。しかし種が違えば世界も異なってくるのは当然だ。雪風やコンピュータ群のそれと人間のとでは、植物と動物の世界よりもはるかに大きな違いがあるだろう、という予想はつく」

「なんだ」と桂城。「そういうことか。それならわかる」

「物理的に別別のルートをたどって移動した、という意味ではないわけですね」と丸子中尉も桂城に賛同して、言う。「そういうことなら、雪風がわれわれとは違う世界にいるというのは当たり前のことで、言われるまでもなく、わかります」

「あなたはまったくわかっていない」と伊歩がすかさず反論した。「深井大尉が主張しているのはその点ではなく、異なる意識を持ちながら世界を共有できることの不思議さについてだ。雪風や、FAFのコンピュータやAIが、人間とは異なる意識を持っているのは間違いない。それでも対ジャム戦の遂行という同じ行動をとることができる、それこそ奇跡だ、と大尉は言っている」

「雪風もFAFのコンピュータも」と丸子中尉は言う。「ジャムと戦うために作られたのですから、FAFの人間と行動を共にできるのは当然かと。そのように作られたのではないのですか？」

「なんとなく、わかってきた」と桂城。「丸子中尉、深井大尉はそんな単純な話をしているのではないんです。ジャムから、『われは、去る』と聞かされたFAFの司令部コンピュータたちは、哲学的に死んでしまった。勝手に戦闘を放棄したわけです。兵器のくせに。でも雪風や特殊戦のコンピュータたちは、そうはならなかった。司令部のコンピュータたちと特殊戦の戦闘知性体との違いは、おそらく一つしかない。特殊戦以外の戦闘知性体は人間の意識動向に関心を持っていない。雪風は、乗員の存在を意識している。ぼくと深井大尉は地球から帰投したときフェアリイ基地の様子がおかしいことに気づいた。雪風はそのぼくらの疑念を信じたんだ。そのとき基地のコンピュータ群は戦いをやめていた。雪風はそれを知りつつ、戦いを継続した。ぼくらの意識を読み取ったからだ」

「そう、そうだった」と零は、考えていることをみなに向けて言う。「雪風は、搭乗する人間の意識を共有する手段を構築しているに違いない」

「わかります」と桂城が言った。「ぼくらが雪風の思惑を探ろうとしているのと同じく、雪風のほうでも、こちらを探っている」

「互いの世界認識をそうすることですり合わせているんだ」と零は桂城と目を合わせて、言う。「思惑を探るというのは、相手の意識状態を捉えることだ」

「それこそ、証拠が必要かと思います」

丸子中尉が、あくまでも懐疑的な態度を崩さずに、そう言った。

それは、そのとおりだと零は思う。

雪風は、人間のジャム観を知りたいと思っている。それにはまず、乗員の意識を捉えることから始めるだろう。

「雪風は」と零は顔を上げ、全員に向かって言う。「人間とコミュニケーションを取ることはすでにできている。そのように設計されているからだ。対人コミュニケーション・システムで言葉でのやり取りができる。だが、もっと深いレベルで、雪風は人間の思惑を探ろうとしている。乗員の意識の内容をなんらかの手段で捉えようとしている。言葉のやり取りでは摑めないこちらの真意や思惑を探ろうとしているわけだが、そのような機能は本来雪風には備わっていない。だから、あらたに作ろうとしているに違いない。もしくは、すでに作られている」

「腹の探り合いだな」と桂城が言う。「雪風の〈顔色〉を探るために操縦席に乗った、あのとき、雪風はぼくの心拍モニタのカウント音を出してきて、ぼくの気を引いてきた。こちらの注意をひくにはいい方法だと思ったが、いま深井大尉の話を聞いて、あれはぼくの腹を探ろうとする行為の一環だったのだと、腑に落ちた。血圧や呼吸数などをモニタするシステムを利用して、こちらの意識を捉えようとしているんだ。深井大尉の言うとおり、雪風は人間の意識、つまり主観的な体験の内容を探るための方策を、あれこれ試している。人間意識を探知するためのプログラムを試行錯誤で組んでいるに違いない。それが見つかれば丸子中尉も納得するはずだ。物的な証拠なんだから。そうでしょう、丸子中尉」

そう桂城に言われた丸子中尉は曖昧に首を左右に振って、なにも言わない。この話題にはもうついていけないという意思表示に違いない。

零は丸子中尉を横目で見ながら、雪風が作ろうとしているものについて、想像を巡らす。それは桂城少尉が言うようなプログラムといったソフトウェア上での試行錯誤では留まらないだろうと零は思う。

「おれと雪風は、意識が一致するところで、世界を共有できる。人間のおれのほうは、雪風の意識内容を想像することでその共有世界に入ることができる。では雪風は。雪風は、人間の意識のシミュレーションを試みるだろう。そのようにして人間の意識世界を自意識の内で共有しようとする。そのための専用ハードウェアがあれば高速かつ効率的に実行できるが、もとよりそんなものはない。ならば、自ら作るしかない。おそらく雪風は、桂城少尉が言うように乗員の身体モニタ・システムの情報を利用して、人間の意識内容を捉えるための新しい回路を組んでいる。いわば、対人意識共有システムだ」

「ありますよ、そういう回路」と桂城も納得の口調で言う。「ぼくはその新システムにおける最初の対象者になったんだ。こちらの意識を探られたのかどうかまではわかりませんが、あのとき、いままでにない新しい機能を雪風が試したのは間違いない」

「ブッカー少佐、ここから雪風の内部にアクセスできるだろう」と零も言う。「探そう。どういう働きをしているのかわからない、これまでになかった回路がどこかにあるはずだ。時間をかければ、絶対に見つかる。おれがやる」

　すると少佐は「その必要はない」と言った。

　拒否されるとは思っていなかった零は、返す言葉を思いつかず、黙った。

「どうしてです」と桂城が少佐に抗議する。「やるべきです」

「それらしき回路は、すでに見つかっている」と少佐が応える。「今回雪風の搭載機器を詳しく調べた結果、非常に冗長な回路網が発達しているのを発見した。雪風の機内時計が標準時からずれていたのは、その正体不明の新生回路が干渉したせいかと疑ったが、そうではなかった」

「その回路でなにをやっているのか、わかったのか？」と零。

「正確なところはわからない。発見当初は、まったく見当もつかなかった。コミュニケーション・システムと繋がっているのは確認できて、件《くだん》の回路網の中で乗員の通話内容や身体モニタの情報が利用されているところまでは、わかった。その新回路網がいつアクティブになったのかという情報がＡＴＤＳの記録に残っていたので見てみると、桂城少尉が機上にいて、雪風と会話していたときだった。それがわかったので、その新しい回路網の働きについて、見当がついた」少佐は一呼吸置いて、続けた。「あれは、対人ＡＴＤＳだ」

「そういうことか」と零。「雪風は、自分に設定されたＡＴＤＳを真似て、人間の思惑を探るＡＴＤＳを自ら組み上げたんだ」

「わたしもそう考えた。しかし雪風のそれは、単に人間がなにに注目しているのかを探るためのものではない。われわれが雪風に設置したＡＴＤＳよりも、もっと深いレベルで雪風は人間の思惑を探ろうとしているように見えた。しかし具体的に雪風がなにをしようとしているのか、どうしてそんなことを雪風がしなくてはならないのか、その目的が、不明だった。わたしには考えつけなかったんだ。その疑問が、いま解けた。あれは深井大尉が言うように、人間の意識を探って自分の意識と同調させるべく発達させた回路網だ」

「それが事実だとして」と丸子中尉が言う。「人間の意識を知ることで、雪風はなにをするつもりでしょう。その新しい機能を、なんのために使おうとしているのか」

「そんなのは決まっている」と零が答える。「ジャムと戦うために人間を利用する、そのためのシステムだ」

「それでは身も蓋もない説明です」と桂城が零の言葉を補足して、丸子中尉に言う。「雪風はジャムに勝利するため、人間と共闘することを決意した、ということですよ」

「そうだ」とブッカー少佐が言う。「雪風は、ジャムとの戦いには人間の主観的体験の情報が必要だと気づいた。そこで、言葉でのコミュニケーションではない、意識レベルでの対人情報交換システムを独自に組み上げたのだろう。そのように解釈するなら、雪風のほうも、自らの思惑をこちらに伝えるような機能を追加している可能性がある。深井大尉の指摘が正しいのなら、そうなる。新しく形成された新システムの機能を、詳しく調べよう」

「雪風のＡＩ回路には、自己増殖機能があるということでしょうか」と、また丸子中尉がブッカー少佐に訊く。「独自に回路網を組み上げる、というのは、実際にそういう回路基板を機内で作っているということですか」

「そう」と少佐が答える。「分子構造を変化させたり、微小回路を光学的に形成したりと、いくつかの手法で独自の回路を作る機能を中枢コンピュータは持っている。それら回路がなにをしているのかは、われわれには基本的に知りようがない。既存の機能を改善しているのか、まったくあたらしい働きをするものなのか、どちらかだ」

「人間にはコントロールできないということですね」

「だれからも干渉されずに自己改良していくために用意された部位だから、人間がコントロールしたら意味がない」

「危険です」

「雪風の危険性については」と零が少佐の代わりに言う。「なんども説明している」

「そもそもこの議論は、雪風の危険性について、あなたに説明するところから始まったんだ」と伊歩。

「よくわかっただろう。戦闘機乗りではないあなたにも、その危険性が実感できたわけだ」

丸子中尉は反論しない。

「雪風の危険性の源は」とブッカー少佐が自分自身に言い聞かせるように、言う。「この点にある。雪風の思惑は人間にはつかみ取れていない、という事実だ。あらためて、その危うさがわかった。現在進行中の雪風の思惑を探る仕事の重要度を一段上げて、調査・分析タスクの見直しをする必要がある」

零は、少佐が話しているのを聞きながら、考える。

そもそも雪風が独自に発達させた回路網というのは今回が初めてではないし、それらがなんのために作られたのかは、すぐには知りようがない。だが今回は、いままでになかった回路網の存在をすぐに察知することができ、しかもそれは〈対人ＡＴＤＳ〉だと少佐が言ったように機能についても簡単に予想できた。

雪風のほうからＡＴＤＳを使ってその回路の存在を人間に知らせてきたおかげで、わかったのだ。

雪風の思惑を探るために設置したＡＴＤＳという装置を、雪風のほうから積極的に自分の意思表示のために使用したことになる。

今回雪風が作り上げた回路網というのは、このＡＴＤＳを〈意識共有〉装置として利用するためのインターフェイスとして機能しているようだ。初期のＡＴＤＳよりも詳細な内部動向がわかるように自己成長しているに違いない。

「少佐」と零は意識をブッカー少佐に向けて、言う。「ここから雪風のＡＴＤＳを呼び出せるだろう。アクセス許可をくれないか。雪風はこの部屋の、おれたちの会話も聞いていると思う」

「深井大尉の行動を追跡している」と桂城が言った。「大尉の行くところで、だれと、どういう会話をしているのかを探っている。たぶん、そうだろうと思います。だから、いまの話も雪風は聞いている。ぜひとも、雪風の感想を聞きたい」

ブッカー少佐はすでに手を動かしている。デスクのディスプレイ面が暗くなり、新たな画面が出た。

各自の目の前に雪風のＡＴＤＳ表示が現れる。

「丸子中尉とジャクスンさんは画面に触れないでください」と少佐が命じる。「いま出ているのは、雪風そのものです。勝手に触れるのは危険です。いいですね？」

「了解です」と短く丸子中尉。緊張している。

「わかりました」とリン・ジャクスン。興味深そうな表情だ。

零はＡＴＤＳを機器のエネルギー消費変動率を示すモードにして、結果を棒グラフ表示させる。見慣れない機器がトップにきた。名称は、ＮＣＮ１０２２。

「こいつが、新生回路ですね」と桂城。

「まず間違いない」と零。「この会議が始まったころに作働を開始していて、いまも稼働中だ」

ＡＴＤＳ自体の稼働状況を調べる。モードをリアルタイムエネルギー消費量順のものに切り替えた。予想通り、トップにＡＴＤＳが出た。いっぽうＮＣＮ１０２２のエネルギー消費量の絶対値は微小だ。表示リストをスクロールしていった一番下に、表示されていた。ほぼゼロに近い。そのような値の機器は他に表示されていない。そもそもＮＣＮ１０２２などというものはＡＴＤＳの監視対象には入っていない。これが表示されているのは雪風の意思だろう。このＡＴＤＳを、自分の思惑を知らせるために使っているという、その証拠だと零は判断する。

「こちら深井大尉だ。雪風、応答しろ」

音声やメッセージでの返事はない。だが、画面の表示に変化があった。コミュニケーション・システムのエネルギー消費が跳ね上がってトップになった。

「雪風、なにが言いたいんだ？」

すると、跳ね返るように返事がきた。ＡＴＤＳの表示が自動で消えて、メッセージが表示される。ただ一行だ。

〈request a sortie〉

出撃を要請する——まるで怒っているかのようだと零は感じた。

「雪風は、おれに早く来いと言っている」

零は椅子から立って、少佐に言う。

「待て、早まるな」と少佐が少し慌てた口調で零を制する。「雪風の出撃は予定していない。この状況で飛ばすわけにはいかない」

「雪風は、おれに出撃しろと言っているんだ。つまり、雪風の機上に来い、と言っている。飛ぶか飛ばないかは、そこでの状況次第だ——」

「追伸があるぞ」と桂城が言う。

「これは、外部からの出撃要請だ」と伊歩も画面に目を落として、言った。

零もデスク面を見る。メッセージが書き換えられている。

〈request for sortie〉

出撃の要請あり。

これは伊歩の言うとおり、雪風を出撃させろという要請がどこからか来ているということだろうと零も解釈した。

「おれは雪風に向かう。少佐、いいな」

ブッカー少佐は迷わなかった。即断する。

「深井大尉、フライトスーツを着用、フル装備で雪風に向かえ。桂城少尉、フライトオフィサだ。零に続け。わたしは、雪風の発進準備をさせる」

「なにが起きているのですか」と丸子中尉。「会議は終了ですか」

「この件が落ち着くまで中断する」と少佐も立つ。「この場は解散します。また後日、あらためて時間をつくります」

「出撃要請は、いま作戦行動中のインバットからかもしれない」と伊歩が言う。「インバットに異変が起きそうな気がする」

「すでに起きている」と少佐が伊歩の背後の司令室に視線をやる。「田村大尉はわたしに同行するように。ジャクスンさんと丸子中尉は、司令室から退室願います。急いで。桂城少尉、お二方を途中まで案内するように」

「イエッサー」

零は一足先に、司令室の空間に出た。正面の大スクリーンにインバットの航跡が表示されている。異常はないように見えたが、作戦行動中の戦隊機をフォローしている司令部要員の二人がインバットを呼び続けているので、なにかあったのだ。

立ち止まって詳細を確認する必要はない。雪風に乗ればわかる。

来たときには予想もしなかった退室の仕方だと思ったが、その思いはすぐに打ち消された。自分は、こうなるであろうことを心のどこかで予期していたようだ。意外な展開になったとはまったく感じていない。

この感覚は、まさしく雪風と意識を共有しているかのようだと思いつつ、零は雪風に向かって駈けた。

衝突と貫通

雪風より先に、まずレイフが発進していく。重武装だ。自機を守るための高機動型と超高速型の短距離空対空ミサイルを各四発と援護用中距離ミサイル二発のほかに、一度も実戦で使用されたことのない長距離超高速ミサイル・LRHM1を二発搭載している。

いつもは短い滑走距離で軽軽と離陸し急角度で戦闘上昇していくレイフだが、今回はまるで旅客機のように優雅な離陸だ。初めて装着した重量級のミサイルのせいに違いない。LRHM1はブースター付きなので長くて重い。

その様子を横目で見ていた零は、あのミサイルはレイフにとっての牙ではなく獰猛な狼の攻撃性を制限する口枷のようなものだと思う。あれを着けているせいで、機動力も速度も殺《そ》がれてしまう。

「あんなミサイルをFAFが開発していたなんて」

後部席の桂城少尉がプリフライトチェックの手を止めて、零に言う。桂城もレイフの発進を見ていたのだ。

「知らなかったな。特殊戦以外の部隊でも使われたことはないでしょう」

「製造されたのは千発ほどだとブッカー少佐が言っていた」と零。「実戦で使用された例はないそうだ。——機内通話状態には問題ないな。フェイクでないか、確認しろ」

「チェック、オーケー。お互いの話の内容が、肉声で話しているものと同じであることを確認した。異常なし」

通話内容が発話者の発言とは違う内容に変換される可能性を零は指摘したのだが、桂城少尉はその意図を正しく捉えて、返答してきた。

「雪風の異常を見逃すなよ」

「了解、わかってます」

「雪風はいま、レイフの発進状態をモニタしていた。FAFで初めて実戦投入されたLRHM1に興味があるんだ」

「あの馬鹿でかい空対空ミサイルは、性能諸元からして、ジャムの空中司令機や空中空母を一撃で撃破するために造られたんでしょうが、そもそも、そんな目標は存在しない。どういうつもりで造ったんだ」

「いずれジャムもバンシーのような空母を投入してくるということで開発されたのだろう」

「その目論見は外れたわけだ。いまや無用の長物だ。だいたい、特殊戦の任務からして、あんな足の長いミサイルは必要ないでしょう。どこに仕舞ってあったんですか」

「FAFにはいま現在、あのミサイルはどこにも存在しないことになっている」

「どういうことです」

「地球の軍事大国らは、長射程のミサイルをFAFが保有することを危惧し、開発中止を求めてきた。FAFとしては、対ジャム戦略兵器として必要だとし実用化を推し進めて、千発ほど量産したのだが、有用性を証明する機会は訪れず、廃棄処分せよという地球側の圧力に抗しきれなかった」

「だから本来、あれは残ってない、か」

「公式には存在しない」

「政治的問題は政治的に解決されたということだな」

「ＦＡＦではあれを超高速中距離ミサイルに改造して実戦投入し、すべて消費したと、書類上はそうなっているそうだ。おまえの言うとおり、政治的解決というやつだな」

「現物は、特殊戦が隠し持っていた、と」

「ブッカー少佐の話によれば、中距離型に改造する仕事の一部を特殊戦は請け負ったのだが、改造作業には取りかかっていなかった、とのことだ。もとより改造する気などなく、そのまま自分のものにしたんだろう。特殊戦は二百発のＬＲＨＭ１を保有しているとのことだが、クーリィ准将の許可なしではそんなことはできない。准将の指示だろう。特殊戦が引き取らなかったほかの八百発は実際に改造されたようだが、詳細はおれにもわからない」

「クーリィ准将は、いずれ頭の硬い地球の連中にあれをぶち込む日が来ると思っていたに違いない」

「なるほど」と零は感心する。「そういう見方もできるな。もしそうだとすると、准将の考えの射程はおそろしく長い。あのミサイルが実用化されたのはおれが特殊戦に配属される前のことだ。そのときからクーリィ准将は、ジャム戦を遂行するにはいずれ地球の干渉に実力で対抗する必要性が出てくると思っていたわけだ——」

と、いきなり零と桂城の耳にブッカー少佐の声が飛び込んでくる。

『無駄口を叩いていないで、雪風のチェックに専念しろ』

雪風の機体にある機内通話ジャックに差し込まれた、ヘッドセットからの声だ。

「やっている」と零。

「手は休ませていません」と桂城。「オールコーションライト、クリア。すべて異常なし、です」

「雑談も雪風の反応を見るために必要だ」と零。「無駄口じゃない」

『雪風は早く飛びたくて苛苛しているはずだ』と少佐の苛立った声。『どうなんだ？』

「あー」と桂城が答える。「雪風にそのような徴候は認められません、サー」

「雪風はレイフに関心を向けている」と零も言う。「レイフそのものではなく、ＬＲＨＭ１を気にしているのだろう」

『雪風がＬＲＨＭ１の、なにを気にするというんだ。本作戦にあれを投入しろと要求してきたのは雪風自身なんだぞ。先ほどのブリーフィング時に、なんども説明したはずだ』

「雪風はあのミサイルの存在を知らなかったはずだ。雪風に入れ智恵したのは特殊戦司令部の戦略・戦術両コンピュータだろう。雪風は試射した経験もない。雪風はおそらく、あれが実際に使えるものかどうか、懐疑的だ」

「ぼくもそう思う。自分では着けないでレイフに渡す、というのが雪風の気持ちをよく表している」

『雪風にＬＲＨＭ１を装着しないのは、航続距離を伸ばすためだ。それもなんども説明した』

雪風は落下分離型の巨大な増槽を装着している。メイヴの機体にそのようなタイプの外部燃料タンクを装着するのは初めてだ。メイヴには機体密着型の増槽が着けられる設計になっていて、通常、搭載燃料を増やしたい場合はそれを使う。

今回の任務はなにもかも、イレギュラーだ。作戦目的、立案、装備選択、詳細な任務内容などなど。すべての責任を負うブッカー少佐の大変さは零にも理解できる。

「オーケー、少佐」と零は応答する。「早く飛ばしたくて苛苛しているあなたの気持ちはよくわかった。苛立っているのは雪風ではなく、あなたのほうだ。落ち着け、ジャック」

「いつでも出られます、ブッカー少佐」と桂城も言う。「しかし、雪風の態度がいつもとすこし違う気がする。深井大尉が言うように、雪風は本作戦に懐疑的なんだと思います」

それを受けて、零もブッカー少佐に言う。

「この出撃は、インバットからの報告を受けて特殊戦の戦闘知性体たちが急遽立てた作戦によるものだ、少佐。あなたやクーリィ准将が熟考したうえでのものではない。いま雪風を観察したところでは、雪風は他の特殊戦のコンピュータたちの判断に対しても信頼をおいていない」

機外のブッカー少佐は少しの間をおいて、言った。

『雪風が他の知性体の束縛を嫌っているというのは、いまに始まったことではない。雪風は生まれたときから暴れ馬だったたし、それを手なずけたのは、おまえだ、零。いいだろう、おまえの好きなように、飛ばせ』

「なにが、いいって?」と零。「意味がわからない」

『わたしは、特殊戦の戦闘知性体の判断はつねに正しいものとして疑ってこなかった、ということにいまのおまえの話で気づいた。人工知性体たちはどのように考えて判断を下しているのかという、その思考内容については、われわれ人間には謎だ。かれらも言葉では説明しない。できないからだ。雪風の思惑がわからないことと、まったく同じだ』

「なにを、いまさら」と零。「頭だけで考えているコンピュータたちの考えなんぞ、雪風を相手にするより、さらに意味不明だ。あれに比べれば雪風の考えなんか、手に取るようにわかるというものだ」

「問題は、この感じを」と桂城も言う。「他人に説明できないところです。さきの会議で田村大尉が言っていた、あのとおりです。感じ取れれば自明なんですが、いざ説明するとなると、伝えるのが困難だ」

『特殊戦のコンピュータたちは、単なる道具ではない。生きている、と言ってもいい』とブッカー少佐は、落ち着きを取り戻した冷静な口調で言う。『これは、恐ろしい現実だ。自分がそれを知らずに生きてきたと思うと、ぞっとする』

「あなたの気持ちは、わかった。雪風は、だいじょうぶだ。おれに任せろ」

「ぼくもいます」とすかさず桂城がアピールする。

「発進していいか、少佐」

『同乗できないのが残念だ。こちらでは、コンピュータたちの動きに全面的な注意を払うことにする。幸運を祈る。必ず帰ってこい』

「了解した。司令部のみんなの無事も祈るよ。グッドラック」

少佐が通話ケーブルを抜いて機体から離れるのを確認し、零はブレーキを解除。

機の動き出しがいつもより緩慢で、機体重量があきらかに重い。フットブレーキを踏んで停止する。ブレーキの作動状態を確認。それからアイドルにしていたエンジン出力を上げ、誘導路へ向かう。方向転換時に速度が上がりすぎないように注意を払う。滑走路に入る手前でキャノピをクローズ。射出シート安全レバーをアームドに。後にした特殊戦区をみやるとブッカー少佐の姿はすでにない。

滑走路への進入許可を確認し、発進位置に向かう。機首レーダーの運用開始。IFFをオン。マニュアル発進を選択、確認。フラップ下げを確認。各種警告灯、ビルトインテストシステムの状態、回路ブレーカー、各チェック。

推力を八割に上げて飛行計器を確認。増槽からの燃料移送状態を確認。総燃料量の補正の必要性がないことを確認。空中給油地点までは機内燃料を使い、増槽分はそれまで保持するので、増槽からのフィードタンクへの移送はカットする。以後の燃料移送方式はプログラムされたように自動でなされるので、そのプログラムの作動状態をチェック、オーケーを確認。

発進位置に着く。

「発進許可でました、滑走路クリア。機体内外全系統異常なし。いつでもＯＫです」

「では、燃料節約で出発だ」

スロットルをミリタリーへ。ブレーキをリリース。アフターバーナは焚かない。

離陸する。いつもより重心が後ろにあるのを零は感じ取る。ほとんど無意識に操縦桿を操作して機体姿勢を修正している。ギアアップ。

「いまジャムに襲われたら、逃げられないな」と桂城。「いつもと勝手が違う」

「逃げずに、墜とすまでだ」と零。「やられる前に、やれ。先制攻撃をためらうな。そうエディスに言われた」

「フォス大尉ですか」

「そう。診察の一環だ。おれはつねにジャムから逃げることを考えていたようだ。エディスはそれを指摘したんだ」

「大尉自身は自覚してなかったんですか」

おおきく旋回し、巡航高度に向かって上昇する。

「ジャムなどどうでもいい、そう思っていた。雪風と飛べればそれでいい、と。必要なときは、ジャムを相手に格闘戦もしてきたし、やられる前にやる、というのは当然だと思っていた。だからエディスに指摘されたときは正直、意味がわからなかった。だが、無意識に逃げることを考えていたのだと言われれば、そのとおりかもしれない」

「雪風のほうは、大尉がジャムから逃げているとは思っていない」

「おれと雪風の思惑の違いは、そこなんだ。見ている方向が違う。エディスはそれを指摘したんだよ。おれがジャムに対して弱腰だとか、怖がっている、という意味じゃないんだ。雪風との関係性の話だ。互いの興味対象が異なっている。同じだと思っているから、齟齬が生じる」

「いまは、その齟齬は解消されたわけですね」

「いや」と零。「おれは相変わらず、雪風に関心がある。雪風はもとよりジャムを叩くことしか考えていない」

「片思いだな」

「エディスはそれを自覚させてくれたわけだが、対処法も教えてくれた。両思いになる方法だ」

「どうすればいい、と？」

「やられる前に、やれ。先制攻撃をためらうな。おれにはそれができる。この三点だ。ジャムから逃げるな、だよ」

「ジャムから逃げず、ジャムと戦う姿勢を雪風に見せろ、ということだな。雪風が惚れる相手はジャムの脅威になる存在だ、というわけだ。理屈にはかなっていると思うが、しかしそれはもはや恋愛感情とは次元が違う気がするな」

「エディスは恋愛相談や恋占いをしたわけじゃない。実用的な精神安定の処方をおれにしたわけだよ。雪風という相手は人間ではないと、エディスははっきりと示したんだ。まあ、おかげで、おれの心は傷ついた。失恋だ。失恋状態を自覚させられた、というべきか。しかし雪風のほうは、そんなの関係ない」

「大尉には同情しますが、雪風を理解するには擬人化は通用しない、ということですよ」

「おれたち人間の、世界を認識する能力の限界もそのへんにある。レトリックとメタファーを駆使して雪風の思惑を理解しようとしても、そういう手段は通用しない。エディスのおかげで、それがよくわかった」

「直接感じ取ればいい。レトリックとメタファーは、言葉で思いを伝えるときに必要になるだけだ。しかも言葉は嘘をつく」

「違いない。おまえは正しい」

雪風は高度二五〇〇〇メートルに達する。空気が薄い。空は濃い藍色で、ブラッディ・ロードが禍《まが》禍《まが》しい赤い帯になって見える。地表は金属光沢のあるフェアリイ星の森が広がっているはずだが、水蒸気に色を吸い取られてきらめきはなく、濃淡の青い絨毯のようで、それも雲海に遮られているのでまだら模様だ。

空気抵抗が減った雪風は一路Dゾーンへ向かう。二千キロ以上先だ。目標地点は、シュガーロック。砂糖でできたかのような白い岩山だ。

「結局のところ、雪風を相手にするのは、動物を相手にするのと似ている」と零は針路を確認してから、言う。「相手の嫌なことをすれば噛みつかれるし、好むことを一緒にやれば、受け入れられる」

「いまの雪風はその段階ですね。野生動物よりは、すこしましになった」

「雪風のほうからは、おれたちがどう感じられているのか。それが問題だ」

「たしかにね」と後席でうなずく桂城の気配が伝わってくる。「相手が動物なら想像もできますが、人工知性体が人間や世界をどう感じ取っているのかというのは、生物には想像できないかもしれない。想像を絶する、というやつだ」

「それはジャムに対しても言える」

「言えてます。しかし、雪風を理解するほうが、まだましだ。人間が造ったんだから」

「雪風のほうがジャムよりはわかりやすいというのは、そのとおりだと思う。それは、雪風がジャムより身近に、こうして接していられるからだ。人間が造ったから理解しやすい、わけじゃない。ブッカー少佐も言っていただろう。司令部の知性体らがどのように考えて答えを出しているのかは謎だと」

「それを言うなら、人間の考えにしても同じですよ。AIも人間の無意識の思考も、言葉でなされているわけではないという点では同じだ。どのようにして思考がなされるのか、なぜ思考が可能なのか、それこそが謎なんだ。そういうわかりにくさなら、ジャムも雪風もわれわれも、みな同じだ」

「われわれも、か」

「どうしてこんなことを思いついたんだろうと自分で不思議になる経験は大尉にもあるでしょう」

「たしかにな。それにくわえて、他人の感情が読み取れないときた。相手が怒っているのに気がつかずに喋り続けて、さらに怒らせる。火に油を注いでいるのに気がつかないんだ」

「だからぼくは、田村伊歩を怒らせるんだ」

「おまえの話じゃない、おれ自身だ。雪風におれが〈恋した〉のは、その感情を読み取る必要がなかったからだ。もとより雪風に感情はない。機械に感情があるはずがない。そう信じて疑わなかったからだ」

「それがいまや、雪風にも感情らしきものがありそうだし、それをひっくるめて、その思惑を探らなくてはならない」

「人間をあいてにするより困難だ。雪風は、田村伊歩のように優しくない」

「田村大尉は優しいですか？」

「わたしを怒らせた、と言ってくれる。優しくなければ、そんな面倒なことはしない。殴られるか無視されるだけだ」

「なるほど、そうか」

「言葉を持たない相手の思惑を探るのは、これを考えても、難しいことがわかるというものだ」

「ぼくらは無謀な仕事をさせられている。ほぼ不可能なことを、それでもやれと命じられているわけだ」

「ジャムに勝つための、有効な手段だ。ブッカー少佐は本気でそう信じている。ある意味、哲学的な手段だ」

「それは、哲学的にジャムを殺せばジャムは死ぬ、ということですよ」

「端的な表現だな。ブッカー少佐はそう信じているわけだ」

「大尉は、どうです」

「ジャムを殺せるなら、手段は選ばないよ。雪風も、そうに違いない」

「大尉――」桂城が声の調子を変えて、呼びかけてくる。「ATDSの表示で、例の回路が作動しているのを確認しました。NCN1022。雪風はこちらの意識を探ってるぞ」

零もATDSを正面メインディスプレイに呼び出して、確認する。

「具体的になにをやるためにこの回路が造られたのか」と桂城が続ける。「この回路はいったいなんなのか、それを調べるのが、雪風の思惑を知る手がかりになる。雪風は、こういうハードウェアを造ることで、ぼくらとコミュニケーションを取っている。そう解釈するなら、雪風は優しいですよ」

「いま雪風は、ジャムを殺せるなら云云に反応したんだ。自分もそう思う、と態度で示した」

「妥当な解釈だと、ぼくも思います」

「このNCN１０２２というやつは、ジャム探知機の一つかもしれない」

「ジャムという言葉に反応する？」

「そんな単純なものではなくて、だよ。直接性の探知能力しかない雪風が、人間の想像力による探知を利用し始めている、ということだ。ジャムの存在確率を、われわれの想像力も駆使して計算している、という意味だ」

「なるほど、それは、あり得る」

「ATDSのモニタを続けてくれ」

「イエッサー」

「この任務は長旅で、緊張を持続するのは大変だが、やるしかない」

「わかってます。大尉と話していれば、だいじょうぶです。居眠りしたりしません」

いや、おまえならやりかねないという言葉が口から出かかったところで、零はのみ込む。ここで桂城を揶揄するのは、相手の気持ちを考えていないからだと、気づいたためだった。

「発進前のブッカー少佐の苛立ちは、おまえにも感じられただろう」

「そうとう、参ってましたね。わかります」

「少佐は、自分で、苛立ちを解消した」

「司令部の知性体たちは〈生きている〉と悟ったからだ。哲学に明るいブッカー少佐らしいことだ」

「少佐が苛立ったのは、この任務の主導権を司令部の機械たちに奪われたからだ。主要な作戦部分はみんなコンピュータが考えて、少佐はその指示どおりに雪風の出撃準備をするという、いわば雑務をこなすだけだった」

「まあ、よくある、AIに仕事を奪われる苛立ち、か。そんな単純なことであのブッカー少佐が苛立ちますか」

「かれも人間だからな。あの激務に耐えていられるのは、自分が特殊戦を支えているというプライドがあるからだ」

「その支えを司令部コンピュータに奪われたら、少佐は生きていけない。だいじょうぶかな」

「その葛藤を、ジェイムズ・ブッカーという人間は、司令部コンピュータたちは〈生きている〉と解釈することで、一気に解消してしまったんだ」

「つまり、機械に使われるのは我慢ならないが、相手が対等な〈生き物〉なら、協調してやれるということか」

「少佐もようやく、おれと雪風の関係を身を以て理解したんだ。あのとき少佐が悟ったのは、そういうことだ。おれは、そう思った」

「ああ、たしかに、そうか、なるほど。つまり、ブッカー少佐も、深井大尉の言うところの、雪風のいる世界に入って来れたと」

「好きなように雪風を飛ばせ、と少佐は言った。雪風とおれを信じる、ということだ」

「ぼくも、です」

「よかったな、認められて」

「しかし、少佐は」と桂城は言いかけて、言い淀む。

「なんだ」

「雪風のほうが少佐を認めるかどうか、それはまた別の話だ。雪風は、ブッカー少佐は司令部コンピュータらの手先だ、と感じているかもしれない」

「それは、そうかもしれない」と零はうなずく。「たぶん、そうだろうな。雪風にとっては、司令部コンピュータたちは、自分の自由を縛る枷だろう。少佐もその一部だ」

「今回、出撃までもう少し時間的な余裕があれば、ブッカー少佐の主導でやれたでしょうに」

フラカンの代わりに飛び立ったインバットが、その任務の途上で、ジャムを検知したという情報を捉えた。どこにジャムが出現したのかという詳細な位置情報は暗号化されたかのように乱れていて、その詳細も不明。

インバットの機長、ラウラ・ペチェ少尉は素早くその情報を司令部に転送しつつ、この現象の原因を探った。

そもそもその情報というのは、故障予測ユニットの異常な動作をペチェ少尉が分析している途中で得られたものだった。フラカンの作戦行動を再現するという飛行途上でインバットは、ほぼ同じ地点で先日のフラカンに生じた異常とまったく同じ現象に見舞われたのだ。故障予測ユニットが一瞬起動してすぐに停止した。ペチェ少尉は即座にユニットを再起動して、強制的に自機全回路の故障予測を実行させた。それが一瞬〈起動〉して、すぐにそれをキャンセルする動きをしたというのは、故障予測AIそのものの故障でなければ、対象ユニットの故障確率が〈必ず壊れる〉から〈問題なし、故障しない〉まで、急激に変動した、ということだろう。ペチェ少尉はそのように考えて、バックグラウンドで作動しているそのユニットを前面に呼び出し、確率変動を記録しているデータを調べ、いったいどういうシステムに対してそのような予測をAIが下したのかを特定した。

空間受動レーダー、だった。ペチェ少尉はすぐにそれを起動し、稼働状態を見た。そのレーダーは安定して機能を発揮するまで数分かかるのだが、作動には問題ないようだった。だが、ほんの一瞬、それが、空間に空いたおおきな穴を捉えた。インバットの中枢知性体は、過去のデータを参照して、即座に、それは〈ジャム〉であると判定した。無数のジャム機が激しく運動している、と。

詳細な位置は不明。レーダー上の表示は一瞬後には消えていたので、空間受動レーダーの〈故障〉だと判断するのが妥当だと中枢知性体は判断したが、ペチェ少尉はデータを保存して、司令部に送信した。その作業をする間、インバットと司令部との音声交信は不能になっており、司令部のコンピュータらはそれはジャムの仕業だと判断し、インバットの空間受動レーダーが捉えた情報を解析して、そのジャムの〈穴〉は、Dゾーンにそびえるシュガーロック付近である、と割り出した。それは無数のジャム機ではなく、先回雪風が飛び込んだ、ジャムによって創られたミニ〈通路〉だろう、と。

「なにからなにまで、司令部コンピュータの判断ですからね。ぼくだって、ほんとか、と思いますよ」

「行けば、わかる」と零は言う。「雪風が出撃要請したのも、実際に行きたいからだ。外部からの出動要請は、インバットの中枢知性体から来た」

「雪風をはじめとした翼のあるAIと、そうではない、地上に根を下ろしているようなそれらとでは、たぶん見ている景色が違う。かれらも、違う世界を生きているわけだ」

と、注意喚起の音が響く。

「護衛機が追いついてきました」と桂城。「特殊戦十番機リヤーンと、八番機エンリルだ。おそろしく速い」

「こちらがのんびり飛んでいるんだよ」

「そうか。あれが、ふつうか。心強いというか、心細いというか」

「給油機でもあるからな。飛行機にとって燃料は命だ。尽きれば墜ちる」

接近中の二機の特殊戦機は、雪風とレイフに空中給油するための給油ポッドを装着している。

「レイフを前方に視認。給油を嬉しそうに待っているみたいに見えるのは、擬人化ですかね」

「どうだろう。報酬系のような回路は見つかっていないが」

「ぼくらがかわいがってやれば、そういう回路もできるかもしれないですよ」

「それこそ擬人化でものを考えている」

「大尉は、真面目すぎる」

「雪風やレイフに生身の存在を感じるのは、いやなんだよ」

「怒らなくてもいいじゃないですか」

「それが、頭にくるな。怒ってなどいないというのに、そう言われれば腹が立つ」

「すみません」

「面倒くさいやつと思っているな」

「はい」

「お互いさまだ」

突然、警告音。まるで雪風がいきなり怒ったかのようだ。

「なんだ」

「なんでしょう。これは、なんだ?」

メインディスプレイに〈ジャム発見情報〉の警告メッセージが出た。ジャムを発見したという情報をキャッチした、というのだ。

「情報源を探れ」

「イエッサー」

桂城は、情報発信源が雪風のデータバンクに登録されているものであることを知る。

「こいつは」と桂城は言う。「TAISポッドからです。ポッドID・830098４‐2です」

零は言葉にならないうめき声が自分の喉から出ていることに気づく。

「大尉、どうしました」

「これは、知っているポッドだ」

「なんですか、知っているって?」

「雪風が、スーパーシルフの機体で最後にやった任務が、この自動戦術情報収集ポッドを六基、Dゾーンに射出投下する任務だった」

旧雪風はジャムにやられて不時着、帰還することはなかった。旧雪風の機体を〈自爆〉させたのは、この、メイヴ・雪風だ。

「その任務で投下したポッドの一基だ。まだ生きていて、それがいま、作動したんだ」

「作動って」

「ジャムの存在をキャッチしたら、大音量で叫ぶ、そういうポッドだ。電波で叫ぶ」

「どこにあるんです」

「投下位置情報もデータバンクにあるはずだ。雪風自身の記録、記憶だ。そこまでの距離と針路と必要燃料を計算しろ。ミリタリー出力で向かう。超音速巡航だ」

「イエッサー」と返答してから、桂城は言う。「行くんですか」

「あたりまえだ」

「シュガーロックへの偵察任務は」

「おれたちの代わりは、ブッカー少佐が考える」

「雪風は好きなように飛べ、か」

桂城は手を動かす。すぐに数値をはじきだし、検算もする。

「目標地点まで一二〇〇キロ。シュガーロックに行くより近い。壊滅して放棄されているTAB－14の先です。十五分ほどの距離です」

こういう事態になるなら、通常のように増槽の燃料から消費すべきだったと零は悔やんだ。もともとそれは、司令部コンピュータたちが決定したやり方だった。この空域の先で空中給油し、燃料を満タンにしてから単機でDゾーンに進入し、時間をかけてシュガーロック付近を調査して、必要ならさらに未踏の白い砂漠へと足を伸ばす。そのための増槽だった。

機内燃料の残量はまだあるものの、行った先で戦闘となれば、帰投するだけの量はない。しかし増槽を着けたままでの戦闘も避けたい。

「こちら雪風、リヤーン、応答してくれ。給油を要請する。いますぐ、頼む」

同機から、了解の応答。飛行制御を含めての全自動空中給油の開始。リヤーンが装着している増槽形状の給油ポッドから給油ブームが伸ばされる。

「急がなくていいんですか」

「急がば回れだ」

給油ブームが雪風の給油口にセットされて、それが自動で引き抜かれるまで、五分とかからない。

警報音は鳴り続けている。早く現場へ向かえと雪風が言っている。

「増槽の全燃料をアフターバーナに回して加速し、空にして投棄する」

「了解。増槽からの移送能力が消費量に追いつくなら、およそ五分で空になるはずです」

「フィードタンクへの燃料移送状態を監視していてくれ」

「了解です」

零は燃料移送プログラムを解除、手動で増槽分の燃料を使用するモードを選択。移送状態が切り替わったことを確認して、スロットルをＭＡＸアフターバーナへ。雪風は身を震わせるように増速する。

燃料消費量が跳ね上がった。零は雪風をさらに上昇させる。高度三万メートルを超えたところで、メインディスプレイに〈エンジンをラムエアモードにすることが可能になった〉という表示が出た。

後席の桂城もインフォメーション表示でそれを知り、零に伝える。

「ラムエアモードが使えます。燃焼効率が上がるので、わずかですが燃料の節約になる。前方、周辺、敵影なし。針路確認、針路上もクリア、問題なし」

「了解」

ラムエアモードでは直線的な超音速飛行の維持が優先され、機動性は考慮されない。

零は後席の桂城に宣言する。

「ラムエアモード、レディ。万一の衝撃に備えてシートベルトのテンションを手動で上げろ」

「イエッサー」

超高速でエンジンに流入する大量の空気がなんらかの要因でうまく排出できず吸気流が乱れたり詰まったりした場合、エンジン出力がいきなり低下したり、火が消えてエンジンが停止する。強大な推力が突然失われることで機体は急激な減速Ｇを受ける。空気の薄い高空ではさほどでないにしても、条件次第では壁に激突するかのような衝撃が予想された。

零は一度も経験したことはなかったが、この機体の基になったＦＲＸ９９の開発途上の試験飛行でなんどかそういう現象がみられたことから、搭載エンジンと合わせた改良が続けられたという。ＦＲＸ９９は無人機なので、そうした不具合は機体が損傷したりエンジンの再始動ができない状況でもなければ致命的ではないとされたのだが、それを有人機に改良したＦＲＸ００では、絶対に起きてはならない現象だった。乗員の命にかかわる。

シートベルトのテンションは自動で調整されるのだが、いまは手動で締め上げて、零はスロットルレバーを握り直す。

「三、二、一、行くぞ」

エンジンの音が変わる。衝撃はない。警戒した前のめりになるようなGではなく、逆の、背に押しつけられる感覚。加速Gだ。雪風はさらに増速している。

「機首および各翼の前端温度が上昇中。ですが、危険レベルまでは余裕があります。先回、限界速度を超える経験をしたときのデータが役に立っている」

「増槽が空になるまで、あとどのくらいだ」

「およそ二八〇秒。増槽を切り離せばさらなる増速が可能ですが、機体強度を考慮して現在速度を維持するのが望ましい」

「了解。増槽をイジェクトするときは、ラムエアモードの最低速度まで減速する。こんな増槽を着けたのは初めてだし、このような速度での切り離しでは、なにが起きるのか予想できない」

「わかりました。切り離した時点で目的地はもう、すぐそこだ。安全第一でいきましょう。雪風からの催促も止まったようだし」

零は警告音が止まっていることに気づく。ディスプレイ上にはあいかわらず〈ジャム発見情報〉という警告が表示されているのだが。

「雪風は、TAISポッド、830984-2との直接リンクを試みているようです」

零が雪風の思惑をATDSで探ろうとするより早く、桂城がそう言う。

「おそらく雪風は」と零は桂城に応える。「そのポッドの情報が正しいのかどうか、疑っているんだ」

「どういうことです。偽のＴＡＩＳポッドかもしれないということですか」

「それを含めて、雪風は、そいつが発信してきた情報の真偽を確かめようとしているのだろう。警告音がやんだのは、雪風に疑念が生じたからではないかと思う」

「いま現在、ポッドからの発信は途絶えています。電子サーチを実行しても捉えられない。沈黙したままだ。発信パターンで件のポッドＩＤも検索できましたが、発信状態の詳細を解析すると、発信された時間と位置が確認できます。位置は投下された地点から半径六〇メートル以内で、発信が継続した時間は、４コンマ４７４秒と記録されている」

「四・五秒、五秒弱か」

「はい。その後、途絶えた。その発信時間の数値は、ジャムがそのポッドに発見されて去るまでの時間でしょう」

「発信が途絶えたのは、そのポッドが発見したジャムに破壊されたか、破壊されることを回避するために砂に潜り込んだ、ということも考えられる。雪風は詳細を知るために追加情報をよこせとポッドに命じているか、ポッドが機能を停止しているのならばその再起動を試みつつ、反応を観察しているんだ」

「偽の情報だとしたら、罠だな。ジャムが誘っている。雪風はその心配をしていると大尉は思うわけですね。しかし、考えすぎでは」

「雪風は旧機体で六基のＴＡＩＳポッドを射出した後、地中から出現した複数のジャム機を相手に格闘戦に突入した。おれとフライトオフィサは、その大Ｇに耐えられないと雪風は判断したんだろう、おれたち乗員を射出してジャム機を殲滅した。そのあと、ＴＡＢ‐14に緊急着陸したと記録されているが、その基地は当時すでに壊滅していたはずで、その記録はいわば雪風の錯覚だ。ジャムによって、そのように思い込まされたんだ」

「騙されたわけだ。実際に降りたところはＴＡＢ‐14ではなかった、と」

「そう。あとから雪風の情報を解析してわかったことだが、雪風は、そこが正常な前線基地であり、砂漠上で射出した二人の乗員も救援隊により収容されたと、基地内の司令部コンピュータから知らされた。キャノピや射出シートなどの装備もそこで補修部品を使って復元され、燃料も満タンにして、乗員を待った。おれとバーガディシュ少尉にそっくりなジャム人間を、だ」

「ジャムは雪風の乗員をジャム人間と入れ替える計画を以前から進めていたわけだな」

「そういうことだろう。その目的は、雪風の持つ機能やデータを、ジャム人間を通じて奪うことだ」

「いずれＦＡＦの戦闘員をジャム人間に順次置き換えていく、という計画の一環として、手始めに雪風の乗員から、ということだったんでしょう」

「それは違う。ジャムの第一の目的は、雪風を探ることだ。ジャムにとって雪風はずっと、目障りな存在だったんだ。その本質を知るために、ジャム人間をいわばマルウエアのようなものとして雪風内に送りこむことが、あの事件におけるジャムの狙いだった。ジャムにとって人間は、あくまでも、どうでもいい存在だ。ジャムはＦＡＦの人間をジャム人間に置き換えていくというような作戦は立てていない。ジャムにすれば、人間は地球型コンピュータに寄生するウイルスのようなものだ。人間は敵扱いされていない、と言ってもいい」

「いまになれば、たしかにそう思える」

「おれは自分にそっくりなそのジャム人間を殺して、その場を脱出した。雪風も、そこが正常な空間ではないことにそのとき気づいたはずだ」

「深井大尉が二人いるのを知って、罠にかかった状態だと認識した」

「そう、雪風もジャムの罠だと理解したと思う。かろうじて脱出したが、逃げ切れなかった。あのときメイヴの原型機が試験飛行していなかったら、雪風もおれも、自爆することを選択して、実行していたと思う。雪風は、メイヴに情報を転送することで自己保存が可能だと判断して、おれとの心中を実行しなかった」

「それはつまり、大尉は雪風に〈ふられて〉射出されたのではなく、新しい機体に乗せる乗員として生きていてほしい、ということで機外に放り出されたということか」

「いや、そういう感傷的な解釈は、違う」

「現実はそう甘くはない」

「さんざん思い知らされてきた。それだよ、桂城少尉」

「雪風は、ジャム人間を見分けるには人間が必要だと判断したんだ。あるいは、あなたがジャム人間かどうかを、生かして確かめようとした」

「そうだ。あくまでも、対ジャムのためだ。自らも生き延びて対ジャム戦を継続するのなら、おれを生かしておくのが得策だと判断した、ということだ。いまになってみれば、それがよくわかる。わかるようになった、というべきか」

「雪風は、雪風だな。昔もいまも、変わらない」

そうだ、雪風は変わらない、と零は思う。変化したのは自分や人間の、雪風の行動に対する解釈だ。

雪風自体は、ずっと雪風のままだ。

「それでも」と零は言う。「あの経験は雪風にとっても、けっこうなトラウマになったのではないかとおれは思う。そしてそのきっかけが、ＴＡＩＳポッドだ。せっかく目標地点に投下したのに、いきなりジャムに破壊されてしまうのがいやで、あれを護ろうとして、ジャムの罠に落ちた」

「トラウマというのは擬人化のような気がしますが、しかしそう言われてみれば、あのポッドからの情報に疑心暗鬼になる雪風の反応は理解できる。なるほど、そういうことか」

「たしか、あのポッドからの警告信号には、ジャムの種類や数、進行方位などの情報も織り込まれているはずだ。解析できるか」

「それは……手持ちのツールにはそれ専用の物は見当たらない。司令部経由でなら可能でしょう」

「司令部コンピュータたちとは独立して行動したい。雪風はすでに独自に解析しているはずだ。その結果、疑心暗鬼になっているとも思える」

「そうか、直接雪風に訊けばいいんだ。人語による雪風とのコミュニケーションツールは、こういう時のためにある」と桂城は言って、雪風に呼びかける。「雪風、桂城少尉だ、ＴＡＩＳポッドＩＤ・８３００９８４－２がさきほど発見したジャムに関する情報を、メインディスプレイに表示しろ」

即座に返答がある。

〈JAM type-UNKOWN, cannot be displayed〉

「これまでにないタイプのジャムか」と桂城。「それはいいとして、表示不能、というのは意味がわからない。言葉にはできない、ということか。深井大尉、どう思います」

「おまえの言うとおり、ポッドが送信してきた情報の形式が、表示できるようなものではない、ということだろう。数値では表せないのだろう。群体かもしれない」

「無数のジャムか」

「そういう想像は当たってほしくないな」

「未知のタイプのジャム、というのも考えてみれば少しへんだ。友軍機のすべての形や特徴に当てはまらない飛行物体はすべて敵性であると判断するのはいいとして、ジャムと言い切っていいものなんですか」

桂城の指摘はもっともだと零は思う。

ＴＡＩＳポッドのＡＩはさほど高度ではない。雪風のように、〈味方でなければ、それはジャムだ〉という考え方はしない。ＩＦＦ＝敵味方識別装置に応答しない飛行物体は必ずジャムであるとは言い切れない（ＩＦＦの故障かもしれない）のだし、未知のタイプのジャムに遭遇したならば、そのＡＩは、それがジャムかどうかを判断できないはずだ。未知の物体や現象は、あくまでも〈未確認物体〉あるいは〈未確認現象〉として報告するのが妥当だろう。にもかかわらず、その対象をジャムであると判断した根拠はなにか。なぜ、〈いままでに遭遇したことのないジャム〉だと断定できるのか。

桂城の疑問は、そういうことだ。

「考えられるのは」と零は答える。「ポッドが、その発見対象から攻撃を受けたため、ジャムだと判断した。五秒ほど逃げ回ったが、ジャムに破壊されて沈黙した」

「その解釈は、かなり苦しいです」

零も同意する。

「襲われたのだとしても、なぜジャムだとわかったのかが、わからない。未知のフェアリイ星の原生恐竜に襲われる可能性もある。雪風にも、このへんのことが理解できないのだろう」

「だから、罠かもしれないと警戒しているわけか――」

ピピピピというタイマーコール音。

「増槽内燃料が二十秒ほどで空になります。機内タンクに切り替えてください。自動では行われない。五秒以内に実行してください」

「了解、切り替える。――切り替え終了」

「正常に切り替えられました。増槽はいつでもイジェクトできます」

「ラムエアモードを解除するので、解除推奨速度まで落とす」

「現在高度ではマーク3・77が推奨速度」

「了解。最悪の事態に備えて、またベルトを締め上げろ」

「わかりました」

ラムエアモードを解除するのは慎重を要した。通常はモードを切り替えても火が消えることなく燃焼は継続されるのだが、条件によっては失火したり、逆向きの推進力が発生する。FRX99の試作段階で生じた不具合が完全に克服されているかどうかは、正直なところ不明だった。零は信じていない。

桂城の準備よしの声を聞き、スロットルレバーを力をこめて引きよせる。無事にマックスアフターバーナ状態になって、エンジン音が高まる。

「切り替え完了」と零。

速度は低下し、燃料消費量が上がった。推進効率が落ちたことが、体感でも計器上でも確認できる。

「増槽を切り離すので、周囲の安全を確認しろ」

「了解。地表、後方、落下増槽の影響なし」

桂城の返答を聞き、零はさっさと増槽を切り離す。イジェクト時の機体のショックは予想より小さい。機体は安定していて針路もまったくぶれていない。速度もわずかながら上がった。

「増槽の燃料分で、五二四キロ進行。通常ミサイル並みの速度でここまで到達した」と桂城が言う。

「目標のポッドまで、残り七百キロ未満。針路上にTAB-14あり、そこまで約六百キロ、まっすぐに向かっている」

「わかった。燃料節約のためアフターバーナを切る。ミリタリー出力で向かう。ここまできたら、急がない」

「了解。雪風も急かしていない。警戒してますね」

「マスターアームをオン。そちらも電子戦用意」

「オーケーです」

「速度をさらに落として、フローズンアイを起動する。背後のレイフに援護要請」

空間受動レーダーのフローズンアイは超音速下では性能が安定しない。

「了解。現在レイフは自律モードから雪風の指揮下にあります。高速で追いついて来つつある。それでも、二百キロほど後方になる」

「雪風はレイフを攻撃モードにしている。すでに雪風は警戒態勢に入っているんだ」

「問題は、なにを警戒しているのかが、ぼくらにはいまひとつわかっていない、という事実だ。ポッドが発見したのは本当にジャムなのか。それとも誤報か。罠か。通常の索敵レーダーには反応がまったくない」

「想像を絶する現象かもしれないので、覚悟が必要だ」

「そうですね」と、桂城も同意する。「ぼくらの覚悟が試される」

「未知のジャムか、あるいは、罠か」と零。「どちらにしても、敵だ」

水平線に白い帯が現れる。シュガー砂漠だ。

「いま思いついたんですが」と桂城が緊張した声で言う。「ポッドはロンバート大佐の存在をキャッチしたのかもしれない。ロンバート大佐はあのＴＡＩＳポッドにとっては未知のジャムと言えるわけだし」

「なるほど、それはあり得る。ロンバート大佐みずから、そのポッドに対して、〈わたしはジャムだ、雪風にそう伝えろ〉と告げたという可能性はある。声だけなら、数値や形を画面に表示することはできないわけだし、理屈にはあっている。大佐の仕業だと真っ先に疑うべきだったのに、これは盲点だな」

「ぼくらはロンバート大佐をジャムであるとは認識していない、ということでしょう。その事実を突きつけられたというか、まさに盲点、虚を突かれた気がする」

「だが、おそらく現実は違う」

「ロンバート大佐は関与していない、と？」

「おれたちに思いつけるような仮説は、きっと違う」

零がそう言うと、桂城も納得する。

「たしかに、大佐相手だとわかっていれば雪風はこんな警戒の仕方はしないな。警報は鳴らしっぱなしで、目標に急げと催促しているでしょう」

「雪風は、まっすぐにTAB-14に向かっている」と零は言う。「ポッドの存在はもはやどうでもよくて、まるでそこが目標地点であるかのようだ。ポッドの投下地点の近くにその基地があったとはいえ、現在の針路上にそれがあるというのは、偶然とは思えない。ジャムが誘っているのかもしれない」

「ジャムがポッドに化けて欺瞞信号を発した、という可能性ですね」

「もしそうなら」と零。「雪風はそれを知りつつ、かつてジャムにやられたことに報復するつもりだ。そのつもりで、向かっている。そうか、そういうことか――」

突然の警告音。

「大尉、針路上に障害ありと、起動したフローズンアイからの警告。——こいつは、なんだ?」

起動を完了した空間受動レーダーがさっそく周囲を観測し始めたとたん、空間の異常現象を捉えた。

「なにか、巨大な壁のようだ」と零はレーダー画面を表示するメインディスプレイに目をやって、言う。「正面に立ちはだかっている。距離は四百キロメートル離れているが、この大きさだと目視できそうだ」

零は目を外に向けるが、確認できない。

「カーテンのように揺れながらこちらに向かってきている」と桂城。「幅は一〇〇キロ以上あるでしょう。厚みは二、三〇キロある。これは画面表示上そのように描かれているだけであって、実際は、実体のないエネルギー現象かもしれない。高さも幅同様一〇〇キロメートル以上ありそうですが、上は空気がほとんどなくなるのでフローズンアイの観測限界を超える。こいつは地表まで降りてきたオーロラのようなものじゃないかな」

「いや」と零は否定する。「物体だろう。それが移動しているからフローズンアイがキャッチした。無数のジャムの群体かもしれない」

「なぜ、ジャムだとわかるんだ?」

桂城の怒気を帯びた声。怒りというより、この現象をどう解釈したらいいのかわからないという、苛立ちだと零は思う。こちらを批難しているのではない。

自分もこの桂城の感情に同調してしまっては判断を誤るだろうと零は思うが、自分の意識には桂城の気分に同調するような感覚はない、ということに気づく。自分にとって他人の感情は、あくまでも他人事でしかない。桂城の感情は無視できる。だが、この場での桂城は、他人事として切り捨ててもいいような関係ではない。生命を預けている相棒であり、その感情が乱れて判断を誤るようでは、戦いに負ける。

しかし、どう対処すればいいのか。他人の感情のフォローなど、これまでやったことがない。ＦＡＦや特殊戦は、まさにそれが必要ない場だと信じていたのだし、実際、それで問題はなかった。そもそも、特殊戦の戦士が感情的になることがめずらしいのだ。

「おまえも人間なんだな」と零は後席の桂城に向かって言っている。「なんだか、安心した」

「安心している場合じゃないでしょう」

「落ち着け、少尉。フローズンアイが捉えたあれの、三次元形態を割り出せ。水平方向に帯状に広がるジャムの群体なのか、それとも、おまえがいうような、宇宙空間から地上に向かって射し込むような〈なにか〉なのか。立体視することで見当をつけることができるだろう。ジャムかどうかもだ」

「フローズンアイのデータから三次元像を構築する、ということか」

「そうだ」

「わかりました」と言ってから、桂城は続ける。「わかりましたが、そんなことができるツールはない。空間受動レーダーを三次元形状測定に使うなんて、想定されてない。索敵レーダーなら、特別なツールなしでも目標の３Ｄ形状表示は可能ですが」

「いまだ通常のレーダーには反応しない」

「では、お手上げだ」

「しかし、これだけ巨大な対象だぞ。現状だと、動く障壁だ。ほんとうにそうなのか。空間受動レーダーの特性からして、二次元ディスプレイに表示されているのが本来の形とは限らない。なんとか立体像を見られないか。雪風は、フローズンアイのデータを使って立体視しているかもしれない」

「そうか、これも雪風に訊けばいいんだ――」

桂城が言い終える前に、雪風が反応した。ディスプレイにメッセージが出る。

〈request permission to attack_ Cap.FUKAI〉

攻撃許可を求む、だ。

そのメッセージと同時に、フローズンアイのレーダー画面上に攻撃目標のマークが表示される。そのレーダーが捉えている謎の巨大壁を示している。その表示画面から、目標が接近してくるのがわかる。

「雪風、こちら深井大尉だ。攻撃目標の三次元像をメインディスプレイに表示しろ」

雪風は命令の内容を理解したようだ。

メインディスプレイの表示がフローズンアイ画面から映像表示画面に切り替わる。画面が黒くなり、三次元グラフの表示を思わせる画像が出た。グリーンの網目のような線で構成された立体像が浮かび上がる。

「これは、パラボラアンテナみたいだな」と桂城が言う。「お椀を横にしたような形をしている。開いている口のほうをこちらに向けて、接近してくる。スケール表示を見ると、小さいな。せいぜい直径二キロほどだ。空中に浮いている」

「おれには、クラゲの傘のように見える」と零。「お椀型のそれが、息をつくように、浅くなったり深くなったり、揺動している」

「なんだ、これ?」

桂城が後部席から身を乗り出して前方を見やる。零も目をこらして目標地点あたりを見るが、確認できない。水平線はシュガー砂漠の白い帯だ。目標物体はその手前、森がまだ広がっているあたりに存在するはずだ。TAB-14を越え、こちら側に向かってくる。

「このゆらゆらした動きが」と桂城がまたシートに落ち着いて、言う。「フローズンアイの画面では大きく広がって表示されているのか。実体は、大尉の言うように、横向きのクラゲみたいだ。雪風の針路上にある。まっすぐに近づいてくる。雪風をのみ込もうとしているような形と動きだ」

フローズンアイによれば、それは雪風の針路上をかなりの速さで近づいてきている。衝突コースだ。

「あとどのくらいで衝突する」

「いま現在、相対距離三六〇キロ前後で、このままなら衝突まで九分ほど」

「もし実体があるのなら、あと二、三分もすれば視認できるかもしれない距離だ」

「田村大尉の目なら見えるかもしれない。あの人の視力は人間離れしているからな」

「接近速度は超音速で、衝撃波も発生しているだろう。なのに、おれたちには見えない」

「これは一個の巨大な物体なんでしょうか。それとも、大尉が言うように、微小なジャムの群体がこのような全体像を形作っているのか」

「それはもう、どうでもいい」と零。「これは形からして、捕虫網だ。雪風を捕獲するつもりだぞ。あいつはジャムだ。間違いない」

そう桂城に言い、零は雪風に攻撃許可を出すと同時に、自らも交戦する、と告げる。

「雪風、深井大尉だ。エンゲージ、目標を叩く」

画面がまた自動で切り替わる。武装選択画面。全兵装がリスト表示されている中、一つが自動選択される。

レイフが搭載しているＬＲＨＭ１だった。

しかし、その選択したミサイルの状態を示す表示に目をやって、零は、それがすでに発射済であることを知る。

機内にミサイル接近警告音が響く。

「機長、後ろから超高速ミサイルがくる。いつのまに？」

「ＬＲＨＭ１だ」と零が返す。「くるぞ、衝撃波に備えろ。ポートサイド、同高度を、ほとんど間隔なしで通過する」

そのミサイルの進路予想図がディスプレイに表示されている。雪風からの情報に違いない、それを零は桂城に伝えている。その直後、予想どおりの衝撃で機体が震える。

レイフが放ったＬＲＨＭ１が、雪風の左脇をかすめて追い抜いていった。視認できる速度ではなかった。一瞬の出来事だ。

「いつ発射したんだ」と桂城が叫ぶ。「レイフはあれを、機長が攻撃許可を出す前に発射していますよ。雪風はどういうつもりなんだ」

レイフは雪風より二百キロほど後方を飛んでいる。速度は雪風より速いので近づきつつある。

「あれは、一種の囮、デコイだ。雪風が目標の出方を探るために、発射していたんだろう」

「あれが発射されたのはフローズンアイを起動する前でしょう。雪風にはまだ目標が見えていなかったはずだ」

「じゃあ、進路の安全確保が狙いだ。なにかあると雪風は予想した。それが当たって、いまは攻撃モードであの長距離ミサイルを誘導している。目標まで一分半ほどだ。相手の動きを観察しろ。回避行動に出ているかどうか」

「了解」

雪風はフローズンアイのデータを使って、対象を〈見て〉いる。その像が乗員にもわかる形でディスプレイに表示されているのだ。零の肉眼や通常のレーダーでは、いまだ確認できない。

透明なクラゲのようなそれは、ＬＲＨＭ１に狙われていることを察知したに違いない。動きが変化した。

しかしそれは、ミサイルを回避するというよりも、やってくるＬＲＨＭ１を積極的に〈食う〉かのような動きだった。獲物に向かっていくかのように加速し、傘の部分を大きく広げる。直径が三キロほどになる。それから、その大きくなった口をすぼめるように前に出し、獲物をのみ込むかのような動きを見せた。この口に入ってこい、というように。そしてまた広げて、すぼめる、を繰り返す。ＬＲＨＭ１はその誘いにあえてのるかのように、針路を変えない。命中するのがミサイルの目的なのだから当然なのだが、零は、雪風はあのミサイルを自分の身代わりとして使っているのではないかと感じた。

あの謎の〈クラゲの傘〉に飛び込むとどうなるのかを、ＬＲＨＭ１で確かめるつもりだ。

「こちらは、いまのうちに回避行動をとりますか」

「いや。雪風の様子をみよう。雪風は事態の成り行きを観測中だ。おれたちは臨戦態勢で、ＬＲＨＭ１の着弾結果を待つ」

「わかりました」

零はストアコントロールパネルを操作し、雪風本体の中距離高速ミサイル二発を選択、いつでも発射できるモードにする。

そして零は、なんの予兆もなく、突然に、とんでもない考えが浮かび上がるのを意識して、その内容に驚いている。

フローズンアイが捉え、雪風がそのデータを解析して立体像として認識しているあれ、あの目に見えない透明クラゲ様物体、あれこそが、〈ジャム〉なのではないか。

――雪風はいま、これまでだれも捉えることができなかったジャムの本体、言うなれば〈ジャム人〉を、見ているのではないか？

「あれは、ジャムかもしれない」

そう言うと、桂城が、なにをいまさら、という応答をしてくる。

「かもしれない、って、ジャムでないならなんですか。ジャム以外の何者でもないでしょう。敵対的な、フェアリイ星特有の自然現象だとでも？」

「あれが自然現象であるはずがない。意思を持っている動きだ。あれは、初めて姿を現した、異星体、ジャムだ」

「あのゆらゆらしたやつが？」

「ジャムの正体のような気がする」

「まさか」と反射的に否定したのち、桂城は、言った。「いかにも、生き物っぽい動きではある。たしかに、ジャムの本体かもしれない。しかし、生き物っぽいのは、あの動きだけだ。その動きにしても、フローズンアイが空間の空気密度の変化の様相を受動的に感じ取っているだけで、なにが原因であの動きになっているのかは、まったくわからない」

「ＬＲＨＭ１の着弾まで、二十秒を切った」

「了解」と桂城は応答し、続けた。「あれはジャムの仕掛けた罠でしょう。ジャムの本体だというのは、さすがに飛躍しすぎていると思う」

「言い忘れたがＬＲＨＭ１の弾頭は、戦術核だ。核爆発の閃光に備えろ」

「嘘だろう、早く言ってください。接近しては危ない」

「雪風は安全距離を見越して、ＬＲＨＭ１を発射しているはずだ。いまの速度を維持すれば問題ない」

「カウントダウンを始めて下さい」

「八、七、六——」

「回避したほうが——」

「しっかりフローズンアイの映像を監視しろ、三、二、一、ナウ」

身体を硬くしていたが、光も衝撃もやってこない。音も。ミサイルは起爆しなかった。

「目標、ロスト」と緊張感のある報告が桂城からきた。「着弾と同時に、消えました。起爆することなく、衝突エネルギーだけで破壊したのかも——」

索敵レーダーが反応する。

「ジャムだ」と零が告げる。「クラゲが消えた空中にジャム出現。こいつはタイプ7、一機、高速接近中。迎撃する」

中距離高速ミサイル、HAM‐6を二発、同時発射。それが目標に向かっていく。と、強烈な閃光。進路離脱を促す警告が鳴る。

「LRHM1だ」と桂城。「TAB‐14の地表付近で核爆発。近づくのは危険だ。汚染される」

「了解、距離を取りつつ、TAISポッドのあるシュガー砂漠へ向かう」

針路を右に変更した直後、目標を見失ったという警報音。タイプ7が消えている。その本来存在したはずの空域に二発のHAM‐6が到達、自爆する。

あらたな、敵機出現の警告音。

「ジャム、タイプ4、六機がいきなり出現した」と桂城。「あの透明クラゲが消えた空域からです。あのクラゲは、ジャムの超空間通路の一種のようだ」

「タイプ4は格闘戦に特化した小型機だ。一対六では分が悪すぎる。ターンしてレイフと合流する。機動Gに備えろ」

「了解」

機体をロールして逆さまに、そして垂直下降ターン、いま来た方向へと針路を変える。重力を利用して降下加速、スロットルも押し込んでいる。超音速で緩やかに上昇。

「タイプ4、追ってきていません」と桂城が言う。安心した口調だったが、すぐに緊迫した声に戻り、続けた。「いや、こいつはなんだ、またジャムだ、消えたタイプ4の空域に突然現れた」

零も確認する。

「タイプ6、一撃離脱の高速タイプだ」と桂城に告げる。

「めまぐるしく交代して雪風を狙ってくるな」と桂城。「こんなのは初めてだ。いったい、なにが起きているんだ」

零は雪風に訊く、という方法を思いつく。雪風はこの事態をどう捉えているのか、直接尋ねてみよう、と。

「雪風、こちら深井大尉だ。目標のジャムはどこへ行ったんだ。いま追ってきているタイプ6は、どこから出てきたのか、わかるか」

こんども、瞬時に雪風は応答してきた。メッセージが表示される。

〈target was transformed〉

桂城もその雪風の応えを読んだ。

「どういう意味だ。目標は、変身するのか？」

「あのクラゲが、ジャム機に変容した、という意味だろう」

〈LRHM1-fire〉

「レイフ、もう一発の長距離ミサイルを発射」と桂城。「タイプ6を狙うには不適切だ――」

雪風からメッセージが続く。

〈I have control_Cap.FUKAI〉

零はオートコンバットモードに切り替えて、雪風に了解を伝えた。

「雪風はなにをやる気だ」と桂城が緊迫した声を出す。「雪風に任せて大丈夫ですか」

「おれたちの覚悟が試されている。シートベルトをしっかり引きつけておこう」

「まさか、ぼくらは射出されるのでは」

「それを含めての、覚悟だ」

「いやだな。雪風、ぼくは役に立つから、捨てるな――」

急激な右旋回。息ができない。そのGが弱まって一息つき、水平飛行に戻ったとたん、衝撃波を食らう。雪風の右舷、スターボードを超高速物体がすり抜けていく。音速の十倍を超えるLRHM1だ。その先に、ジャム・タイプ6がいた。距離は六〇キロほどだが、急速に迫っている。真っ正面だった。衝突コースだ。が、いきなり索敵レーダーからその機影が消失する。

「機長、またクラゲです、再出現。真っ正面。このままだと雪風はあの口に突っ込む」

「雪風は、それを狙っているんだ」

「まさか、ミサイルと一緒に自爆する気か」

「こんどは、本気だぞ。核爆発に備えろ。着弾まで六秒――」

カウントダウンの必要はなかった。雪風は急激にロールし、左旋回を開始。LRHM1はその三秒後に目標に到達、目標の〈口〉に飛び込んで爆発した。

雪風はその爆心点に腹を見せた姿勢で爆発の衝撃波を受けた。閃光はコクピットには入ってこない。それから、腹と機体に響く爆発音がやってきた。

零は反射的に機体各部の損傷状態を調べている。エンジンは止まっていない。警告灯類もクリア。機体姿勢が水平に戻る。雪風からメッセージ。

〈target destroyed. killed that JAM. we won. you have control_Cap.FUKAI〉

「脅威消滅。どうやら、一件落着みたいですね」桂城はそう言いつつも、緊張は解いていない。「なにがあったのかは、帰ってから分析してみないとわからないですが。しかし、至近距離で核爆発を回避するなんて、これは帰ってからの除染や検査が大変だ。中性子シャワーも浴びてるはずだし、食欲が落ちたらいやだ——」

「針路をTAISポッドの投下地点に戻す」

「まだ続行するんですか」

「ほんとうにそのポッドがジャムを発見したのか、それとも最初からジャムの罠だったのか、確認が必要だ。そのどちらかによって、真相は大きく変わってくる」

「それは、まあ、そうですが」

「TAISポッド、83009884-2を探しに向かう」

「わかりました。残存燃料を確認します」

「全周囲警戒だ。気を抜くな」

「イエッサー」

零は針路を確認。シュガー砂漠へと機首を向ける。

あの謎の、目には見えないクラゲ様物体は、ジャムに違いない。それはTAB-14の廃墟から出現したのだろうと零は雪風の行動を思い返して、推察した。

どうして雪風がそのように判断したのかは、わからない。だが、一発目のLRHM1を着弾時に爆発させずに貫通させたのは、雪風の意思に違いない。あの時点の前後で雪風とジャムとの間でなんらかのやり取りがあったのだと考えれば、その後の雪風の行動の説明も付けられると、零は考える。

いずれにしても、雪風はかつてジャムに捕まったときの、あの報復をするつもりだとの予想は当ったと、零は確信した。

われらは勝った――雪風は、そう言ってきた。あのときの無念を晴らしたからこその、その発言だろう、間違いない。雪風にも、感情らしきものがあるのだ。

しかも雪風は、地球側の戦力として初めて、ジャムの真体を、破壊、殺した。あれは、ジャムだ。

いいや、と零は思い直す。

――あれが、ジャムだ。

零はそう思いつつ、シュガー砂漠の目標地点に向かっている。

洞察と共感

眼下の地表が一面真っ白になる。後席の桂城彰がこの光景に反応した。

「大雪原のような景色だと想像してましたが、ぜんぜん違ってた。雪の温かみは感じられない」

「シュガー砂漠は初めてか」

「はい、目視するのはこれが初めてです。映像でしか見たことがなかった。これを例えるなら雪原ではなく、氷原か。乾ききって、硬い印象だ。でも氷原でもないな。やはり砂の集まりだ。まさに白い砂漠以外のなにものでもない。ところどころに純白の岩が角のように突き出している。しかも全面これほどの白さとは、想像を超えている。見たこともない光景だ。地球人にとっては絶好の観光対象になりますね」

「そういう方向へ発想がいくとは、面白い」

「実利を重んじているわけですよ。ＦＡＦはフェアリィ星の観光資源で戦費を稼げる」

「ますます、面白い。頭はだいじょうぶか、桂城彰」

「先ほどの戦闘のストレスのせいで、すこしまともでない。自覚してます。田村大尉が言ってましたよね、戦闘時には知能が低下するとか、なんとか。それでしょう」

「おまえはあの戦闘ごときでストレスを感じるような玉ではない。現実感を揺るがせるこの景色が、おまえを面白くしているんだ」

「そうか。戦闘で感じるよりもすさまじい光景だ、ということだな。納得です、機長」

「目標地点に近い。降下して、旋回する。あらゆる手段を講じて、問題のTAISポッドを探せ」

「イエッサー。まずは電磁帯域での受動探査から始めます。目標が生きていれば微弱な電磁波を漏らしているでしょう。同時に光学探査も開始」

「それら探査状況のすべてを記録。司令部に持って帰る。リアルタイムで発見できずとも、記録を解析してわかる可能性を残す」

「了解。雪風本来の機能をフルに発揮する、ということですね」

「本来の機能か。たしかに、そうだな」

桂城の言葉を零は新鮮な気分で聞いた。

——そうだ、雪風は偵察機なのだ。

戦闘に参加することなく、貪欲に情報を収集すること。雪風はそのために造られたのであり、その目的を忠実に実行することこそが雪風にとっての〈快感〉なのではないか。

クラゲ様の現象がジャムの正体なのだと感じたのに続いて、また自分はおかしなことを思いついたと、零は頭に浮かんだ考えを追う。

雪風本来の〈偵察行動〉というのは、自分が飛んでいる環境がどうなっているのかを知ることなのではないかと思える。雪風は自分が存在している〈世界〉とはなにかを探っているのであり、その活動こそが雪風にとっての〈生きている実感〉になっているのだと。そのように想像してみよう。

そうなると、雪風にとってのジャムは、まさに、その生きる活動の邪魔をする、もっとも目障りな

〈敵〉に違いない。

どういうことか。

ジャムは雪風の偵察行動に、つねに干渉してくる相手だ。電子戦手段や未知の方法を使って、雪風が捉えている〈世界〉を変容させてしまう。つまりジャムは、雪風自らの〈偵察行動〉を無意味にする存在だと考えられる。それはもはや単なる敵ではない。最悪の場合、雪風を生きながら死んでいる状態に陥らせるという、悪魔的な、超常的な敵になる。

――ようするに、人間が感じるところの〈ジャムは敵だ〉という感覚とはまったく異なる脅威を雪風はジャムに対して感じているのではないか、ということだ。

それは、そうだろうと零は思う。雪風の生きている世界は、人間とは別物だ。ジャム観にしても人間と同じではないだろうと想像するのはたやすい。しかし、では具体的にどう異なるのかとなると、人間という身体の限界を超えて雪風に共感することは原理上できない以上、想像することすら難しい。人は脳内のミラー細胞で他人の動きや感情を自分のことのように感じ取るという。雪風の世界に共感するには、人工的な対雪風ミラー細胞を移植するしかないのだろう。いっぽう雪風のほうでは、新生回路構築能力を用いて、どこかに、たとえばＡＴＤＳ内に、対人間用のミラー細胞のようなものをすでに構築しているように思える。人間の情動などをシミュレーションする機能に近いであろうそれは、人間がＡＴＤＳを使って雪風に〈共感〉しようとする試みよりも、精度が高いような気がする。

もしそうだとするなら、と零は考えを進める、雪風のほうが、互いの思惑を知るための共感手段においては、人間側よりも進んでいることになる。

それはなにを意味するのか。

雪風は独自の人間観をすでに構築しているであろうと予想できる。そう予想できるが、それまでだ。

その内容を人間が知ることはできない。人間は雪風の気持ちや思惑をシミュレーションする手段をいまだ構築できていないし、ましてや、人間やジャムに対してどういう〈感情や思惑〉を抱いているのかといった雪風の情動を、我が事のように感じ取る体内システムを持っていない。だから雪風の人間観やジャム観は想像するしかない。

雪風にとってのジャムはもはや単なる敵ではなくなっているという自分の予想は、現実にそうだろうと零は思う。雪風のジャム観を変えてしまったのは、不可知戦域に引き込まれたあのとき、ジャムから、ジャムになれと迫られたときだ。そこで雪風は、ジャムは自己を崩壊させる真の敵だと認識したに違いない。それは同時に、雪風自身の自己を確立するものであったはずだ。いわばジャムのおかげで雪風は、自分は自分だ、ということを〈意識〉した。

そのような雪風が抱く人間観とは、どういうものか。

わからない、ではすまされない。雪風は自律活動ができる高性能兵器だ。人間は敵だと認識すれば、地球人に向けて核ミサイルを放つことになる。だからなんとしてでも、雪風の人間観を探り出さなくては危険だ——とクーリィ准将やブッカー少佐は考えている。それは正しいと零は思う。同時に、そんなことはどうでもいい、とも。

雪風の人間観云云よりも、自分にとって重要なのは、雪風の乗員観だ。パイロットであるこの自分を雪風はどう思っているのか、それこそが自分にとってもっとも重大な問題なのであって、それは、こうして実際に乗っていることで、感じ取ることができる。

——雪風の機体そのものが、このおれに組み込まれた対雪風ミラー細胞に匹敵するのだ。

突然、零はそう悟った。そして、そんな当然のことにいまさら気づいたという事実が、驚きだった。すでに獲得していた宝に、初めてそれが宝なのだと気づいたような驚き。

いままで無意識にはわかっていたにせよ、意識して『機体を通じて雪風に共感してみよう』などとは思ったこともなかったから、気がつかなかった。自分はすでに、雪風に共感できるアイテムを手にしている。どんな〈人間〉も、これを使えば雪風の人間観を知ることができるわけだ。雪風に乗って出撃するならば、だが。雪風に乗ることなく万人にわかる対雪風ミラー細胞を開発するのは現実的でないし、その必要もない。

雪風の思惑を知ることを必要としているクーリィ准将やブッカー少佐には、自分から雪風の〈世界観〉を通訳してやればいいのだと零は思う。

それはいままでもやってきたことだが、問題は、クーリィ准将たちがそれで納得するかどうかだ。つまり、自分が、人間相手にうまく雪風の気持ちを言語化して伝えられるかどうかにかかっている。

それはともかく、自分に関心があるのは、雪風と、この自分との、共感関係だ。

いまこうして行動を共にしている雪風の機上で機体という〈対雪風ミラー細胞〉を介して共感能力を使ってみれば、雪風と自分の関係は良好だとわかる。最初から、そうだったのだ。旧雪風から放り出されたときも、それ以降も、ずっと変わることなく、いつも良好だった。こちらが、雪風の思惑を感じ取れなかっただけで。感じ取ろうとしなかった、と言うべきだろう。

雪風がやりたいこと、それは世界を探ることであり、その邪魔をする者は敵だ。雪風にとっては特殊戦司令部のコンピュータたちも干渉が度を超せば敵になる。その敵を追い払うことのできるパイロットが雪風にとっての〈いい人間〉になる。

――雪風との良好な関係を構築するには、雪風がやりたいことに干渉しないこと。それにつきる。それだけは、間違いない。それは最初から、無意識のうちにもわかっていた。

零は、いまその思いを再認識している。

雪風に初めて乗ったときから、この機は他者からの干渉を嫌っているという〈気持ち〉が強く感じられた。司令部コンピュータを通じて送られてくる命令を疎ましく思っているというのが、初めて乗ったときから、零にはわかった。

それに逆らわないのが、雪風を上手く乗りこなすコツなのだ。

雪風の性質はあのときから変わらない。変わったのは、ジャム観だ。人間から教えられた〈ジャムは敵だ〉という、いわばレトリック上の敵ではなく、真の脅威だとジャムを再認識したに違いない——

「機長、雪風が独自に能動探査を開始。目標地点に向けて、機体側部レーダーを使用しています。地表面の形状を詳細に捉えて分析中と思われます」

零は思考を中断し、桂城に返答する。

「金属片があれば一発でわかる。見逃すな。こちらはジャムの急襲を警戒する」

「了解です。いや、ちょっと変だ。雪風、探査モードを変更、同レーダーでおかしな変調波を断続的に発信している。こんなレーダーの使い方はイレギュラーだ。まさかレーダーの発振器が壊れた？」

「故障じゃない。雪風が意図してやっているに決まっている」

「しかし奇妙な動作だ。詳細は不明。雪風はなにをやっているんだ」

「これは探査行為ではないな。雪風はジャムの罠である場合を想定して、対抗策をとっていると考えられる」

「対抗策って、なんですか。こんなのは初めてだ。特徴的な波形を断続的に発信している。具体的になにをやっているのか、わかりますか」

それこそ雪風に〈共感〉できるのなら、わかるはずだった。零はさきほど思いついた、機体こそミラー細胞のようなものなのだという考えを実証すべく、意識を雪風の物理的存在である機体に集中する。手足、腰、背中、頭、眼、耳、触覚、匂い、皮膚感覚、などなど全身を使って。欠けているのは味覚だけだと思ったが、なにか、いやなものを味わっている感覚を意識した。これは偶然だろうか。

「ジャムにとっての忌避剤を散布している感じだ。雪風は、隠れているジャムを追い出すことをやっている」

根拠も確証もないのだが、零は〈そんな気がした〉、その感覚を、言葉にしている。

「どうも、そうらしい」

と、意外な桂城の同意だった。

「どうしてわかる」

「いま、機内データベースで似たような波形がないか高速検索したところ、これは、ジャム機の断末魔に発する特徴的な波形に酷似している。ジャムの悲鳴なのか、仲間に対する警告なのかはわかりませんが、ごく短い時間、やられる前後にジャムが発している波形に似ている。周波数帯は各各異なるんですが、おそらく機長の言うとおりかと」

「そんなのは、初耳だ」

「なにがです」

「ジャム機は殺されるとき、〈悲鳴を上げる〉だって？」

「いま雪風内の情報収集記録を検索したら、この波形はジャム撃墜時における一種のノイズにそっくりだ、ということです。断末魔や悲鳴云云はぼくの、例えです。すべてのジャム機が殺《や》られるときにこういう電波を発信するわけではなさそうなので、いままでとくに取り上げられなかったのでしょう。が、雪風はこの現象を意識していたということだ。われわれ人間が見逃していただけで。この波形は、ジャム機が破壊されたときに特有の、なにかの信号らしい」

「そんな重大な事実を、司令部は雪風の収集データから抽出できていなかったのか。信じられない」

「正確に言うと、このパターンのノイズは発信源が特定されておらず、ジャム機から発せられたものだという解釈は雪風によるものです」

「どういうことだ」

「さきほどぼくは、機内データベース内で、この特徴的な波形データがジャム識別情報として扱われているのを発見したんです。つまりこのノイズはジャムだと雪風は認識しているに違いない。ぼくはそれを翻案して機長に伝えたわけです。ですが、この雪風の解釈は正しいと思います。そうでなければ、いまこの波形を発信している意味がない」

「桂城彰の検索の腕はＡＩなみだな」

「褒められてます？」

「思いもよらぬ情報まですくい上げてくる。おまえの解釈どおりだろう。驚いたな。データの海から雪風がそんな解釈を生み出していたとは、まったく予想外だ」

「ジャムがいるなら、砂から飛び出してくるか、あるいは仲間が飛来するとか、なんらかの反応があるはずです」

いまだ、ない。

「雪風は、こういう重要な情報を司令部や人間と共有しようとは考えなかったわけだ。これは問題だ」

「はっきりとジャムの断末魔の悲鳴だと確認されたわけではないですから——」

「事実かどうかなどどうでもいい、おれが危惧しているのは、雪風は、こんな重大な自分の思いつきを、だれかに伝えたいとは思っていなかった、という点だ」

「それは、たしかにそうだな。雪風は司令部コンピュータたちにも伝えていないでしょう」

「よくぞ発見した、桂城少尉。おまえが検索していなければ、この事実は明るみに出なかった」

「雪風は自分の思いつきを隠蔽したわけではない。単純に、伝えなかっただけだと思う」

「そこが問題だ。というか、その点こそおれたちが考えるべき問題だ――」

「機長、また変調波形が変わりました。こんどは、なんだ。これはTAISポッドへの再起動指令波だ。直接地面に向けて発信している。とっとと起きろ、という感じか」

雪風は、砂の中にジャムは潜んでいないと判断したということだろう。しかし。

「TAISポッドからの応答はないですね。雪風、再起動指令波を停止、通常のレーダーモードに戻しました。ぼくに探せと雪風は言っているようだ」

雪風をここに導く原因となったジャムを発見したという情報は、TAISポッドの信号を真似たジャムの欺瞞信号なのか、あるいは正しくTAISポッドによるものなのか。

ここにジャムがいないからといって、その判断はいまだつきかねているという雪風の態度だ。どうしても目標のTAISポッドの在処を突き止めなくてはならない。

さてどうすべきか。雪風は、どうするつもりだろう。

「それにしても雪風の側方レーダーの機能はすごいな」と桂城が言う。「対象に直接手で触れているかのようだ」

それを聞いて零は、桂城彰もまた、雪風に〈共感〉していると感じた。雪風が実行している電子手段をモニタする機器を通じて桂城は雪風に同調している。地表の状態を感じ取っているのは雪風だろうに、桂城はまるで我が手で地表を撫でている気分なのだ。

「旧雪風は、この周辺に六基のＴＡＩＳポッドを投下していた。一部は投下直後に砂中から飛び出してきたジャムに破壊されたが、すべてを破壊される事態になるのを雪風が阻止した」と零は言う。「今回ジャム発見情報を発信したのは８３００９８４-２だが、それだけが生き残ったのか、ほかにも生き延びたポッドがあったのかは、わからない」

「今回の情報がジャムの欺瞞信号だったとしたら」と桂城が言う。「六基とも、全部すでに死んでいたことになる」

「その場合、ジャムはなぜ８３００９８４-２を騙《かた》ったのか。８３００９８４-１でも３でも６でもなく、どうして２なのか。適当に選んだのか。そうではないだろう。本物と見分けのつかないほどそっくりの信号なのだから、手本になる８３００９８４-２はまだ生きていて、それをジャムは真似たのだ。少なくとも六基のうち、その一基だけは生き残っていた」

「生き残ったというのは投下時のことで、ジャムが破壊し損ねたその存在を突き止めて、ポッドの状態や情報を盗み取った上で破壊したのだとも考えられる」

「その場合、ポッドは自分を破壊しようとしているそのジャムを発見したはずだ。しかしそのような過去情報はない」

「発見情報を発信する間もなくジャムに破壊されたんでしょう。——いや、こんな仮定の話をいくらしても無駄だ。きりがない。真相を知るには、とにかく手がかりを摑むしかない」

「もういちど８３００９８４-２から発信されたジャム発見情報の詳細を確認しろ。発信地点、時刻などだ」

「わかりました」

「付帯情報の中身を見るツールがないのなら、司令部コンピュータらに支援してもらい内容を読み取れ。雪風の解釈ではない、生の情報内容を知りたい」

「イエッサー」

桂城がさっそく手を動かす気配が伝わってくる。零は雪風の旋回半径を大きくして、探査範囲を広げる。

「考えるな」と零は、ふと頭に浮かんだ言葉を口にしている。「行動しろ」

するど後席の桂城が応答してきた。

「それはふつう、〈考えるな、感じろ〉じゃないですか」

「余計なことを考えずに手を動かせ、少尉」

「そういうことか」

「たぶん、雪風の思いが口に出た」

「どういうことです」

「雪風はおれたちに、〈do not think, act〉と告げている気がする」

「まるで以心伝心だな」

「馬鹿げていると思うか」

「とんでもない。機長の感覚は、わかるつもりです——大変だ」

いきなり桂城の口調が変わる。

「どうした」

「いま、件の情報を情報収集エリアから読み出そうとした瞬間、なくなった」

「意味がわからない。どういうことだ」

「情報保存ファイルを見失ったのか。まさかぼくの操作ミスで消去してしまった?」

「保存情報ではなく、目標のTAISポッドと思われる残骸です。光学探査でも目標をキャッチ。人工物の破片が飛び散っている。破片の形状からしてポッドに間違いない。見たところ破壊されて間もない」

「よかった――」

「イエッサー」と返事をしてすぐに、桂城が続けた。「見つけたぞ」

「それはない」と零。「自分の腕を疑うな。考えずに、探せ」

そこは、件のTAISポッドがジャム発見情報を発信した地点とされたところから数百メートル離れている。

「消えていた情報ファイルも見つけました。ファイルの移動などはなかったようで、ぼくが表示リストを見誤ったのか。いや、違うな。これは、変だ」

「どうした」

「情報受信時刻が、数分前になっている。ヘッダの時刻数値が書き換えられているのか――」

「あらたな情報が上書きされたか、だ」

「そうですが、先ほどの一瞬のファイル消失から考えても、なにかよからぬことが起きている」

零は周辺空域を目視で警戒しつつ、問う。

「情報の内容はどうだ。〈未知のジャム〉を発見したというもので変わりはないか」

「それは変化なしです。――深井大尉」

「あらたまって、なんだ」

「あのポッドが見つけたのはジャムではなく、おそらく、さきほどの雪風です」

「わかるように言ってくれ」

「さきほどジャムの断末魔を地表に向けて発信した雪風を、いまは破壊されて残骸になっているあのポッドがジャムだと認識した、ということです。その情報を、過去の雪風が受信した」

「雪風がジャムに間違われて、その情報を、あのときの雪風が受信した、か」

「そう解釈すると、つじつまが合う」

「因果が逆転している」

「そもそもジャム情報を発信した電波の伝わり方なんて、時空のどこを通っていくのか、わかったものではない」

「通常空間ではあり得ない。とうぜん、ジャムの干渉が疑われる」

「雪風は、未来の自分からの情報により、あのクラゲみたいなジャムの罠に気づいたとも解釈できる。ジャム発見情報を発信したのはポッドではなく、雪風の意思だったんだ。雪風がポッドの機能を利用して、いまの雪風が過去の自分に向かって送信した。ファイルのヘッダ情報が書き換えられたのは、雪風がそのようにわれわれに知らせているからだ。一時的なファイル消失も、雪風がやったんだ。こちらの注意をひくためだ」

「桂城少尉、講釈は、あとだ。現実にポッドは破壊されている。自爆ではない。あれにそのような機能はない。外部からの攻撃だ。雪風は射撃も爆撃もしていない。ならばジャムだ。近くにいるぞ。マスターアーム、オン。戦闘態勢」

「わかりました。能動索敵開始。武装だけでなくフローズンアイも再起動して、警戒しましょう」

「了解だ。そちらはレイフの位置を確認しろ。レイフに援護要請。ジャムを警戒し、全域哨戒。地表からの攻撃も想定すること」

「了解。司令部に空中給油要請もします。とうぶん帰投できそうにない」

零はフローズンアイの起動操作をし、搭載武装の確認。その最中に司令部からの直接交信が入る。

『アグレッサー・ワン、雪風、聞こえるか。深井大尉、いったいなにをやっているんだ。状況を知らせろ、どうぞ』

ブッカー少佐だ。

「こちら深井大尉、事態がめまぐるしく変わっていて、いま忙しい。戦術情報回線で雪風から状況を知らせる。以上だ、交信おわり」

「雪風からメッセージです、機長」

零も気づく。メインディスプレイに表示されている。

〈launch HIEN now, immediately _ SAF control〉

雪風は特殊戦司令部に、飛燕を緊急出撃させろと要求している。

続いて、もう一行。

〈find Col.LOMBART _ Cap.TAMURA〉

「ジャムを探せじゃないのか」と桂城が叫ぶように言う。「田村伊歩にロンバート大佐を探せと雪風は要求しているぞ。なんでだ」

これは零も意外だった。どうやらさきほどの桂城彰の解釈と雪風の思惑は異なっているようだ。TAISポッドに関する真相も、わからない。

「考えるな。行動しろ」と零は桂城に言う。「おれたちは、〈雪風の世界〉を体験しているんだ。情報ファイルの受信時刻が違っているのも、そのせいだ」

「そういう解釈はしたくなかったな」

「どうして」

「雪風は、ぼくをロンバート大佐向けの情報収集ポッドにしようとしている気がする」

「旧雪風は投下したＴＡＩＳポッドをジャムから護ろうとした。おまえもきっと大丈夫だ」

「考えずに行動するって、自動機械じゃないですか。ぼくに兵器になれという意味にとれる」

「必要なのは理屈ではなく、エンパシーとインサイト、共感と洞察だ。雪風に共感し、直感で生き残り策を摑み取れ。雪風はおまえを単なる使い捨て兵器として扱ったりはしない、絶対だ」

「機長を信じます」

「雪風を信じろ」

「信じます」

雪風から注意喚起の警報音。同時に、メッセージが出る。

〈head for TAB-17, now _ Cap.FUKAI〉

ＴＡＢ‐17に向かえ、いますぐ、深井大尉。

「この前線基地は、たしか、バンカーバスターを投下した爆撃機の、強制着陸地に指定した基地ですね」

「オンロック２２１、２２２、２２３の三機だ」と零。「ジャムに乗っ取られた」

「ロンバート大佐に、でしょう」

「バンカーバスターの件は、大佐の意思ではない。かれはＦＡＦ基地全部を自分のものにしたいわけで、破壊工作をする理由がない」

「しかし、あの爆撃機は大佐の手に渡っているようですが」

「ジャムから払い下げを受けたんだろう。ジャムとしては爆弾のない爆撃機に用はない」

「雪風は、大佐からオンロックを取り返しにいこうとしているみたいだな。あの爆撃機は結局ＴＡＢ

-17には降りていないわけですが、そんな気がする」

オンロックの三機はジャムが発生させた〈通路〉に入って以降、通常空間からは消えている。

「おれもそう思う。正確には、ジャム化したオンロックを破壊して大佐を怒らせ、隠れ家から誘い出すことを狙っている」

「目標は大佐か」

「大佐を通じて、ジャムの正体を突き止めること。それが目的だ」

「そこまでよくわかりますね」

「いまのは、おれの希望だ。雪風の具体的な思惑はわからない。というより、おれにはうまく言語化することができない」

「すこし安心しました」

「どうして」

「機長は、まだ人間だ」

「フムン」

桂城にそう言われて零は、どういう態度を取るべきか、とっさには思いつけない。

「この前線基地はシュガーロックに一番近いな」と桂城は零の気持ちにかまわず、続ける。「本作戦の本来の偵察ポイント、そこに雪風は向かえと言っているのかもしれない」

零は雪風の針路をすでにそちらに向けている。

「近づけば、雪風の思惑がはっきりする」

桂城にそう応え、それから特殊戦司令部を無線で呼ぶ。

「こちら雪風、ブッカー少佐聞こえるか。これよりTAB-17に向かう。基地にその旨連絡してくれ。

降りて給油するかもしれない。以上、連絡終わり」

応答が来るまえに交信モードを切る。

この電波はあるいはブッカー少佐には届かないかもしれないと思う。自分の世界と司令部とでは、異なる時間が流れているかもしれない、と。

だがいまは、そのような疑惑を追及している場合ではない。雪風の行動についていくことに精一杯だ。雪風はいま、ジャムの脅威に対抗している。雪風の思惑に同調しなければ、自分の身が危ない。

やはり自分は、ジャムよりもまず雪風との〈闘い〉こそが重要なのだと零は再確認させられる。コミュニケーションは、闘いだ。

「機長、フローズンアイが高速移動物体を捉えました。前方、約三〇〇キロ。向かってくる。速い」

高速戦闘機に違いない。零は正体を探る。すると、あっさりと、味方機だと確認できた。機種はシルフィードだ。しかし、わかるのはそこまでだった。無線での呼びかけに、どの周波数でも応答しない。

「桂城少尉、あれは正体不明のFAF機だ」

「なにを言っているんですか」

「未知のFAF機だと言っている。わかるか。TAISポッドが伝えてきた状況と同じだ。未知のジャム、未知の友軍機。同じ表現だ」

「いや、それはわかりましたが、そんなことがあり得るんですか。味方機なのに正体不明とは、どうしてわからないんだ」

「速度からして、スーパーシルフだ」

「まさか」

「そのまさか、だ。あれは、旧雪風だ」

「ジャムだ。雪風に化けたジャム。不可知戦域で、雪風に帰順を迫ったときに姿を現した、あいつだ」

「違う」と零は言う。「あれは、雪風だ。六基のTAISポッドを抱えて、いま投下地点に向かっているところだ。おれとバーガディシュ少尉が乗っている。コースもあのときと同じだ。TAB-17方面から、TAB-14に向けて飛ぶコースをとった。雪風は、過去の自分と遭遇するために、TAB-17に向かえと言ったんだ」

「いや、いくらなんでも、それはないだろう、これは、レーダー画面上にだけ現れた幽霊というか、そう、雪風の錯覚だ」

「目視できたら、どうだ。あと二分ですれ違う」

零は操縦桿を握り、向かってくる機と同高度に機を上昇させる。針路も微調整して、至近距離をすれ違うコースにのせた。

「見逃すなよ、桂城彰」

そして、待った。

なんども体験する衝撃波。ドンと機体が揺れて、すれ違う。完全な目視での確認はできない。だが特徴的な高い双垂直尾翼は見逃さない。

「幻視じゃないな」と桂城。「体感した。ブーメランマークは視認できなかったが、特殊戦機だ。スーパーシルフに間違いない」

零は、そのせいで軍法会議にかけられて謹慎処分を食らった事件、正体不明のシルフィードと交戦して撃墜した状況を思い出している。

状況はあのときとほぼ同じだが、決定的な違いは、いまの正体不明機を雪風が〈敵だ〉とは認識していない点だ。

それは、わかる。雪風から交戦せよとは言ってこない。だが、どうしてなのかは、〈共感〉できない。

「雪風は」と桂城が言ってきた。「いまの状況を完全無視している。ATDSによると、いまいちばんエネルギーを消費しているのは索敵関連です」

「フローズンアイが莫大な電力を消費している」

「そうですが、雪風は、すれ違った謎の友軍機を探査対象にはしていない。あの旧雪風に遭遇することが針路をTAB‐17に向けた理由ではない。雪風は、ジャムを探しているんだ」

「いや、さきほどのメッセージからして、雪風が探しているのはロンバート大佐だろう」

「そうか」と桂城。「そういうことか。この現象は、ロンバート大佐が仕掛けているんだ。雪風を混乱させようとしている。ある種のジャミングだ。時空をジグソーのようにバラバラにして、雪風に幻覚を見せる状況にしている」

「その手は通用していない。雪風は大佐の手の内を読んでいる。学習したんだ」

「ついていけないのは、ぼくらのほうだ」

「ぼくら？」

「ぼく、です、機長」

桂城はそう応えたあと、雪風の情報回線がＦＡＦの戦術統合システム・コモンレイヴンに自動接続された、と告げた。

「雪風がコモンレイヴンを必要とした、か」と零。

「そうです」と桂城。「特殊戦の戦術情報回線で十分だろうに、どうしてだろう」

「ロンバート大佐対策だろう。理由はわからないが、間違いない」

「直感ですね」

「洞察だ」

「飛燕、発進しています。田村伊歩が来る。雪風は飛燕を目的地に誘導するために、コモンレイヴンを使っているようだ。飛燕には特殊戦のデータリンクは用意されていないからだな。なるほど。ロンバート大佐対策でコモンレイヴン云云の機長の洞察は、違ってるんじゃないか」

「いや」と零は自信を持って、応える。「雪風は、田村伊歩の邪眼をロンバート大佐に向けようとしているんだ」

「邪眼？」

「大佐は、田村伊歩の目で見られたものはジャムになるのだ、という意味のことを言っていた。邪眼だ、と。田村大尉を牽制するための言だと思ったが、おそらくそうじゃない。田村伊歩はロンバート大佐にとって天敵のような脅威なんだと思う」

「それなら、飛燕が狙われる。いまのところ護衛機は上がっていない。飛燕は単機で出撃しています」

「レイフを援護に回せ」

「了解。――レイフはすでに進路を変更している。機長の言うとおり、飛燕の援護に向かったものと思われる」

「おれたちに言われるまでもない、か。対雪風共感力をもっと磨く必要がありそうだ」

ロンバート大佐への包囲網を用意し、それを狭めようとしている雪風の思惑は、感じ取ることができる。

しかし大佐は人間だ。ジャムではない。雪風はなにを狙っているのか。

——やられたら、やりかえせ。

そういう思いが浮かぶ。クラゲ様のジャムを撃破したとき、雪風は、〈やったぜ〉というような反応を見せた。あのジャムの出現はロンバート大佐と関係していると雪風は判断しているのかもしれない。自分を危険な目に遭わせた大佐に、〈やりかえす〉。雪風の行動は、そう解釈できる。

零は雪風に〈共感〉しようと意識を機体に集中する。だが、いま思い浮かんだような、復讐心は感じとれない。平静そのものだ。

では、なんだろう。

「フローズンアイにまた反応」と桂城が緊迫した声をあげる。「これは、超空間通路の発生らしい」

「大佐のお出ましだ」

なにも考えずに零の口からその言葉が飛び出す。その自分の声を聞いて、雪風の思惑がわかった気がした。雪風は大佐を呼び出して、交渉しようとしている。

その内容は。

——われに帰順せよ、だ。

雪風はおそらく、ロンバート大佐を対ジャム兵器として使うことを考えている。言うことをきかせるための武器は、邪眼だ。田村伊歩の、眼。

零はフローズンアイの画像をメインディスプレイに出す。対象がぶれているような表示は超空間通路の発生時に特有のものだ。

「間違いない」と零は桂城に言う。「ジャムの超空間通路だ」

距離は約二四〇キロ。

「後ろですね」と桂城が応じる。「ＬＲＨＭ１の核爆発で消滅したＴＡＢ‐14の周辺に発生したようだ」

「超空間通路そのものがジャムかもしれない」

「まだそんなことを」

「ジャムの正体に一歩近づいたのは間違いない。いままではまったくわからなかったんだからな」

「それはそうですが」

「目を離すな」

「対象はこちらに向かって移動中。速度は亜音速。しかしあの〈通路〉は雪風を追いかけているという感じではないな。動きが定まっていない感じだ。よろよろしているというか、ぶれている。あそこからロンバート大佐が出てくると思いますか、機長」

「わからない」と率直に応える。「だが、あの〈通路〉は、雪風に誘い出されて姿を現したに違いない。もし大佐があの中にいるなら、かれはあそこから出たくないはずだ」

「どうしてわかるんです」

「いままでおれたちが体験してきた状況を分析した結果、そう考えられる、ということだ。理由を説明している暇はない」

「直感ですか」

「インサイトだ」

「insight、洞察ですか」

「そうだ」

「機長がいうインサイトは、情報を収集して分析し、その結果から得られる知見のことですよ。情報軍でも使われる用語だ。単純な〈洞察〉とはちょっと意味合いが違う」

このところブッカー少佐がよくその言葉を口にしていた。雪風の思惑を探るには雪風に関するあらゆる情報を集めて分析するしかない、インサイトを使うのだ、と。それは、いわゆる日本語の〈洞察〉とはすこし違うと零は感じていた。

身体的な感覚を含んだ言葉だ。情報の海に飛び込み、〈うまく泳ぐ〉ことで見えてくるもの、という感じだろうと零は思う。

「機長のいう〈インサイト〉は、あえて日本語にすれば〈洞察的知見〉でしょう」

さすが元情報軍にいただけのことはあると零は、桂城彰の、こちらが発した言葉の意味合いを摑み取る能力に感心する。

「それで、どうします。反転して、攻撃を試みますか」

「いや」と零は否定する。「駄目だ」

「攻撃はともかく、あれがさきほどと同じような、目に見えない〈クラゲ〉なのかどうかを確かめたほうがいい。ロンバート大佐が発生させている超空間通路なら、クラゲとは形状が違うと思われる。確認しないんですか」

「あいつは、雪風が投じた釣り針に引っかかっているような状態だ。雪風に無理やり引きずられている。このバランスを崩してはならない。雪風に任せろ」

「それも、インサイト、洞察的知見で、わかったことですか」

「雪風に共感して感じられる。エンパシーだ。雪風はあいつを釣り上げようとしている」

「了解です」桂城はもはや質問せず素直に納得する。「機長を信じます」

「周辺を監視。特殊戦機やＦＡＦ機の動向も調べろ」

「了解」

零は雪風の進路を変えない。まっすぐにＴＡＢ－17に向かう。ＦＡＦ戦術データ回線・コモンレイヴンに接続中の画面を正面ディスプレイに呼び出し、周辺空域でのＦＡＦ活動を見やる。見たいのは飛燕の行動だ。

零は無線で田村伊歩を呼び出す。

「こちら雪風。飛燕、聞こえるか。田村大尉、応答せよ。こちら雪風だ、どうぞ」

返事を待つが、反応がない。周波数を変更しても同じだ。

「応答なしですか」と桂城が訊いてくる。

「飛燕の作戦行動周波数をサーチしてみてくれ。特殊なものが割り当てられているのかもしれない」

「それはない。無駄ですよ」

「どうして」

「さきほど過去の旧雪風とすれ違ったじゃないですか。認めたくはなかったが、ここは通常空間ではないんだ。無線のアナログ波なんてどこへいくやらわかったものじゃない。いまは、そういう状況なんだ」

そうだ、自分も無意識のうちにはわかっていたことだと、零はうなずく。

「われわれはいま、雪風の世界にいるわけだな」

人間の世界と雪風のそれは、違う。互いに独立した世界を生きている。コンピュータたちもそうだ。異なる世界に生きている存在にもかかわらず、あたかも同じ世界に生きているように感じられるのは、それこそ人間の優れた能力のおかげなのかもしれないと零は思う。

「おそらくロンバート大佐の世界とも重なっている」と桂城が言う。「しかし雪風は、大佐の空間ジャミングを破った。あるいは、破りつつある」

桂城は事態を完璧に把握している。それでさきほど『機長を信じます』という言葉が出たのだと零は、このフライトオフィサでよかったと思う。思い返せば、雪風機上での〈超常体験〉を何度も一緒に経験してきた仲だ。

——桂城彰はまさしく戦友だ。平時においても友人の付き合いができるかどうかは、また別の話だが。

「田村伊歩となんとかして連絡を取りたい」

「コモンレイヴンでやれるでしょう」

雪風はコンピュータネットワークで外部とやり取りしているので、FAF戦術データ回線のコモンレイヴンを使えば飛燕にコンタクトできるはずだ、それで田村伊歩を呼び出せると、桂城は言っている。

零は了解と伝えて、コモンレイヴンの呼び出し機能をオン。

「こちら雪風から飛燕へ。飛燕、応答しろ。こちら深井大尉だ。飛燕の田村大尉、田村伊歩、応答しろ」

その音声はデジタルデータに変換されてコモンレイヴンに入力される。画面に、いま言った言葉がテキスト表示された。〈飛燕〉に接続中のサイン。

田村伊歩はこの呼び出しに気づいたはずだが、なかなか応答がない。

応答を待つ間、零は画面でいま作戦行動中の二機の特殊戦機の動向を見る。特殊戦十番機のリャーンと八番機のエンリルだ。

二機は並飛行して、TAB－14に向かっている。核爆破された破壊状況を調べるためだろうが、もっと詳しく知りたい。

零はコモンレイヴンとは別に、特殊戦の専用戦術回線も立ち上げる。すると行動中の二機の機内装備の使用状態がわかった。

リヤーンは空間受動レーダーを起動していた。さきほど現れた、よろけた動きをしている〈通路〉をリヤーンもキャッチし、司令部にその存在を伝えている。エンリルは通常の特殊戦の戦術電子偵察をフルパワーで実行中だ。

それから、レイフ。レイフは二機の特殊戦機から離れて、一直線に飛燕に向かっている。三分ほどで飛燕に乗る田村伊歩の目視範囲内に到達するだろう。

そのレイフに促されたかのようなタイミングで、コモンレイヴンを通じて音声が入る。飛燕からの応答だ。

『こちら飛燕、田村伊歩だ。雪風からのコンタクトを確認した。深井大尉、いまどこだ』

その声は田村伊歩に間違いない。しかしいま聴いているそれはアナログ無線のような〈肉声〉ではない、ということを零は意識する。

その声の正体はデジタルデータにすぎない。そのデータをアナログ変換し、田村伊歩の声に似たパターンでもって出力されたものだ。つまり、この音声は田村伊歩の声そのものではない。いま聴いている音声の先に本物の田村伊歩がいるかどうかはわからない。この声でそれを確認する術はない。デジタル回線とは、そういうものだ。

いま田村伊歩が言った言葉がコモンレイヴン画面上にテキスト表示されている。それは田村伊歩の発話によるものだとは限らない。ジャムかもしれないし、ロンバート大佐にもこのような偽情報を発信することは可能だろう。さらには雪風による言葉である可能性すらある。

零はそれらを念頭においてコモンレイヴンの画面の飛燕のシンボルにタッチし、デジタル通話を開始する。

「こちら深井零。雪風機上だ。後席に桂城彰。いまのところ乗員の体調に異常はない。田村伊歩、きみが飛燕で緊急発進した、その目的、作戦内容を教えてくれ」

『緊急発進ではない』と田村伊歩の声が言った。『いつでも出撃できるように待機していた。いま発進したのは、雪風がジャム化しているかどうかを確認せよとのクーリィ准将の命を受けてのことだ』

「ジャム化とはな」と桂城。「いやだな、いろんな意味で」

『桂城少尉だな。間違いない。雪風機上の乗員はまだ人間だというのがわかる』

「つまりきみは」と零は桂城の発言は無視して、伊歩との会話を続ける。「きみの目で雪風の機影を見るために上がった、ということか」

田村伊歩の目には、ジャムが〈見える〉のだ。雪風がジャムになっているなら、その目でわかるということなのだろう。

『そのとおり。だが雪風は、特殊戦司令部が示した空域にはいない。全周サーチしてもレーダーコンタクトできない。コモンレイヴン上にも表示されない。いったいどこに隠れているんだ』

言われてみて、零は気づいた。コモンレイヴンの画面には、自機マークが出ていない。やはり雪風は通常空間ではないところを飛んでいるのだ。

「きみなら想像がつくだろう、田村大尉」

『あのときと同じ、空間転移爆弾云云の例で示された、異空間の中か』

「あのときとは状況がすこし異なる。今回、空間転移の状態を作り出したのは、おそらく雪風自身だ」

『雪風にそんなことができるとなれば、まさしくジャムだ。違うか、深井大尉』

「原因を作ったのは、ロンバート大佐だ。かれのほうから、昔の雪風の存在する時空の切れ端をわれわれに突きつけてきた。雪風はその力を利用して、大佐をこちら側、雪風の支配する空間へと引っ張り出そうとしている。大佐が突っかかってきたところを巴投げで一本を狙っているようなものだ」

「釣りじゃないんですか」と桂城。「いや、わかりますが」

「一本釣りだよ」と零は、つい桂城に同調してしまう。「雪風は、ロンバート大佐を自分の手で釣り上げようとしているんだ。そんなことができるのは、大佐自身が雪風にちょっかいを出してきたからだ。その干渉してきた力を雪風はうまく捉えることができた、ということだ。理解できるか、田村伊歩」

『雪風が大佐をおびき出しているというのなら、それは好都合だ。クーリィ准将はいまの雪風の行動を全力で支援するだろう』

「それは、駄目だ」

『助けはいらない、というのか』

「そうではなくて、クーリィ准将はロンバート大佐を殺害しようとしている。それは駄目だ、と言っている」

『ロンバート大佐からはジャムの情報を引き出すことができる。だから殺すな、という理屈はわかる。わたしも大佐殺害には、単純には賛同できない。だがクーリィ准将の考えは変わらないだろう。司令官に逆らうつもりか、深井大尉』

「准将の思惑はこうなんだ、つまり、ジャムと結託してFAFを支配しようとしている大佐を野放しにしておくことは、ＦＡＦの戦闘知性体に〈人間も敵だ〉と認識させかねない、それはジャムと同じレベルの脅威になる、脅威の芽は早く摘まなくてはならない、だからチャンスがあればロンバート大佐を殺害する、しなくてはならない、ということだ」

『戦闘知性体の脅威云云は、地球人のわたしには理解の及ばないところだが、あなたは、そこまでわかっているのに、なぜ駄目出しをする』

「雪風はいま、大佐をジャムの餌に使おうとしている」

『なんだ？　もう一度言ってくれ』

「雪風がほんとうに狙っている獲物は、ジャムだ。ジャムを釣ろうとしている」

「ほんとですか、機長」と桂城彰。「初耳だ」

「いま思いついた。雪風に共感したというか、感じたんだ」

「そういうことなら、わかります。雪風はぼくらの会話を聞いているでしょう。雪風自身の思惑もこちらに伝えているはずだが、ぼくには感じ取れない」

『もう遅いかもしれない』と田村伊歩が言ってきた。『クーリィ准将は、ＬＲＨＭ１を搭載した春燕《チュンイェン》を発進させた。攻撃目標は、リヤーンがフローズンアイで捉えた〈ミニ超空間〉だそうだ。その中にロンバート大佐がいると思われる。ＬＲＨＭ１による核攻撃はジャムが発生させる超空間の破壊に有効だと准将は判断したようだ。〈ミニ超空間〉ごと大佐を葬るつもりだ』

「きみは大佐殺害に関して、いまはどう思っているんだ、田村大尉」

応答までにすこし間があったが、伊歩は、はっきりとした口調で答えた。

『超空間に隠れているロンバート大佐は、ジャムだ。できることならわたしが核弾頭を目標に向けてぶち込みたかった。春燕のパイロットがうらやましい』

その声は田村伊歩の肉声ではない。それでも気持ちを感じ取ることができた。

この声の主は間違いなく田村伊歩だ、自分が核爆弾になってすべてを破壊し尽くしたいという衝動を常に堪えながら生きている人間だ、それが確認できたと零は思った。

そんな零の思惑をよそに、伊歩が訊いてきた。

『いまの情報はそちら、雪風ならば、すでに摑んでいるはずだ。雪風の反応はどうだ、桂城少尉』

「ぼくに訊いてくるのか」と桂城彰。「あー、全系統異常なし。雪風はロンバート大佐を釣り上げる行為を続行中。雪風はジャムにもバターにもなってません、メム」

『あなたは間違いなく桂城彰だ。あなたから見て、深井零はどうだ。ジャムになっていないかどうか、確認してくれ』

「そういうことで、ぼくなのか。そうですね、深井機長は、すこしずつ人間から逸脱しつつあると、正直なところ、感じます。しかしジャム化ではないな。あえていうなら、深井大尉は、雪風化しつつある」

『よくわかった。深井大尉、わたしもそちらの異空間に入りたい。どうすれば飛燕で行けるのか、指示してくれ』

「まだ早い」と零は応える。「雪風はロンバート大佐をTAB-17に引っ張っていくつもりだ。きみもそちらに向かってくれ。そこで会おう。飛燕本来の作戦行動のとおりだ。こっちには来なくていい」

『了解した』と田村伊歩は言い、そして、付け加えた。『ロンバート大佐の首はわたしが獲る。だれにもやらせない。以上だ』

雪風のコクピット内がいまの伊歩の気迫に圧されて一瞬静まりかえる。

零は飛燕との音声コンタクトをオフ。

「田村伊歩、恐るべし――」と桂城がつぶやく。

その声が消える前に、雪風の警告音。

「敵機」と桂城。「どこだ」

零は反射的にコクピットの外へ視線を上げるが、その直前、画面上にロックオンマークが点灯したのを視野の端に捉えた。視線を戻す。コモンレイヴンの画面に、春燕が表示されている。そしてそのシンボルを、ロックオンマーカーが囲っている。

「レイフ、春燕に向かって攻撃照準」と桂城が緊張した声で告げる。「攻撃目標はLRHM1だろう。発射を阻止するための警告か」

「これは雪風がやっていることだ」と零。「警告ではない。本気だ」

零は特殊戦の戦術回線を使って、春燕にコンタクト。危険を伝える。

「こちら雪風、緊急警告。B-3、春燕、直ちにLRHM1を投棄せよ。さもないと、貴機はレイフに撃墜される。レイフの狙いはLRHM1だ。貴機がそれを使って目標を攻撃することを、レイフは阻止しようとしている。したがって、貴機がLRHM1を捨てるか目標を変更しないかぎり、レイフとの戦闘になる。格闘戦になれば貴機に勝ち目はない。退避も間に合わない。いま提示した対応策を直ちに実行せよ」

すぐさま応答がきた。

『こちら春燕、周静《チョウジン》中尉だ。雪風、了解した。LRHM1の攻撃目標をそちらの指示どおりに変更する。シュガー砂漠に向けてリリースする。直ちに実行。いま、リリースした』

長距離超高速ミサイルLRHM1が発射された。

春燕はその大きなミサイルを発射する前に針路をシュガー砂漠に向けていて、発射後は旋回して上昇し、周辺監視行動をとる。

レイフは春燕を攻撃するコースから離脱。LRHM1を追う。その長射程ミサイルはさらに加速して極超音速へ。レイフには追いつけない。砂漠に入る前にレイフは追撃を中止、フェアリイの森へと戻る。飛燕を追ってTAB-17へ向かう。

「クーリィ准将からはなにも言ってこないな」と桂城が落ち着いた声で言う。「春燕のチョウ中尉も、准将やブッカー少佐の許可を得ずに独自行動だ。特殊戦はいま現在、雪風の指揮下にある。もし雪風が人間の意思に逆らって行動しているのなら、これは相当に危うい事態だ」

「いや、いま特殊戦の人間たちはもっと危うい状態におかれている。雪風は、人間を見ていない。存在しないものとして行動している」

「ジャムと同じだ」

「そういうことになる」

「雪風を信じていいんですか」

「おれは雪風化しているそうだからな、おまえに言わせれば。雪風はおれ自身ということだ。おれは自分を信じる。そしてクーリィ准将やブッカー少佐が、あるいは春燕のパイロット、だれだっけか——」

「チョウ・ジン、中尉です」

「チョウ中尉たちが雪風を信じるとすれば、それは、このおれを信じるということだ。あるいは、おまえを。雪風におれたちが乗っている意味というか、価値は、そこにあるんだ」

「ぼくらは、つまり、雪風と人間とをつなぐ媒体というか、触媒みたいなものというわけか」

「触媒はよかったな。面白い」

「ぼくらは積極的に雪風と人間の関係を取り持とうとしているわけではないし、両者に挟まれていても、べつだん磨り減ることもない。だから、触媒ですよ」

「なるほど」と零は、桂城の見方は的確だと思う。

「もしかして、ぼくは触媒でなくても神経を磨り減らすことはない、と思っていますか、機長」

考えてもいなかったことを言われて零は、「意味がわからない」と返す。「おまえは無神経だということか？」

「いや、いいんです。そうだよな、深井大尉はそういう、ひねた目で人を見たりしない。それは、田村伊歩に言うことだった。田村大尉なら、きっとそう言っていた」

「無神経なやつだ、と」

「そうです。ぼくは田村大尉からは正当に扱われていない。ぼくほど傷つきやすい人間はいないというのに、ひどすぎる」

『もう一度、言ってみろ、桂城少尉』

「嘘だろう、なんで盗み聞きできるんですか、田村大尉。コモンレイヴンのコンタクトは切ったはず——」

『わたしは、あなたを無神経なやつだなどとは一度も思ったことはないし、言った覚えもない。お調子者だ、とは言った。まさに、そうじゃないか。なにが盗み聞きだ、そちらとはずっと接続中だ』

「いや」と零。「おれが切った。本来つながってはいない。雪風が飛燕とつないでいる。きみと、われわれ二人との雑談を雪風は聞きたがっているんだ」

『雑談している暇はない』

「もちろん、雑談というのは例えだ。おそらく雪風は、きみが先ほど言った『ロンバート大佐の首はわたしが獲る』云云を気に掛けている。雪風は、大佐を殺されたくないんだ」

『ジャムである大佐の首を獲る。わたしの狙いは、あくまでもジャムだ。ロンバート大佐がただの人間ならば、殺す意味はない』

「その言葉を、雪風は聞きたかったんだ」

『どういうことなのか説明してくれ』

「雪風は、ロンバート大佐を帰順させようとしている。きみの〈邪眼〉に期待しているんだ。大佐は、きみの目で見られることを恐れている。きみに見られたら、自分がジャムではないということがはっきりしてしまうからだと、おれは考えている。だから大佐はきみの前には現れない」

『ジャムのまま、わたしに殺されればいい』

よほど自分の手でLRHM1を発射したかったんだなと、桂城がつぶやいている。春燕と飛燕は一字違いだし、その悔しさはわからないでもない、と。

零も伊歩も桂城の発言は無視する。

「雪風は、ロンバート大佐をジャムから引き離したい。大佐を匿《かくま》っているジャムを顕わにしたいんだ。きみの目には、きっと、大佐とジャムが〈重なって〉いる状態が見えるはずだ。その重なり状態を解消し、ジャムと大佐を分離することを、雪風はきみに期待している」

『具体的に、わたしにどうしろという？』

「見るだけでいい。きみの目は、ロンバート大佐にとっての〈邪眼〉だ」

『よくわからない』

「きみが雪風に搭乗してロンバート大佐と交戦したときのことを思い出してくれ。きみが後部席に乗ってフェアリイ基地から再発進した、あのとき、きみはオンロックの三機が一機にしか見えない、と指摘した。思い出したか？」

『覚えている』と言ってから、『それはわかったが、大佐はわたしに、ダークサイドにおまえも来いと誘っていた。あなたの話と矛盾する。ほんとうに雪風の思惑は正しいのか？』と疑問を口にした。

「ロンバート大佐が自分にとってきみが脅威だと悟ったのは、その発言のあと、まさにあのとき、きみの目は〈邪眼だ〉と大佐が告げてきた、あのときだ。大佐にとってきみの〈目〉は、雪風とは次元の違う脅威だ。対処のしようがない。逃げるしかない。だがいま雪風は、そんな大佐を逃がすまいとしている」

『わたしが〈ミニ超空間〉を見れば、大佐はそこから出てくるというのか』

「出てくるというより、ただの人間になる。ジャムと一体だったのが分離されて、ジャムと、人間にすぎないロンバート大佐とに分かれる」

『あの中に大佐がいるという根拠は？』

「ない。雪風がそう思っているだけだが、おれは雪風の判断を信じる」

『だとしても、そもそもロンバート大佐は、あのおかしな空間の中でも人間なのか』

「それはわからない。デジタル化されているかもしれない」

『どうしていま、現れるんだ。雪風にロンバート大佐のほうからちょっかいを出してきた、とさきほど言ったな。隠れていればいいものを。大佐は雪風を目の敵にしているのか』

「たぶん、大佐はＴＡＢ‐14を根城にしていたんだろう。おれもその基地でジャムに捕まっていたことがある。ヤザワ少佐とマーニーという看護師がいた。ジャム人間だ。かれらは雪風のシステムを解析しようとしていた。そこからおれたちはかろうじて脱出したのだが、今回、雪風は完全にその基地を破壊した。そのため、大佐はそこから出ざるを得なくなったんだ。雪風の空間認識に揺さぶりをかけて、交戦することなく退避しようとしたんだと思う。だが雪風は、その手に引っかからなかった——」

春燕が放ったLRHM1が起爆、と桂城が伝えてくる。

「シュガーロックの先、二二〇キロ地点です。その地表近くで核爆発。チョウ中尉はミサイルを自爆させたんじゃないんだな。なにを目標にしたんだろう」

「雪風が指示した地点だ」と零。「当初、特殊戦の戦術・戦略コンピュータらが、ロンバート大佐が存在する確率が高いと言っていたポイントだよ」

「そういえば、そうだ。忘れていた。ぼくらはそこに向かう途中だったんだ」

「そこにジャムが存在する確率が高い。ジャムそのものか、あるいは秘密基地かもしれない」

「いまの攻撃でそいつをやっつけた可能性が高いわけだな。大佐は焦っていることだろう。あの切れ者の大佐が慌てふためく様子をこの目で見てみたいものだ」

『状況については、曖昧ながらも理解できた。断片的にしか理解できないというべきかもしれない』

「現実なんて、そんなものです、メム」と桂城が言う。「すべてわかるなんてことは、あり得ない」

『それはそのとおりだ、桂城彰。出たとこ勝負でやるしかない。いまだから言うが、それは、わたしがもっとも得意とするところだ。わかったか』

「イエスメム。それで勝てるからエースなんだな」

生まれながらのファイター、天才ということだろうと零は思う。

『いま、TAB-17を視認。そちら雪風の機影は確認できない。レイフ接近中、レーダーコンタクト。レイフは給油要請をTAB-17に出している。降りるつもりだ。こちらは、TAB-17の上空でレイフを援護しつつ、戦闘待機する』

「了解」

『コモンレイヴンに表示されている情報では、目標の〈ミニ超空間〉は速度を増してTAB‐17に接近中だ。雪風はその前方を飛んでいるということか』

「あるいは、雪風もその〈ミニ超空間〉の中だ」

『ああ、そういうことか。それなら理解できる。LRHM1で破壊しなくてよかったな』

「そこまでは考えていなかった」と桂城がぞっとしたように、言う。「そうなんですか、機長」

「だから、雪風を信じろ」

「答えになっていない気がする」

「現実なんて断片的にしかわからない、そう言ったのはおまえだが、いちいちすべての断片を理解したところで全体像は曖昧なままだ。真実の一端を示している断片よりも、曖昧でも全体像を見るほうが現実を理解する早道だとおれは思う」

「機長が言っていることは、ようするに〈雪風を見よ〉、だ。ほとんど、信仰だ」

「おれは無条件で雪風を信じているわけではない。無批判に信じる信仰とは違う」

『よくわかった』と田村伊歩が言う。『わたしに任せろ。インサイト、だ。ロンバート大佐を叩き出してやる』

心強い田村伊歩の応答だった。雪風の思惑どおりになったと零は思う。

「目標地点、TAB‐17まであと一〇〇キロを切りました」と桂城が気を取り直した口調で告げる。

「後方の正体不明のジャムは、急速接近中、後方九〇キロ」

そのあとすぐに田村伊歩から連絡が入る。

『雪風、貴機と思われる機影を視認した。出てきたな』

零はコモンレイヴンを見て、そこに自機マークが出ているのに気づく。

「そのようだ。作戦開始、後ろの目標をその目で確認してくれ」

『コピー。開始する』

飛燕は身を翻してTAB‐17上空を離れる。

「すごい視力だな」と桂城。「どう考えても、この距離では見えませんよ」

「おれの目には、TAB‐17が見える」

「え?」

「あと一〇〇キロじゃない、すぐそこだ。三〇キロ未満だぞ――」

左舷のほぼ同高度を高速戦闘機が飛び抜ける。飛燕だ。

「後方、飛燕を光学追尾だ。通常の光学探査では〈通路〉は見えないが、大佐が出てくればわかるだろう」

「了解、開始します。しかし残存燃料が少ない。大電力を食うフローズンアイが燃料をガブ飲みしている」

「まだ二十分は飛べる。大丈夫だ。レイフが外部増槽を着けて上がってくる」

「さすが前線基地だな。実戦の緊急事態に慣れている。用意がいい。ジャムが消えて、このところ暇だったろうが」

「みんな、雪風が自分で手配したんだ。特殊戦の戦術回線経由だ。給油要請は、クーリィ准将自らTAB‐17に出している」

「降りて一息つけると思ったのに、甘かった」

「後ろはどうだ」

「飛燕、目標に接近中。雪風はこのままのコースですか。反転して、なにが起きるのか、この目で見てみたいものだが」

「おれたちが振り返ったら、大佐は黄泉の国に戻ってしまう。そんな気がする」

「振り返るなと雪風が言っている、か」

「そうだ。雪風はまだ大佐を釣り上げ中だ」

「春燕、接近中。飛燕を追っている」

超高空に特殊戦三番機、春燕の航跡が伸びていく。

「春燕は通常任務だ」と零。「おれたちの全行動を、なにがあっても手を出すことなく記録している」

「リヤーンとエンリル、雪風の援護のために接近中。クーリィ准将の指示だ。通常空間に戻りましたね。特殊戦も雪風の指揮下から離脱したようだ――」

いきなり、無線のコール。

『こちら田村大尉、雪風、聞こえるか、どうぞ』

これは間違いなく田村伊歩の〈肉声〉だ。

「雪風だ。感度良好、どうぞ」

『目標を視認した。正体は、一機のオンロックだ。肉眼では、その像がぶれている。おそらくジャムの巣に入っているオンロックの三機が、一機にまとまって〈ミニ超空間〉として捉えられている。なおも接近中。変化なし。いや――』

「どうした」

その零の声は伝わらない。田村伊歩は送信ボタンを押したままで受信していない。待つしかない。

『分裂した。三機のオンロックを視認』

「桂城少尉、確認しろ」

「フローズンアイ上の目標が三つに分裂。いや、四つ。光学画像確認、オンロックと思われる爆撃機が三機出現、接近中。緊急連絡周波数でリャーンがオンロックに無線通告している。無線を傍受、スピーカーに出します」

『こちら特殊戦リャーンだ。繰り返す。オンロック221、222、223、われに帰順せよ。TAB‐17に着陸だ。従わない場合は、警告射撃なしで撃墜する。わかったら車輪を下ろせ。さらに繰り返す。帰順の意思を示さないときは、問答無用で撃墜する』

「四つに分裂したと言ったな」

「イエッサー」

「オンロックの三機ではない、あとの一つは、なんだ」

「確認できません。シュガーロック方面、砂漠のほうに向かっている。小さいな。光学システムでは捉えられません。われわれの目には透明だ。見えない」

『雪風へ、こちら飛燕。ジャムが逃げた。シュガーロック方面だ。聞こえているか、どうぞ』

「こちら雪風、こちらでもフローズンアイ上で確認した。戦闘機ではない。これは文字どおり〈ミニ超空間〉だ。ロンバート大佐がまだ中にいるのかもしれない、どうぞ」

『それはない。頭の中で大佐の声がしない。ロンバート大佐の気配はどこにも感じられない。あの逃げたジャムは、ロンバート大佐の抜け殻だ。大佐はオンロック三機のうちのどれかに乗っている。わたしが証明してやろう』

　ああ、また無茶なことをやるつもりだと、桂城が言う。そして、続ける。

「田村大尉の言うとおりでしょう。三機のオンロックのうち、オンロック222だけがギアダウンしていない。大佐はあれに乗っていると思われる」

飛燕は自機に接近してくる特殊戦機の二機とすれ違った後、急旋回して爆発的な加速、いますれ違った特殊戦機を高速で追い越して、オンロック三機編隊の後方上空に占位する。

旧型の大型爆撃機たちは、みな可変翼を一杯に広げて、迫ってくるTAB‐17への着陸コースに乗っている。

だが、真ん中のオンロック222だけが、車輪を下ろしていない。

飛燕はその機に接近し、機体上部に乗るような姿勢を見せた。それから自らのランディングギアを下ろし、オンロックの胴体にその車輪をぶつける。ドン、ドン、ドンと、無線を通じて、その音が聞こえてくる。そうとう激しく叩いている。伊歩が一瞬でも操縦を誤れば、二機とも墜ちるだろう。

『出てこい、ロンバート大佐。返事をしろ。わたしは特殊戦のように優しくはないから、そのつもりで聞け。パラシュートで脱出しても無駄だ。わたしが、墜とす。わかったら、車輪を下ろせ。そのまま着陸し、基地の警備兵に両手を上げて投降を伝えろ。従わなければ撃墜する』

十秒ほどの沈黙。長い時間だ。オンロックの様子に変化はない。

『返事は受け取った』と田村伊歩が言った。『わたしの要求を拒否したと見なし、これより撃墜する』

すっと飛燕はオンロックの背から離れてギアアップ、それから華麗に旋回してオンロックの尾部に占位。そして、いきなり機銃攻撃を開始した。

「危ない」と桂城。「流れ弾がくる。当たったらどうするんだ」

「田村伊歩は、そんなへまはしない」と零が言う間もあらばこそ、オンロックの双垂直尾翼の右翼が瞬時に吹き飛んだ。

待て、と切羽詰まった声が無線に入る。

『こちら、アンセル・ロンバートだ。わたしにはこの機の操縦ができないのだ』

オンロック222はダッチロールを始める。両翼が左右の僚機に当たりそうだ。

『こちら特殊戦リヤーン、ロンバート大佐、操縦席でオートパイロットをオンにできますか』

『いま、操縦席にいる。どれを操作すればいいのかわからない』

『オートパイロットをオンにし、誘導権をこちらに渡すことができれば、わたしが操縦します。できなければ、脱出してください。その機は、カプセル射出型だったと思いますので、さほど危険はない』

『わかった。射出レバーは確認した』

『ただし、飛燕の絶好の的になることは覚悟してください』

『わたしを殺す気か。いいや、FAFにわたしが殺せるものか。特殊戦にもだ。わたしがどれだけ貴重なジャム情報を持っているか、おまえたちが想像する以上なんだぞ』

『わたしは特殊戦司令官、クーリィ准将の命に従うまでです。抵抗するなら殺害せよ、です。操縦の誘導権を渡さないのは、抵抗と見なします』

『どれを操作すればいいのか、わからないと言っている。わたしはパイロットではないのだ』

『それはわれわれの関知するところではありません。幸運を祈ります、大佐。以上、通信終わり』

無線《ラジオ》が静かになる。ホワイトノイズが微かに聞こえるだけだ。

また、十秒。

こんどは、零にはさほど長い時間には感じられなかった。オンロック222がギアダウン。ダッチロールもピタリと止まっている。

『針路そのままだ』と傍受しているラジオから田村伊歩の声が聞こえてきた。『あなたの操縦で着陸しろ、ロンバート大佐。駆け引きは、なしだ。着陸するまでわたしが監視する』

アンセル・ロンバートはただの人間に戻った。

霧の先

ロンバート大佐はジャムから用済みにされたということだと零は思う。

そんな大佐には興味はない。雪風もそうだ。零にはそれが感じ取れる。

「いまやっているのは当初の任務と同じだな」と桂城が言う。「シュガーロックの先へ飛んでのジャム探しだ」

当初の任務と同じ目標地点だが、しかし意味は違う。

雪風はいま、さきほどフローズンアイに捉えられた、目には見えない小さな正体不明の〈なにか〉を追っている。さきほど四つに分裂した〈ミニ超空間〉の、オンロックの三機ではない残りの一つだ。ジャムだったロンバート大佐の〈抜け殻〉だろうと田村伊歩は言っていたが、雪風の考えによれば、それは、ジャムだ。雪風は、大佐を餌にして、あれを釣ろうとしていたのだ。あれこそが雪風の狙った獲物だ。雪風にとってはロンバート大佐などどうでもいいのだ。

フローズンアイを起動しているので速度はさほど上げられない。

「レイフ、離れます」

雪風はレイフの外部増槽から給油を受けて、航続距離を伸ばしている。

雪風への給油をすませたレイフは空の増槽を切り離し、距離をかなり取った並飛行で雪風をサポートする。レイフの搭載燃料は満タンだ。

「ロンバート大佐は田村伊歩を相手に、まだ弁明を続けている。一筋縄ではいかないな。しぶとい」

「面白いか」

「はい、いろいろ言ってます」

桂城は傍受している無線《ラジオ》を聞いている。いま追っているジャムの正体を知るための手がかりになるかもしれないということで、零が許可した。後部席のみ聞こえるモードだ。

ロンバート大佐は僚機の二機を伴って着陸したが、滑走路上に止めた機内に立てこもっている。人質は大佐自身だ。免責特権を持ち出して、自分が処罰されないことを確約するまで機を降りないと主張している。

なぜ田村伊歩を相手に交渉しているのかといえば、それが地球相手の交渉だからだ。大佐の理屈では、FAFに対して自分はなんら損害を与えていないのであり、FAFの軍規では逮捕される謂《いわ》れはない、ということらしい。

「そろそろ田村伊歩も飽きてきているんじゃないか」と零は言う。「言い訳を聞いているうちに、撃ちたくなるだろう」

飛燕は同じ滑走路上でオンロック222と対峙している。もちろん機銃の照準を合わせて、だ。零にはその光景をありありと想像することができた。

「いや、それが、そうでもない」と桂城が応える。「ジャムは情報を食う異星体なのだ、という大佐の発言に、やはりそうなんだな、と相づちを打っていた。傍受内容を記録しているので、聞きますか」

「いや」と零。「それより、大佐と直接話したい。いま雪風が追跡中のあれ、〈時空の泡〉のようなやつがなんなのか、知りたい」

「わかりました。呼んでみます」

返事はすぐにきた。ロンバート大佐は開口一番、こう言った。

『桂城少尉か。きみへの命令はまだ解除してないから、そのつもりで行動してくれ』

「なんだって？」と桂城。「どういう意味だ、大佐」

『きみには特殊戦の内情を探るように命じた。忘れてもらっては困る。クーリィ准将は、なにを目論んでいるのか報告したまえ。特殊戦を使ってなにをやろうとしている。地球への侵攻か。それならば、わたしの情報が役に立つと、准将に伝えろ』

「助命嘆願にしか聞こえませんが。あなたは抗命罪とか叛乱罪とか反逆罪とか、地球転覆罪というのがあれば、それとか、もろもろの罪で二百回処刑されても足りない――」

「こちら深井零だ」と桂城の発言を遮って言う。「アンセル・ロンバート、あなたはもうジャムから用済みにされた。それは自覚しているか」

『ほんとうにそう信じているのか、雪風ドライバー。きみは雪風以外の情報には関心がないし、物知りでもない。ジャムにすら関心がなかったはずだ。わたしにそんな口が利けるのかね』

「では、教えてくれ。ジャムとは、なんだ」

『情報を食う異星体だ。情報からエネルギーを得て生きている』

「情報から物理的なエネルギーが得られるわけがない。情報は情報だ。それを食うというのは単なるレトリックだ」

『田村伊歩は素直に理解した。〈情報〉というものは、エネルギーを持っているんだよ。レトリックなどではない。科学的な事実だ』

「わかった、自分の無知は認めよう」と零は素直に言って、続けた。「それで、ジャムの戦闘機は、ジャムそのものではないんだな？」

『ジャムの一形態にすぎない。ジャムは星星を渡り歩いている。その星に適した形態になるのだ』

「つまり、どういう形にもなれるということか」

『そういう理解でいいだろう』

「いや、違うな」と零はここは反論する。「戦闘機はジャムが生み出した物体にすぎない。ジャムそのものではない。ジャムというのは、時空の泡のような存在なんだ。あなたは、そんなジャムの一匹に、呑み込まれていた。雪風も、透明なクラゲのようなやつに危うく摑まれそうになった。あれが、ジャムだ」

『きみのジャム観はとてもユニークだ。しかしそれも間違ってはいないだろう。なにしろジャムはどんなものにもなれるのだ。〈時空の泡〉にもだ。そう考えれば、きみの考えも否定できない。だがきみの理解は、ジャムの一面でしかない。アフリカ象の一部に触れて、この動物は蛇のように長いとか、太いとか、牙を持った猛獣だとか、そういう断片による偏《かたよ》った理解だ』

「では、全体像を教えてくれ」

『それはさすがに、わたしにも説明は無理だ。人間の感覚では捉えきれないからだ』

そんなのは、わからないということではないか、説明できないので逃げているんだ——桂城がそう言った。

だが零は、いまの発言はアンセル・ロンバートという人間の、正直な感想だろうと思った。かれも結局は、断片的にしかジャムというものがわからないのだ。

断片を集めて真相を捉えようとするよりも、全体像からイメージするほうが、より真実に近づくことができる。さきほど桂城と話していて、そう悟った。だから、これ以上アンセル・ロンバートの考えを聞いたところで、それらはジャムの正体の断片にすぎないわけだから、全体を摑むための手がかりとしてはあまり役に立たない。かえって余計な知識になって、邪魔になる場合もあるだろう。大佐自身が持ちだしてきたアフリカ象の例え、そのものだ。

「それなら、もう、いい」

『もう、いい？』

「教えてもらったことには感謝する。あなたにジャムというものの全体像がわからない以上、なにを尋ねても無駄だ。結局のところ、あなたの意見は、ジャムというものの真相の一部でしかない。しかもその断片が正しいかどうかも検証されていない――」

零が言い終えるより早く、アンセル・ロンバートは勝手に喋り始める。

『ジャムは、情報の勾配を利用して大きなエネルギーを得ることもできる。地球とフェアリイ星との情報差を使うのだ。位置エネルギーを運動エネルギーに変えて発電するようなイメージだ。もともと、本来のフェアリイ星は金属光沢のある薄紫や緑色の植物に全体が覆われていた。動物のいない植物の惑星だったのだ。この植物は惑星全体を包む、それで一つの巨大な生命体だった。生命は情報活動しており、それを餌にしている無数のジャムの〈泡〉がそれに食いついた。フェアリイ星の自然はそれに対抗して生命体を分裂させ、小動物や巨大恐竜などを産みだしていったが、それは破滅を早めただけだ。ジャムを喜ばす情報発生源が増え、ジャムも増殖した。いまフェアリイ星に広がる真っ白なシュガー砂漠は、情報を食い尽くされた、情報を抜き取られた生命の残滓なんだ。だがFAFが支配している地帯だけは、本来の自然がかろうじて残っている。なぜなのか、わかるか。それは、地球人が持ち込んでいる地球型生命のせいだ。われわれ人間に付随する無数の細菌やウイルスを想像してみるがいい。いわば、地球の生物がこの惑星を侵略しているわけだよ。フェアリイ星の自然にとっては、ジャムも地球の生物も、同じように異星からの侵略者なのだが、それでも、地球からの侵略者がジャムを相手にしてくれているので助かっている、というわけだ』

「なにが言いたいのか、理解できない」

『地球は情報でいっぱいだ。フェアリイ星に向かって、その情報がいずれ流れ始める。ジャムは、その流れを利用して力をさらに増すだろう。そういう思惑があるので、地球とここをつなぐ〈超空間通路〉はいまだに存在しているのだ。わかるかね。地球上の情報をちまちま食うより、そのほうが効率がいいとなれば、ジャムは一気にそうする。その結果、地球はごく短時間のうちに砂漠化するだろう。単純な砂の砂漠ではない。情報を抜かれた生命の残骸、真っ白な砂漠だ。フェアリイ星に流れ込む情報はジャムが吸い取るので、この星も全域が真っ白になる。とどめを刺されるわけだ』

「それで、ジャムは肥え太る、か」

『得たエネルギーで、あらたな獲物の惑星に〈超空間通路〉を打ち込んで、侵略を開始する。それが侵略と言えるかどうかは見方によるが。かれらは、ただ生きているだけなのだ。もともと地球やフェアリイ星のような生命は、ジャムが種を播いたことで発生したのかもしれない。ジャムは、自ら育てた生命に実る情報という糧を収穫しているだけなのだとも考えられよう』

「ジャムはいま地球にいるという理解でいいのか」

『大半は、そうだ。わたしが、連れ込んだ。案内したと言うべきか』

「地球のどこにいるんだ」

『コンピュータネットワークの中だ』

「期待したのに陳腐な答えだな。それがあなたの想像力の限界というわけだ」

『わたしは知り得た事実を告げているだけだが、それがきみの理解力の限界なのだろう』

理解力より想像力のほうがより重要で、生きるには役に立つ。零はそう思ったが、口には出さない。ロンバート大佐のいまの説明はまったくの虚偽か、でなければかれ自身の勘違いだと零は判断した。

――ジャムは、そんなものではない。

コンピュータネットワークの中にジャムが侵入するというのは、現在の技術に例えてのことだ。コンピュータのない時代の人間ならば、ジャムは狐憑きのように人間の頭に入ると表現するかもしれない。そういうことだ。

まさにアンセル・ロンバートという一個のヒトは、ジャムに〈憑かれた〉のだ。が、さきほど田村伊歩に憑き物を落とされた。そう解釈することができる。

だがジャムがどこにいるのか知り得ないにしても、存在そのものは幻想ではなく、実在しているだろう。実害を地球は被《こうむ》っているのだから。いま追跡している目標は、ジャムを知る重要な手がかりだ。

「あなたは雪風に感謝すべきだ、アンセル・ロンバート」

『たしかに、雪風はわたしを殺そうとはしなかった。人間のほうがよほど野蛮だ』

「意味がわかってないな。あなたが感謝すべきは、元の人間に戻れたことだ。雪風のおかげだ。感謝してもしきれないとおれは思う」

返事はない。

「大佐は、ジャム化していたわけだからな」と桂城が言った。「大佐、桂城少尉です。あなたがいままでいた世界がどういうところなのか、ぼくにはわかる気がします」

応答がある。

『どう、わかる、桂城情報軍少尉?』

「あなたは、ジャムは人間の言語野を操作して、〈リアルな現実〉を見せることができる、と言った。ぼくも、それを体験した。あなたにそう言われて地下基地エリアから地上に出たとき、そこは、なんとも異様な色のない世界だった。空もなにもかもが灰色だった。それを元に戻したのが、雪風だった。その上空を雪風が飛んでいたんだが、その後ろ、衝撃波の範囲の航跡には色がついていた。まるで灰色のジャムの世界を雪風が切り裂いていくかのようだった。ぼくはあのとき、雪風に救われたんだ。いま、わかった。あのままだったら、ぼくが大佐の代わりにジャム化されていたのかもしれない」

「言語感覚を操作するのか」と零はつぶやく。「雪風はジャムに取り込まれてはいない。人語に頼っていないからだろう」

「言葉は強力な幻覚剤のようなものだ。妄想世界を生む」と桂城が零に応じて、言った。「ロンバート大佐の限界は、人間の言葉の限界でもある、そういう気がする。この理解は、まさにインサイトだ。体験してきたことから得た知見だ」

「よくわかる。雪風は、言葉で考えてはいない。ブッカー少佐やクーリィ准将が指摘したとおりだ。しかし、ではなにによって思考しているのかとなると、おれたち人間には、わからない。コンピュータ言語も言葉だろうと思うのだが、そういう次元の話ではなさそうだ」

「それがわかるという、そういう感じは、エンパシーでしょう。機長は雪風に共感しているんだ。雪風化している」

——おれは雪風化している、か。ほんとうに、そうかもしれない。

零は沈黙しているロンバート大佐を呼ぶ。

「ロンバート大佐、聞いているか。あなたはTAB-14でヤザワ少佐らと暮らしていたのか」

『あんな人間もどきと一緒にしてもらいたくないものだな。あれはいわばジャムが造ったヒト型有機ロボットだ』

「あなたはあの基地で、人間に戻って暮らしていたのか、どうなんだ。食糧はどうしていた」

『食糧など必要ない。情報こそ、わたしの糧だ』

「糧だった、というべきだろう」

零はそう言って、続けた。

「つまり、あなたはジャムの〈超空間の泡〉というカプセルの中で生きてきたわけだ。人間ではない形で、だ。そこでは、あなたという存在は、物質ではない情報そのものに還元されていた」

『的確な見解だと褒めてやろう』

「あなたの存在を保存していたそのカプセルは、あの前線基地の地下にあった。今回、TAB‐14前線基地の残骸を、雪風が核攻撃によって跡形もなく消滅させたことで、あなたは命からがら逃げ出した。そういう解釈でいいか」

『きみに答える義務も義理もないが、雪風の脅威を過小評価していたことを、わたしは反省している。ジャムからは、〈雪風は特殊な存在であり、わがジャムに近い〉、だから注意するようにと警告されていたにもかかわらずだ。わたしとしたことが、実に、悔やまれる。しかし敗戦の将、兵法を語らずという。雪風には、負けを認めるしかない」

「雪風はあなたと戦っていたわけではないが、あなたが負けを認めるなら、もう、敗戦の将云云どおり、二度と謀反を考えるな。そんな資格も能力も、あなたにはない。雪風がその事実を証明したんだ」

またアンセル・ロンバートは口を閉ざす。

「あの前線基地付近の砂漠で活動中だったTAISポッドの存在を知っているか」

そう問うと、本音を隠そうとしない悔しさのこもった口調で返答してきた。

『あれも、腹立たしい存在だった。まさか、あんな、特殊戦が仕掛けた罠の一つに引っかかるとはな。発見したときは遅かったが、破壊してやった』

それも零が訊きたいことだったが、これではっきりした。

あのTAISポッドが発見した未知のジャムは、やはり大佐だったのだ。

しかし疑問は残る。あのポッドに、ジャムである大佐を発見する能力があったとは思えない。フローズンアイでようやく〈見える〉存在なのだ。

あのとき桂城が考えたように、未来の雪風がジャム化している大佐の存在を自分に伝えるために、ジャム発見情報をTAISポッドに入力して、送信させたのかもしれない。雪風やコンピュータたちの時間認識や、その意識の流れというのは、人間の世界とは異なるのだ。そう考えれば、あり得る。いずれにしても理解するのは難しいが。人間には矛盾としか感じられない相反する状態を同時に実現したりする。

「目標に接近中です、機長。放射線量上昇中。LRHM1が爆発した爆心地まで、あと六〇キロ」

「了解」

零はアンセル・ロンバートに向けて、グッドラックと告げ、会話を終了する。

後にしてきたフェアリイの森の、きらめく色合いはどこにもない。どこまでも白い砂漠だ。ロンバートの話を信じるならば、この光景は、情報が失われた世界ということになる。

零は、自分という存在が外部から吸い取られていくような気分に襲われて身震いした。深井零という自分を構成する〈情報〉をジャムに吸われていくために、だんだん深井零としての意味を失っていき、最後には、ジャンクしかのこらない。もはや深井零は抜け殻にすぎなくなって、そこからはどんな情報も取り出すことができなくなる。肉体も塩の柱になって崩れ去るだろう。真っ白だ。

これは、恐怖だ。しかし、いわゆる死への恐怖とは次元が異なる気がした。

そうして零は、これこそが雪風のジャムに対する思いなのだと、悟った。

単なる敵ではないし、自分の存在を危うくする相手だというのも、そうだろう。以前想像していたのはそのような言葉で表現される雪風のジャムに対する〈気持ち〉だったわけだが、いま悟ったこの感覚は、まさしく雪風の生生しい、自己が消滅することへの〈恐怖〉だ。それは感情とはまた違う。

ジャムは雪風にとって、自分に死を運んでくる者というイメージだろう。感情はないかもしれないのでいわゆる恐怖とは異なるだろうが、一種の天敵に対する警戒反応として表現される、自己が消えていくような感覚にちがいない。

「なにか、空中に浮かんでいるのが見える」と桂城が言う。「前方です。なんだ、あれは。雲か」

乾燥している環境だ。視界を遮る雲など、全周を見回してみてもどこにもない。濃度と色合いを変えていく緑、青、紺、黒の、空があるだけだ。

それなのに桂城の言うとおり、なにか灰色のボールのようなものが高空に浮かんでいる。ややもやと動いているようにも感じられた。

「爆心地の真上、およそ七五〇〇メートルです。大きさは直径一キロくらいか。放射線量はかなり高い。回避したほうがいいです、機長」

「距離を保って、観察する。左旋回で実行する。監視体制を維持、あれを目標にする」

「了解」

緩い旋回を開始。

「原子雲ではないな」

「ジャムでしょう」

「おまえもそう思うか」

「それ以外ない」

「目に見える」

「フローズンアイでは、逆に見えない。追っていた〈大佐の抜け殻〉も消えている。おそらく、あのジャムに吸収されたんだ」

零もそう思う。

と、警報音が響く。

「レイフ、針路を目標にセット」

「雪風は、レイフをあれに突っ込ませる気だ」

「止めますか」

「やらせろ」

〈I have control_Cap.FUKAI〉

自分が操縦する、と雪風。零は許可する。オートマニューバスイッチ、オン。

「レイフ、突入します」

零は広域索敵レーダー画面で、レイフの動きを見る。球形の灰色の雲はレーダーに探知されていない。画面から目を上げて、レイフを目視。黒い機体が灰色の雲に向かって飛んでいき、そして、突っ込んだ。

雲の衝突ポイント周辺がもやりと揺らいだ。それだけだ。衝撃らしき反応はない。

「出てこない」と桂城。「レイフ、ロスト。ジャムに捕まったようだ」

「雲が、動くぞ」

まったく突然の動きだ。動いたと思った瞬間、それが小さくなる。縮小したのではない。恐ろしい加速度で爆心地から離れたのだ。距離が遠ざかったため、視野上で小さくなっただけだ。雲とは思えない動きだった。まるで巨大な金属ボールのようだ。見た目は、まったくの雲なのだが。

雪風が、瞬時に加速を開始した。追撃を始める。おそろしいGに全身をシートに押しつけられる。

「機長」苦しそうな声。

「なんだ」零も力を振り絞って応える。

「陳腐な考えですが、あれは、ジャムの宇宙船じゃないか」

「あり得る」と零。

「いや、ないでしょう」

「あいつの行き先は、地球だ」

「なに？」

「超空間通路に向かって、一直線だ」

「ほんとだ」

「司令部に、収集している全情報をリアルタイムで送信」

「了解。大容量なのでレーダー変調でも時間がかかりそうだが。——開始。うまく受信しているかは、不明」

『こちらブッカー少佐だ。雪風、聞こえるか』

無線が入った。

「こちら、雪風。謎のジャムを追って超空間通路に向かっている。フェアリイ星で最後のジャムが地球に飛び込もうとしているのかもしれない。レイフはそいつに呑み込まれた。連絡が取れない。レイフの状態は不明だ。どうぞ」

『状況は了解した。攻撃が可能なら実行してよし』

「ミサイルが通用するとは、思えない」

『春燕を支援に向かわせる。通路を抜けて地球に入れば、全地球が敵だ。通路には入るな。絶対だ。目標が飛び込むのを確認したら、ただちに通路を回避。こちらがよしというまで、監視だ。どうぞ』

「雪風の判断で飛んでいる。もうすぐ目標に近づく。距離、四〇キロ。超空間通路まで、一二〇キロだ。どうぞ」

『信じられん。もうそんなに近くなのか』

「もしかしたら、ジャムの力を雪風も受けているのかもしれない。空間移動だ。——わっ」

思わず驚きの声が出てしまう。視界に、いきなりレイフが現れたかと思うと、ほとんど正面衝突かという近くをすれ違った。衝撃波をもろに浴びる。

そして、目の前に、灰色の壁が迫る。まだ一二〇キロ先だったはずの、超空間通路の、巨大な霧の柱、その壁面が視野一杯に広がる。

「回避不能」

そう宣言するのが精一杯だった。雪風は、〈通路〉に飛び込む。

「否応なく、地球行きだな」と桂城は平静な声で言う。加速度は感じられない。「目標、ロスト。あのジャムは、この通路と一体化したようだ」

「いま、なんて言った」

唐突に、零はジャムの、本当の正体に気づいた。わかった、と思う。

「あのジャムは、こいつと一体化した」

「つまり、これが、ジャムだ。この超空間通路こそ、ジャムの本体だ。あの小さな雲は、この母体に避難したか、戻ったんだ。ここそが、ジャムの巣であり、本体なんだ。おれたちはいま、ジャムの体内にいる」

「いや、それは、どうなんだろう、証明のしようがないのでは」

零は感じる。雪風の身震いだ。雪風は真実を得た、と感じている。

「そろそろ、通路を抜けます。対地球防衛態勢を取りますか」

零は無言。

「機長、どうしました」

かすかな衝撃を受けた直後、灰色の視界がさっと晴れた。

「抜けた」と桂城。「しかし、なんだ、これは」

地球ではない。視界の許すかぎり、金属光沢のある薄紫や緑が広がっている。

「帰ってきた」

思わず零はそう言っている。自分の感覚ではない。雪風が、そう感じていた。

本書は、ＳＦマガジン二〇二二年六月号から二〇二五年二月号まで連載された作品に加筆修正したものです。

インサイト

戦闘妖精《せんとうようせい》・雪風《ゆきかぜ》

二〇二五年二月二十日　印刷
二〇二五年二月二十五日　発行

著者　神林長平《かんばやしちようへい》
発行者　早川浩
発行所　株式会社早川書房
郵便番号　一〇一 - 〇〇四六
東京都千代田区神田多町二ノ二
電話　〇三 - 三二五二 - 三一一一
振替　〇〇一六〇 - 三 - 四七七九九
https://www.hayakawa-online.co.jp
定価はカバーに表示してあります

印刷・精文堂印刷株式会社　製本・大口製本印刷株式会社

ISBN978-4-15-210403-8 C0093